"记住，你是绝世美女的儿子。"

我花了很多心思的斑驴先生，就像斑驴一样从这个地球上消失了。

"你不是 2，你是三个 2。是 2 的三倍，也就是三倍约 2。"

　　"映真，你上次不辞而别，其实我是懂你的，
　请你不要这样自卑，要记住你是非常好的女孩儿！
　　　跟上我的脚步，我们一定会幸福的！"

"我从不相亲。都是好女孩儿主动来找我。"

我心里"咯噔"一下，原来是个单亲爸爸。

"......"

"这证明咱、咱们的基因是相似的，具有情投意合的可、可、可能性。"

我的相亲路上 满是珍禽异兽

酸菜仙儿 著

天津出版传媒集团

天津人民出版社

目录

1. 丹顶鹤先生　1

2. 到底是哪里出了问题　8

3. 斑驴先生　12

4. 动物世界　19

5. 当时为什么没有再考一年　26

6. 猫先生　30

7. 雪猴先生　40

8. 介绍人得罪不起　45

9. 没想到还能再见面　50

10. 我觉得你有点儿傻　56

11. 一份新工作　62

12. 还是我最蠢　70

13. 他们终成眷属，竟然还让我花钱　74

14. 我命中注定要吵一架的两个女人　81

15. 我就是个庸俗的女人，配不上你　89

16. 孔雀先生　95

17. 我的相亲对象给我介绍相亲对象了　101

18. 开同学会的真正原因　108

19. 今天，我被一百个人求爱了（上）　118

20. 今天，我被一百个人求爱了（下）　126

21. 你是不是喜欢我?（上）　134

22. 你是不是喜欢我?（下）　139

23. 吴映真的同学会（上）　144

24. 吴映真的同学会（下）　152

25. 一吻定情　158

26. 那只叫 Eve 的狗头又出现了　164

27. 双丰收这种好事还有我的份儿?（上）　169

28. 双丰收这种好事还有我的份儿?（下）　174

29. 情感世界中的小小险情　179

30. 吴映真才没那么好命（1）　184

31. 吴映真才没那么好命（2）　189

32. 吴映真才没那么好命（3）　195

33. 吴映真才没那么好命（4）　201

34. 我想我们不太合适（1）　207

35. 我想我们不太合适（2）　211

36. 我想我们不太合适（3）　216

37. 东北挽马先生　222

38. 要不你陪我哭一会儿吧　228

39. 熊猫先生　237

40. 吴映真接受了求婚　246

41. 一只命运的玻璃杯　254

42. 杨照回来了（上）　265

43. 杨照回来了（下）　273

44. 穿过大半个城市去睡你　279

45. 一起逛个动物园　285

作者后记：开心一点，明天还是会有好事发生的　294

29 岁这年，我相亲无数，却在为孤独终老做准备。

1. 丹顶鹤先生

我的对面坐着一只丹顶鹤先生，可是我心里惦记的却是我三天前遇见的相亲对象——斑驴先生。

丹顶鹤先生拿着杯子的手白得如同杯子里的原味酸奶，瘦高的身材，稀疏泛黄的卷发，毫无皮下脂肪的皮肉包裹着这副骨骼，让所有关节都显得好像肿了一样。

我看他第一眼的时候就知道没戏，所以接下来的一切都是在为介绍人的面子走过场，那我索性就遵循着多年陪伴我成长的港剧教育我的那条原则：

做人呢，最重要的就是开心了。

于是我肆无忌惮地盯着他的下半身，不知羞耻地看了又看，因为他穿短裤正好穿出了我想要的效果，就是那种两条大腿像两根油条一样在裤管里逛荡来逛荡去的感觉，然而我无论尝试什么款式的短裤，大腿根部都会撑出新的宽度。

我是文艺女青年，显胖就不文艺了！因此我只穿裙子，我穿裙子不是因为我喜欢裙子，也不是为了取悦谁，只是因为我穿不进去裤子。

丹顶鹤先生好像看出了我奇怪的眼神，不自在地挪了挪屁股。

为了化解这种尴尬，我指了指他的腿说：

"你好像没什么腿毛。"

我这么一问，他好像更尴尬了："啊……是……从小就没怎么长过……"

"我汗毛可重了。"撸裙子不雅观，我把手臂的汗毛伸给他看，"是不是很重？"

丹顶鹤先生看我的眼神，就像是在看一只松狮。

"不过，你眉毛还挺重的嘛。"我又盯着他眉毛看。

他没接茬，却问我："你不喝吗？"

气若游丝，丹田尽碎的一个动静。

我拿起杯子露齿一笑，嘴巴够着酸奶之前眼睛又扫了一圈周围的食客，生怕好死不死地遇见斑驴先生，可不知为什么，我今天看谁都长得像斑驴先生。

"我肠胃不好，所以经常喝酸奶，开胃。"

"哎，其实我很好奇——"我说。

"怎么了？"他的表情有点儿紧张。

"你肠胃不好——"我把音调低，头靠前。

"啊。"他也凑了过来。

"会不会经常放屁？"我还体贴地用手挡住嘴，眼中却散发着对科学知识无比渴求的光芒。

一个气若游丝的屁刚好被我听见了。

丹顶鹤先生一脸的"完了我没憋住"。

而我则是一脸的"恍然大悟"。

要不是菜上来了，我根本就停不下来，其实交流就是最好的化学实验，你永远不知道会出现什么奇妙的化学反应。我表现出什么样的状态，很大一部分取决于对方是什么样的人。

就像高中时，新来的英语老师向我们班的恶势力挑战时说过的那样：

"我告诉你们！我这人，见到佛就是佛，见到鬼就是鬼，见到流氓我就是流氓！"

我如今多少也有点儿这个意思，比如我和斑驴先生吃饭的时候，大气都不敢喘，胸微含、头微低、双手微微交叉在前，甚至连胳膊上的汗毛都要自动藏起来。可是和丹顶鹤先生却大不一样，我的手指痒痒到特别想勾一勾对方尖尖的下巴，摸一摸对方汗涔涔的小手。

菜都是他点的，他说消化不好，不能吃荤菜，点了一道蓝莓山药、一道荷塘小炒、一道凉拌秋葵，点完了这三道菜，好像才想起来问我：

"你能吃肉吧？"

"那还用说，我可是肉食动物。"

"哦，"他看向服务员说，"那就再来一个西湖牛肉羹吧。"

我问："这是荤菜吗？"

他说："汤里头有牛肉丁儿啊。"

看着一脸认真的丹顶鹤先生，我生出了一副活到老学到老的面相。

酸奶开胃效果真是太好了，我快饿成洪水猛兽了，胃像砂纸一样。一口山药泥下了肚，我又活了过来。

丹顶鹤先生夹了一块荷兰豆，咬了一口又放下了。

"你怎么不吃？"

"太硬了。"他皱着眉头。

"硬？"

我一咬，嘎嘣脆。

他看着我问："怎么样，是不是硬？"

我明白过来，原来在丹顶鹤先生的味觉世界里，脆等于硬；就像在我的味觉世界中，软等于老一样。很显然，我们真的不是一个世界里的人。

店里的食客不少，他叫了几声服务员，却没人搭理他。

他有点儿不好意思，跟我说："现在服务型行业的服务态度都太差了。"

我心想：服务员还得抱怨你这种食客的身体素质太差呢，你当服务行业都要给你配备葫芦娃或是变种人吗？

我只喊了一嗓子，服务员就面带微笑地站我面前了。可就在我喊服务员的一瞬间，体内竟然莫名地爆发出了对丹顶鹤先生强烈的保护欲。

"麻烦你把这道菜重新炒一下，我想要软软的。"丹顶鹤先生还是很有礼貌的。

"什么软软的？"服务员有点儿懵。

"荷兰豆软软的，要软软的荷兰豆。"丹顶鹤先生看着服务员，还特意用手指了指。

"好的，请稍等。"

其实我觉得这家店服务员的服务态度挺好的。

只是闷头吃饭实在是尴尬，我看丹顶鹤先生皱着眉头，一副痛苦的样子，我猜他大概也正在绞尽脑汁找话头呢，我不忍心看见他不舒服，于是，刚才那股保护欲让我担起了找话头的重任。

我问："听说你在银行工作？"

"是的。"他又反问我，"你在家具店做什么？"

"做策划。"

"哦。"

"你最近忙吗？"

"忙！"他说这话的时候终于有了点儿力气，"我们部门特别忙，我每天都脚打后脑勺。"

"为什么？人手不够吗？"

"我们部门有十四个人。"

"那不少了呀。"

"但是每次加班都是我一个人。"

我低头喝了一口汤，其实我挺理解他那些同事的，就像我一开始见到丹顶鹤先生时，也生出了一颗捏软柿子的坏心，但是现在不一样了，我胸中的那股保护欲正烧得热乎，所以我特别想去他们单位为他出头。

正合计怎么出头，一抬头发现丹顶鹤先生的脸色比之前更白了，好像用不了多久他就会白得透明，然后彻底消失不见。

"我说，你这是怎么了？"

"我肚子有点儿疼。"他的表情更痛苦了。

"要紧吗？"我问。

"没事儿，一会儿就好了。"他艰难地说。

我向服务员要了一杯热水，可是热水还没来，丹顶鹤先生就"噌"的一下站了起来。

"怎啦？"

"不好意思，我上趟厕所。"他捂着肚子就"飞"了出去。

刚目送他离开，斑驴先生给我发来一条语音微信，我内心突然莫名恐慌起来。

他问我："在干吗呢？"

我打字回他：和闺蜜吃饭呢。句子后面附上一个红脸蛋的表情。

他又问："在哪儿吃饭呢？"

我心里轻轻地"咯噔"了一下，又看了看四周，此刻的我已经心虚到看任何一个身材健硕的高个子男生都像斑驴先生，我甚至在思考如果斑驴先生真的出现在餐厅里给我个"王炸"，那么我要出什么牌才能确保我不至于在众目睽睽下输掉裙子，这种骑驴找马的游戏真的不是我这种量级的女生能玩儿得起的，内心太煎熬。

于是我慎重回复：在飞鸟和鱼。

我觉得像斑驴先生这样看片只看动作片、吃肉只吃五花肉的壮汉，应该对酸奶比肉做得更好的餐厅没什么印象。

果然，他回复我："哦，没什么印象，好吃吗？"

我舒了一口气，回复：还行，不过闺蜜喜欢。

他说："那你好好吃吧，不打扰你们了。"还发了一只微笑的驴给我。

俗话说，人家送给我一头驴，我得回报给人家一匹马。

我正在寻找适合回复他的表情时，竟然收到了一条丹顶鹤先生的微信。

我脑子"嗡"了一下，第一个反应就是：天，他跑了！

我打开他的微信，看到这样一段文字：

"吴小姐，你好！和你接触之后，我觉得你是个很好的姑娘。我思来想去，觉得目前只有你能帮我，你也一定能帮助我。

"我就在饭店的男厕所里，请你想办法送些纸巾给我，十分感谢！

"我出去以后，一定马上买单，你还想吃什么，尽管点！"

我有三秒钟处在哑口无言的状态中无法自拔，在第四秒钟的时候，那股对丹顶鹤先生的保护欲唤醒了我，但我可以为了他赴汤蹈火，却没法为了他进男厕所啊！于是我叫过来一名男服务员，跟他说：

"不好意思，可不可以麻烦你给我儿子送一下手纸？"

他爽快地接过纸巾，问我："请问您儿子怎么称呼？"

为了保护丹顶鹤先生的名誉，我只能牺牲我自己了："啊……你就说……绝世美女的儿子，他就明白了。"

"绝世美女？"

"对，孩子不懂事儿，就喜欢跟我开玩笑，他平时经常这么叫我的，哈哈哈……"我装出一副不好意思的样子，向服务员解释。

"好的，没问题。"

我给丹顶鹤先生发了一条微信："纸巾马上到位，记住，你是绝世美女的儿子。"

　　我的任务完成，回去安安心心地挑西湖牛肉羹里的牛肉丁儿吃。大概又过了半个小时，丹顶鹤先生终于出来了，他捂着腰，顶着一脑袋细密的汗，我就像一名在野外发现受伤的保护动物的志愿者一样，赶紧迎上去扶着他坐下。

　　"怎么样？"我问。

　　"还行吧……肚子应该没事儿了……为了不暴露身份……我又蹲了半个小时……腰不行了……"他连连摆手，说话微微带喘。

　　我心里这个不忍，心想这孩子的妈看到他这个样子得多心疼啊。

　　我伸手拿过桌子上的湿毛巾，给丹顶鹤先生擦汗，擦完一看毛巾吓了我一跳！雪白的方毛巾上竟然有一抹黑，我心想这下完了，难道我把丹顶鹤先生发黑的印堂给擦下来了？

　　"这怎么回事儿？"我把毛巾上的黑推到他面前给他看。

　　谁知道丹顶鹤先生苍白的脸"噌"地红了，红得好像温度计最下方的液泡。

　　我望着丹顶鹤先生的脸，又一次恍然大悟。

　　原来丹顶鹤先生没有眉毛。

　　我忍不住问他："眉笔在哪儿买的呀？质量不错啊，我都没看出来。"

　　他突然就笑了，脸上倒有几分轻松释然的神色，用另一手扶着额头，仿佛第一次仔细看我，然后跟我说："我觉得你不适合这个颜色。"

2. 到底是哪里出了问题

走的时候丹顶鹤先生跟我说："今天实在不好意思，不过以后有什么事儿就找我，我欠你一个人情。"

我说："客气啥，都是朋友，以后买家具就找我！"

就这样，我通过相亲的手段，又多了一位朋友。

"人生啊……"马琳一声叹息。

自从她小学六年级第一次听到《梦醒时分》里的那句"你说你感到万分沮丧，甚至开始怀疑人生……"，就仿佛被歌词诅咒了一样，每次她感到万分沮丧的时候都要仰天长叹一句："人生啊……"

"这不能怨我，他太虚了。"我说。

隔着电话，我也能感受到马琳的那根本来已经瘫软的脊柱又瞬间绷直。

马琳压低了声音："啊……虚啊……那个……体验不好吗？"

"不好，他花样儿太多了，不行，真来不了。"

听我说完，马琳有三秒钟没说话，再开口，她的声音已经不再是我熟悉的闺蜜，就好像喉咙里含着一座蓄势待发的火山，她说："经验老道啊……我明白他为什么虚了。"

"谁经验老道？你说他还是我？"

"当然是他了。"马琳发出一串不同频率的坏笑。

"我觉得我也挺老道的。"

"你可拉倒吧！从小学一年级到现在，你什么情况我还不知道！"

"是呀，我小学一年级的时候万万没想到，我现在都骑驴找马了，都脚踏两只船了，都吃着碗里的看着锅里的了，都成坏女人了。"

"吴映真，没想到在你二十九岁的时候，还长能耐了。"

马琳对我的想法进行了无情的嘲讽，她说："吴映真，我求求你，这种话以后千万别再和第二个人说了，太丢脸了！那都是我小学二年级就玩儿剩下的，拜托，你只是脚踩两只船而已，又不是脚踏两张床，老处女！"

说我是老处女！这个三观有严重缺陷的女流氓！

我反击道："我跟你说不到一块儿去！要不是我小学一年级就认识了你，我会跟你这个女流氓做朋友？！"

"可我是女流氓又怎么样呢？我一毕业就结——婚——了！我老公对我特别好，刚才还给我热包子吃呢！"

马琳把"结婚"两个字说得特别重，掷到我心里，砸出两个大坑。

我说："那又怎么样，你那个破包子白给我都不要！"

马琳突然发出一串"魔性"的笑声，如果一个人的笑声就能把另一个人逗笑，那他们八成是很有缘分的，我想我和马琳之所以道不同也互相为谋了二十多年，大概就是因为这种说不清道不明的缘分，马琳负责笑，我负责被她的笑逗笑。

我们每次互撑*到激烈处，大概都是这样收场的。可是我还是得端着点儿，不然下次互撑，我会更加撑不过这个流氓，于是我冷冷地回应："你笑个屁？"

马琳笑累了，叹了一口气："人生啊……"

此处的"人生"与之前的那句"人生"不同，此处是虚词，类似于"噫吁嚱"，没有任何意义，只是想为另一个话题起个头儿。

_____

* 音 duǐ，方言，表示反驳或用手推撞。

接着她说："好吧，我收回。可你又没和斑驴先生正式确立关系，骑驴找马怎么啦？！"

小学五年级的时候，我和马琳放学后结伴回家，每次等公交车等得百无聊赖时，我们就会玩儿一种自创的游戏——观察形形色色的路人，然后把他们想象成一种动物，看谁说得最像。

通常都是我说的动物比马琳说的更像，因为我喜欢看《动物世界》。那时候电视台刚刚播放这个节目，很多动物我都是从节目中认识的。我当时不明白为什么我妈禁止我看动画片却允许我看《动物世界》，现在想想，她大概是想通过《动物世界》让我学会如何做人。

而我之所以对动物那么敏感，多少和我爸有点儿关系。我爸净身出户之前，曾带我出去玩儿过一次，那也是他最后一次带我出去玩儿，去的地方，就是动物园。

那是我第一次去动物园，也是我最后一次享受父爱。

所以我对动物的敏感应该是来对父爱的留恋，至于是不是这么回事儿我就不知道了，但我是这样分析自己的。

后来我相亲，总是会把对方想象成一种动物，就像一个代号，方便我和马琳在大庭广众之下肆无忌惮地吐槽我的相亲对象。

"我觉得斑驴先生挺好的。"

"我知道他挺好，但是咱们不是想找更好的嘛！斑驴先生家里条件毕竟一般，赚得也不多。丹顶鹤先生在银行工作，至少可以满足你买买买的爱好，甚至送你去包豪斯学设计也有可能啊。"

"我家里条件也一般，为什么要要求别人，再说了，做不到买买买，能做到买就行了。"

"你看看！你在买东西的时候也要货比三家，最后买下一件最合身的，更何况是相亲，你挑来的男人价位又高又不能七天无理由退换货，当然要试穿一下合不合身了！你又不想都买下来，没关系的。这是常态，不是坏。"

所以说，这是常态吗？

可我很害怕这种世俗的常态，比如我小时候明明是想成为一位世界知名的家具设计师，让全世界的人都用我设计的衣柜和餐桌，可到底是什么地方出了错，让我沦为一个普通人？

六岁那年，我爸和我妈离婚，我妈骗我说他当船长出海去了，可是这个城市压根儿连海都没有。十岁那年，和我青梅竹马的同桌杨夕跟父母移民去了美国，临走时，他龇着半颗门牙跟我说："吴映真，你得多吃点儿饭！"十四岁那年，我和马琳冒着大雨逃课去道观抽签，马琳抽到的是上上签，轮到我下跪的时候，签罐子裂了。十八岁那年，我没通过美院的艺考。十九岁那年，我的腿越来越粗，可胸没变。二十二岁那年，我暗恋一个学长，可那次下大雨，我眼睁睁地看他拿着伞把我学妹接走了，在屋檐下路过我时还不忘和我说了声"Hi"。二十三岁那年，我排队买豆包到我这里售罄，排队等公交到我正好满员。二十四岁那年，我跨专业考设计系的研究生，面试的时候考官和我说："没关系，明年再来。"二十五岁那年，我做足了面试的功课来到现场，本来想做自我介绍，可一张嘴却把早饭吐了出来。二十七岁那年，我兜兜转转，终于找到了一份和家具有关的工作，却每天都在忙着促销打折。二十九岁这一年，我相亲无数，却在为自己可能孤独终老做打算。

所以，我明明那么努力，到底是哪里出了问题，让我沦为一个连自己都觉得太普通的普通人？

斑驴先生的微信是希望，让我停止了无望的思考。我翻了个身，跷起小脚，勒细嗓子和斑驴先生说："没有呢，还没睡呢？"

斑驴先生回复我："怎么还不睡？"

我说："这就睡啦！"末尾带点儿气声，是不是会显得更性感？

斑驴先生问："明天一起去看电影啊？"

"好呀。"我求之不得。

没有对比就没有伤害，见了丹顶鹤先生，我才知道斑驴先生在自然界中的珍贵，我下定决心要和斑驴先生发生点儿什么，一心一意地把他变成我的男朋友，再也不会背着他见别的相亲对象。

3. 斑驴先生

斑驴先生叫秦北冥，是个装修公司的项目监理，比我小两岁。他之前是长跑运动员，拥有一米八二的身高和一身健硕的肌肉，我的马尾辫刚好能碰到他胳膊上接种疫苗后留下的疤痕，他的脖颈很粗壮，埋在表皮的血管走势优美。皮肤是健康的小麦色，冲我微笑的时候会露出一口整齐的大白牙，让人看了会萌生一颗荡漾的春心。

他也许知道自己笑起来很招女生喜欢，见到我的时候就对我笑，介绍自己的时候也对我笑，问我吃不吃辣的时候还是对我笑。

"我是内蒙古人。"他笑着说。

"那你一定很会摔跤吧？"我问。

"摔跤不行，但是我从小就跑得很快。"他说完又笑。

他跟我讲当初在体校念书和参加比赛的事儿，一五一十得好像在向领导汇报工作，完全没重点、没观点、没兴奋点，可我还要装出一副很有兴趣的样子，因为马琳跟我说："如果你喜欢一个男生，就一定要装着很喜欢听他说话的样子，即使你一句都听不明白，你也要'嗯嗯嗯'地答应着，这样他就会很有自信，如果你能给他自信，那他八成就会喜欢你，相信我，男人都很傻的！"

所以我这两只眼睛瞪得老大，源源不断地通过消耗我眼中的水分进行着疯狂的自残式的发光发电，可是听他讲话，总感觉眼皮子里长了增生，每眨一次眼都特别磨眼珠子，难受得我直想翻白眼。

不过这一招好像真的挺管用，因为斑驴先生展露出来的微笑越来越多，只要他能对我微笑，我忍受的一切声音废料都是值得的。

后来我们吃完饭，他送我去车站坐车。等车的时候，他问我："你渴了吧，想喝点儿什么？"

我说："什么都不喝了，车快来了。"

他说："没事儿，我一会儿就回来。"

我看着他跑过马路，在对面的小摊贩手里接过两瓶矿泉水，又跑了回来。他跑步和别人不一样，有跳跃感，也许是专业长跑运动员的缘故，看起来就是美。车站旁边的广告牌子上是一款新型的棕色城市越野车，外形动感流畅，我看到它下面附着的四个字：草原骑士。

他把瓶盖儿拧好了递给我，又冲我笑。

晚上躺在床上，突然又想到了那个场景，又想起那款车，但是我竟忘了车子叫什么名字，广告语也想不起来，只记得"草原骑士"四个字。我好奇百度了一下，意外地发现了斑驴的词条。

斑驴四蹄健硕，奔走速度很快，每小时可达七十千米，有"草原骑士"之称。这个奇异的动物竟和秦北冥一样拥有线条优美的脖颈和漂亮紧致的臀，看着手机上斑驴的图片，双手好想摸摸它柔顺的皮毛。

当我在电影院门口找到斑驴先生，我没想到他会这样说："你的裙子很漂亮啊。"

斑驴先生已经买好了爆米花，看到我的那一刻情不自禁地脱口而出。

我心中一惊，不得不感叹马琳的老谋深算。

今天上午，在我们一边逛街我一边给她讲斑驴先生对我的重要性时，她抓了这条裙子给我看。

"穿这个。"

我瞅了一眼，碰都没碰："这也太俗了！有蕾丝也就算了，竟然还有大牡丹！"

"你知不知道，以你这个小监理为代表的一票'直男'都是被哪首歌灌溉长大的？"

"哪首？"

马琳竟然清了清嗓子，唱道："啊……牡丹，百花丛中最鲜艳……"

我目瞪口呆。

"听懂没？"

"听懂了，牡丹最鲜艳……"

马琳把裙子往我手里一塞："等啥呢，赶紧换上吧。"

后来，我穿着这条大牡丹走在赴约的路上时，心情一直很忐忑，我甚至产生了自卑心理，觉得那些看着我的路人都在惊讶于我奇葩的穿衣品味，真羞耻，可是直到看见斑驴先生的笑脸，我才知道，我的世界观，原来只是我的自以为是。

有那么一刻，我悲悯地想：难道我这辈子都要穿我不喜欢的衣服，去取悦我喜欢的人吗？

如果我喜欢的人喜欢我不喜欢的衣服，那么我为什么还要去喜欢这个人？

可是，如果让我现在拒绝斑驴先生的笑容，告诉他这条裙子丑爆了，他的品味土得掉渣，我又真的做不到。

坐在电影院的椅子上，蕾丝边有点儿扎腿，追车戏有点儿无聊，我挺好奇斑驴先生会不会在这黑灯瞎火的最后一排吻我，可是我又有点儿害怕，又不知道在怕什么，这种矛盾让我没有办法专注电影的故事，只能一次又一次地偷瞄斑驴先生，他倒是很专注，咧着嘴"嘿嘿嘿"地傻笑。

我本来想吃点儿爆米花，发现爆米花盒子竟然被斑驴先生夹在了两腿之间，他怎么能这样做！那我还怎么去盒子里掏奶油味的爆米花来吃？电影不爱看，坐着不舒服，有爆米花不能吃，还担心他会亲我，每一样都很耗内力的。

终于散场，和斑驴先生走出电影院时我有点儿犯困，但还是要保持淑女的状态，不然我所有的牺牲都前功尽弃了。

"你饿吗，咱们去吃点儿什么吧？"他问我。

"好呀。"

找饭店的时候让我有点儿惊讶。一个韩式餐馆门口的电视上播放着喜剧节目，斑驴先生竟然像个小孩儿一样站在那里看电视，傻呵呵地咧着嘴，然后我就像他妈一样站在那里惊讶地看着他。

喜剧节目到了一个环节，他才想起来还有这么一个我，赶紧转过头和我说抱歉。女人在碰到喜欢的人时都会变成小贱人，我笑着摆摆手说："没关系，我也觉得挺好看的。"

其实我觉得好看的是他的身材，若不是因为这一点，我能陪他在大太阳底下干这事儿？

他说："我想起来了，听说这附近有一家特别好吃的酱排骨店，要不我们去那儿吃吧？"

我当然是一万个"没问题"。

问题是斑驴先生找不到地方，他选择打开手机，跟着导航里那个哆哆的声音找。也许是店面太小，胡同太深，我们就快走到地老天荒也没闻到酱排骨的飘香，我两只脚都快要抖出一支小曲儿来，于是我说："要不咱们问问吧，兴许这附近的老居民能知道呢？"

他坚定地说："不用问！应该就快到了。"

于是又走了一圈，又走了回来，又没有找到。

我又说："要不咱们去别家吃吧？"

他却说："要不……你去……问问？"

坐在排骨店，我突然有点儿想哭，我知道那是我的内心被我的欲望和身体感动哭了，看着向我傻笑的斑驴先生，我特别想伸手摸摸他的毛儿。斑驴先生要了两份酱排骨套餐，我再也装不下去了，闷头就啃了起来，我们俩就这样对着啃排骨，中途斑驴先生加了一碗米饭，我本来也想加，但为了我们能够有长久的"友谊"，我忍着没这么做。酒足饭饱，我的腰刚刚直起来，就听到斑驴先生的一声叹息。

"怎么了？"我问。

"最近牙疼，一吃硬的东西，就疼死了。"斑驴先生捂着左脸。

"怎么回事儿？要不要去医院看看？"我关切地问。

"没事儿，就是上火了。"

"怎么上火了？最近有什么烦心事儿吗？"我一副贤妻良母的姿态。

"哎，我问你个事儿。"他收起了笑容，我心里突然就阴了下来。

"你说。"

"我最近要转正了。"

"这是好事儿啊，叹气干吗？"我也替他高兴。

"我们领导要我下周一向他汇报工作，让我说谁干得好，谁在工作中偷懒了，你说我怎么说呢，都是一起工作的哥们儿，只有一个能转正的，让我咋说？真闹心。"他很明显不擅长这个，一脸的怨怼。

我以为，我表现优势的机会终于来了。

于是我挺了挺胸前的那朵大牡丹，说："你以为你们领导是真的要让你打小报告吗？不是的，对待这种工作汇报，你只需要记住一点，就是对事不对人，你要说，没错，是存在工作偷懒的情况，但是你一直都兢兢业业、勤勤恳恳地完成你的工作，没有一丝马虎和懈怠，除了这些，你还要表决心。"

"怎么表决心？"

"说未来呀，说你未来要怎么做，要更加努力，要为公司和工作付出更多，要显示出你对这次转正的渴望和胜任，这样才能既不得罪人，又把自己凸显出来，领导也会高兴。"

我说完，斑驴先生愣愣地看了我一会儿，然后才低着头说："哦，咱们走吧，我去买单。"

我有点儿小小的满意，觉得斑驴先生一定是被我深深地感动到了，怎么会有比他更幸运的男人，好女人和好工作都在向他招手，正应了星座运势文章里经常出现的那句话：事业爱情双丰收。

我都羡慕斑驴先生。

两天后，他给我发了一条微信，说他转正了，谢谢我。我当然很开心，立刻回复他说：

"太好了！恭喜你！得请客吃饭！"我当然还是附上了扮可爱的表情，一丝不苟地和他发微信。

可是，这条微信发出去后，我却再也没有收到回复。

刚开始我并没有多想，我以为他转正后会很忙。三天后我又给他发了一条微信："忙吗？"

还是没有回复。

五天后，我给他打了一个电话，响了两声，就变成正在通话中了。

我花了很多心思的斑驴先生，就像斑驴一样，在这个地球上消失了。

马琳很生气，她把我和斑驴先生的介绍人狠狠地打了一顿，这年头当红娘也不容易，风险太大了，弄好了自然功德一件，弄不好不仅里外不是人，甚至有可能招来杀身之祸。

大马显然是下了狠手，不然介绍人也不能全程都在撕心裂肺地大叫着："你放过我吧，老婆！"

马琳自然是不依不饶："我说你怎么能介绍这么一个渣男给吴映真！你还嫌她不够可怜不够惨吗？！"

这话听起来有点不对劲儿，但是他俩这场战争是如此之激烈，以至于我根本就插不进一个疑问。

程浅那扭曲的脸上快速张合的，是他扭曲的嘴："我也不知道他渣啊！他就和我说不合适，别的他什么都不肯说！"

"肯定是有理由的！不然不可能之前相处得好好的，现在连一个微信都不回，太绝情了！"

"我也觉得有问题，可是他真的什么都不说啊！"

"不行！你给我问出来！你必须给我问出来是什么原因！"马琳下了死命令，我站在一边袖手旁观，我觉得这毕竟是"家暴"，外人不好插手。另外，其实我比任何人都更想知道真相。

4. 动物世界

我情路上亮起红灯时，我的事业路上也堵车了。

我们家居生活馆的业绩连续下滑，到今天为止已经第三个年头，这倒是和我入职的时间很同步。也许是为了庆祝我入职三周年和生活馆业绩下滑三周年，早上八点，领导特意召开了全员大会，宣布家居生活馆正式更名为"凡尔赛宫"。

凡尔赛宫，这名字让我瞬间觉得自己应该是一名穿着大蓬蓬裙每天在国王身边端茶倒水的法国宫女。可是我认为我们的家具之所以越来越卖不出去，并不是因为不够高端大气上档次，恰恰相反，床和梳妆台的雕花精致得会让顾客质疑它的舒适性。而更让顾客望而却步的是它们越来越昂贵的价格，如果一个卖家具的地方不叫"生活"而叫作"宫殿"，那么真的会有人在这种家具中找到家的归属感吗？

"那么今天就是这样，大家还有什么意见和建议吗？"老板在散会之前总要例行公事。

对于这个提议，我是有意见和建议的，但是关键问题是，要不要提出来呢？

可是没等我叫住老板，老板就先叫住我了。

"吴映真，你留下来，大家可以走了。"

我留了下来，又跟着他去了他的办公室。

我们老板是个五十多岁的离异老胖子，木匠出身，在家具行业摸爬滚打了三十年，据说孩子被他扔到澳大利亚去了，自己一个人在国内寻花问柳好不快活，他和我们卖场的好多漂亮小姑娘都眉来眼去的，大家都能看到眉来眼去，但眉来眼去之后还有没有后续大家就不知道了。

他从来不和我眉来眼去，三年了，一次"眉来"都没发生过，我当然也就更不会主动抛给他个"眼去"。之所以人身安全常年零事故，主要有三点原因：第一，我不漂亮；第二，我不小；第三，我是个一心一意给他干活儿的驴，在他眼里，我可能就不是个姑娘。

当年他许诺我说，先让我在策划部摸索三年，了解家具家装的行业门道，再让我进设计部学习，培养我做设计师。

于是这三年来我在策划部事无巨细，从大型活动的策划，到广告投放的预算决算、微博微信的制作推广，再到部门员工的出勤报表，我一个人干一群人的活儿。早八晚九，有活动的时候早五晚十二也并不稀奇。工资自然是在上涨，但是我辛苦坚持下来的原因无非就是一个：进入设计部，成为设计师。

所以老板让我留下来的时候，我还有那么一点儿小兴奋，心想这么多年我盼星星盼月亮，现在终于都被我给盼来了。

"你坐啊。"

老板把他昨天晚上喝剩下的茶水往身后的那棵巨大的发财树上一泼，动作干净利落。

"小吴，这三年，你辛苦了。"老板看着我的眼睛。

"能为咱们家居馆尽一份力，是我的荣幸，再说，这么多年，您也没有亏待过我。"我说。

我的言外之意是，那三年之约，您老也应该兑现了吧。

"嗯。"老板沉吟了一会儿，然后突然亲切地问我："小吴啊，你有男朋友了吗？"

"啊？没有呢。"我没想到，怎么画风转换得这么快。

"你也快三十岁了吧？"

"二十九。"这个数字从我的牙缝里挤了出来。

"哦，那还是快三十岁了呀。"

"呵呵呵。"我无话可说，只能挤出来一个艰难的笑。

"你看你这么好的姑娘，忙得都没有时间谈恋爱了，你说我这个做长辈的，真是于心不忍啊。"

据我所知，他老人家连做他亲儿子的长辈都很不合格，哪根筋不对劲儿又抽到我这里来做长辈了？

"我和你爸的岁数应该差不多，我要是你爸，也替你着急，闺女这么大了还没男朋友呢，这搁谁谁不着急啊，你说是不是？"

"是。"

我慢慢觉得不对劲儿了，可是没摸清老板的意图之前，我只能先按兵不动，顺着他来。

"所以，我更希望你能做一个轻松点儿的工作，多留出点儿时间来找找男朋友，这才是终身大事儿啊，你说是不是？"

他这么一说，我就明白是什么意思了，但我还想为自己再争一争，于是尽量微笑着说："所以还请您像当初答应我的那样，把我调到设计部去，我在那儿应该会有更多时间谈恋爱，也会有更多的能量为公司创造更大的产值。"

"唉……"只听老板的一声叹息，这叹息打碎了我梦想的壳。

"你也知道，我们公司的营业额连年下滑，设计部的人太多了，我肯定是要裁员的。"

"就算设计部不缺人，我在策划部也干了这么多年，我的能力和经验……"

我还没说完，门突然开了，一个甜美的女声说："哦，对不起，我不知道你们还没说完……"

老板说："你来得正好，你吴姐一会儿要整理东西，你也帮帮忙，正好你就直接搬过去了。"

"是，老板。"

我回头一看，正好看到与声音同样甜美的笑容，我在卖场见过这个漂亮小姑娘，我不再说什么，而是很荣幸看到，老板眉来眼去的故事终于有了结局。

于是我站起来微笑着对他说："谢谢您的关心，不过我忘了和您说，我没爸。"

我从公司出来，看见工人们正在更换卖场的牌子，"生活"两个字被绳索吊着扯了下来，金光灿灿的"凡尔赛宫"正等待着被升上去，下午的阳光炙热，这四个字正刺着我的双眼，马琳的电话刚好打进来。

她说："映真，程浅套到真相了。"

我说："大马，我失业了。"

当这种情况发生的时候，我们是一定会在西马串店集合的。西马串店的食客还是那么多，不过还好，因为今天失业，我三点就下班了，难得不用排队，自然要点些"硬货"。

"服务员，给我来四串大腰子，二十串羊肉，二十串牛肉，十串菜卷，再来一份烤生蚝，先开四瓶啤酒，凉的。"

马琳没有对我的菜谱持任何异议，我有预感，她今天要和我说的真相，会比失业这件事儿更让我崩溃。

"说吧。"

马琳很认真地看了看我，就好像一位医生通过观察一位病人的状态，以此来决定要不要现在就将他得了绝症的消息告诉他。

"要不咱们等啤酒上来了再说吧，我有点儿口渴。"马琳说。

"那就等先吃饱了再说吧。"临刑前，我十分渴望吃上两串新烤的大腰子。

于是我俩就敞开了吃喝起来，四瓶啤酒没喝够，于是又要了四瓶，八瓶啤酒还欠点儿火候，接着又补了两瓶，当第十瓶啤酒下了肚，我觉得我双手握住的根本不是啤酒瓶子，而是旋转木马的杆儿，我得握住了，才能不从马上摔下来。

马琳一向比我有酒量，因为她再一次地观察了我，看了又看，看了又看，这才跟我说："映真，那小子果然是个'渣男'，你不和他处对象就对了。"

"到底怎么回事儿？"我想我终于可以知道真相了。

"那天程浅和几个哥们儿吃饭，其中也有斑驴，后来他们喝多了，聊起女人，有一个哥们儿夸自己的女朋友有多么能干，做售楼小姐的，上个月拿下了四百多万的销售额，你说厉不厉害？"

"厉害！"我本来想举起大拇指，但是我不敢松开酒瓶子，怕一松开，我就得从马上掉下去。

"是呀！程浅的哥们儿们也都觉得很厉害，巾帼不让须眉，可是你猜那小子说什么？"

"他说什么？"

"他说，你们觉得那样的女人真的好吗！女人太强有什么好处？我前一阵子认识一个女的，那叫一个精明，指导我跟领导应该说什么，不应该说什么，这种女人太有心计了，以后把我卖了我还得帮人家数钱呢！你说他说的是谁？"

"我呗。"我嘿嘿一笑，原来是我把人家生生吓跑的。

"他当时喝多了，忘了程浅还在场呢！把实话给说出来了！他这个大傻子！"

马琳骂斑驴先生大傻子的时候中气十足，她的丸子头散落下来许多柔软的碎发，在她发力骂人的时候随着晃动的头颅飘摇着，这让我想到了大海的波浪，也是这样弯曲浮动的，又让我想起帆船，帆船就是在波浪上航行。这一想到船可坏了，晕船的感觉瞬间贯穿了我的身体，我赶紧向厕所跑去，虽然起跑的一瞬间我已经记不得西马串吧的厕所在哪儿了。

呕吐的感觉就像是有一双无形的大手给奶牛挤牛奶一样挤着你的胃，这种感觉并不好受，但却根本停不下来。

马琳在后面拍打着我的后背，其实我一直想和她说："你快回去吧，不然咱俩的包儿谁看着啊。"

其实我挺佩服我自己的，都吐成这样了，还能惦记起自己的包儿，此刻有这等觉悟的人都是热爱生活的失恋者，都是不会对生活自暴自弃的失业者，都是关心明日阳光的失意者，可惜我就是没有机会和马琳说。

当那双无形的手终于放过我的胃时，看着我刚才闭着眼睛吐出来的成果，突然间又浮现起斑驴先生的脸，于是，我又吐了。

这一吐算是吐彻底了，我把晚上吃进去的那些肉串儿，包括对整个斑驴物种的非分之想全都吐出去了，我这个人优点不多缺点不少，但有一个优点是我引以为傲的，就是我不会为一件事儿哭两次，也不会为一个男人吐两次。

全吐出来以后我的内心一片清明，我再也不会为了谁而穿我不喜欢的裙子，不管我以后是找不到工作还是变成"肥婆"，我都不会为了嫁人而委屈我自己，事实证明，你为此多委屈也没用，因为你嫁不出去就是嫁不出去，所以做你自己就好了。

想明白这件事儿，我的胃就舒服多了，马琳关切地问我："映真，你没事儿吧？"

"没事儿啊。"为了证明我真的没事儿，我还用僵硬的嘴角向她展示了微笑。

笑完了我有点儿后悔，特别想和她说这个不算，我重新笑一个给你看，于是我就又笑了一次，还是不完美，接着我又笑了起来。在马琳看来，我微笑的节奏是这样的：

"呵呵……呵呵呵……呵呵呵呵呵……"

通常在影视剧里，如果一个人物形象出现了这样的笑声，那么他八成是在扮演一个疯子。

我看到马琳皱着眉头说："吴映真你别这样！没必要为这个'渣男'难过，他有病咱们不能跟他一样！"

"我没难过啊。"我说。

马琳有点儿急了，她说："吴映真你别憋着，有什么不痛快你就发泄出来，千万别弄出内伤来！"

我说："我不是刚发泄完吗？还怎么发泄啊？我已经没东西可吐了啊！再说了，多大点儿事儿啊，人家又没和我谈恋爱，就是相处嘛，发现不合适及时收手这很正常。"

听到我这样说，马琳脸上那些担心我的褶皱瞬间松弛了下来，她打了个哈欠说："那就出去吧，厕所味儿挺大的。"

我俩又回到座位上，马琳说："我让程浅现在来接我们啊？"

我说："不着急，歇会儿。"

于是马琳给我要了一壶茶水，西马串店墙上的电视正在播放《动物世界》，我就一边喝茶水，一边看《动物世界》。

我问马琳："你知道斑驴长什么样儿吗？"

"我当然知道啦，我见过秦北冥。"说话间，马琳已经打开了手机游戏。

"我是说斑驴！真正的斑驴，不是秦北冥！"我说。

马琳问："哦，不知道，它是斑马和毛驴的孩子吗？"

我说："不是，但是从外表上来看也差不多，他们前半身是斑马的花纹，后半身却像驴。"

"所以呢，它的肉能吃吗？"

马琳作为一名合格的肉食动物，连头都没抬一下，就在不经意间问出了自己最感兴趣的问题。

"当然，斑驴的肉味道又好出肉量又高。"

"那还真是一种好动物。"

"可是它们在1883年就灭绝了。"

"哦，所以呢？"马琳显然没有明白我为什么要给她讲这些。

"你知道他们为什么灭绝吗？"我问。

"被人类吃光了呗。"

"不，人类是很喜欢吃他们的肉，但是这还没把它们逼入绝境，真正可怕的，是人类看上了它们的皮，在欧洲，它们的皮价格很高，这才导致斑驴的最终灭绝。"

"所以呢？"

"所以，太注重外表是多么可怕的事情。"我悠悠地说。

马琳摇摇头，拨通程浅的电话："程浅，你快过来接我们吧，吴映真喝多了。"

5.当时为什么没有再考一年

我失业在家，最闹心的不是我，而是我妈。

我妈作为一名快退休的优秀高中语文老师，虽然现在已经退居二线，成为学校图书馆的管理员，但是对待工作仍然兢兢业业一丝不苟，所以对于她都有班儿上而我却没班儿上的事实难以忍受。但我妈毕竟是有知识有修养的老太太，她当然不会把这种痛苦当面跟我说，可知母莫如女，我能从她每天做菜时放入的食盐含量看出她最近的心情。

所以最近一段时间，我妈做的菜，每一道都齁嗓子，我当然不敢吱声，在家啃老的人还好意思说妈妈做的菜难吃吗？

可能是由于最近有大量食盐摄入体内，让我萌生了新的力量，因此我把这次失业当作新的开始，所以我的简历大多投给了家居设计类的职位，可是几乎全军覆没，只有一家公司让我过去面试。

我当然很高兴，带着我的画稿和最贵的包包就过去了。

对方是一家做家具设计的小公司，面试我的人年轻且英俊，虽然穿着深色的西服领带，但他脸上的胶原蛋白好像多到一转头就会因为重力加速度而流下来，而裹在白衬衫里的肌肉证明他是健身房或者户外运动的常客。

人却亲切得很，眼神里都是热情的光芒，还为我挪开椅子让我坐下。

"外面很热吧？"他拿着遥控器把空调开大。

"还可以。"我说。

"天气预报说今天三十度呢，一路上辛苦啦，冰水可以吗？"他又走到饮水机面前。

"可以。"

他把水摆在我的面前，自己也在我对面坐下。

"我叫许诺，我们是个刚起步的小公司，我一个人兼任好几摊工作，老板、人力资源、财务、业务员，甚至装卸工，都是我一个人，省钱嘛。"

"创业公司起步难，不过你年纪轻轻也很了不起了。"我夸赞他。

他摇摇头："哪儿啊，我自己是有想法和抱负，但是真正要操作起来，还是免不了俗，要借用我爸的财力和资源。"

这么坦诚的富二代我还是第一次见到，不过话又说回来，我也不认识几个富二代。

"我看了你的简历，你之前在风范家居生活馆干了三年的策划，怎么又想做设计了呢？"他问我。

"因为我本来就是想做设计，而且之前的老板也许诺我，说我做满三年策划，就会让我去设计部，但是他的许诺没有兑现。"说完我突然反应过来，"噗嗤"一声笑了出来。"不好意思。"我说。

"没事儿。"他倒是习以为常。"那么你为什么离开那里？"他问。

"因为合同到期了，还有就是老板的个人原因，具体是什么原因，我虽然离开了，不管我们之间发生过什么，我也不想说老东家的坏话，毕竟我在那里学到了很多，也得到了很多。"我说。

许诺看着我的眼睛里有一些来路不明的光，当我开始怀疑自己是不是说错了什么的时候，他终于点点头，接着问我："你是学工商管理专业的，为什么想做家居设计？"

"因为这是我从小的梦想。"我说。

"那你上学的时候为什么不选择这方面的专业呢？"他问。

"我选了，但是我没考上，不过这么多年我也从来没有放弃过画画和设计，我今天带来了我自己画的设计图。"

我转身从包里拿出来我的画册给许诺看，许诺认真翻看起来。

"其实你画得不错，但还是缺少专业性的东西和设计经验。很有想法和创意，但总感觉是个门外汉。我说话直接，你不要生气。"

许诺向我道歉，我知道他对我的评价直接，但我也知道这是准确的。

"当时为什么没有再考一年呢？"他问。

是呀，当时为什么没有再考一年？

我在高一的时候告诉妈妈想要学画画的志向，我妈妈没有反对，但也没有特别支持，因为家里的情况摆在面前，我的一套颜料买下来，我妈就得每天多讲四个小时的课，质量好一点儿的，她每晚就要十点回家。我家里没有这么大的草原，来供养我这匹小野马。可我知道，我妈已经竭尽全力了。

我当时的学习成绩也不错，考个一本的大学应该没什么问题。但考美术专业课要有半年的时间全天在画室学习，当时我的班主任和我妈说：

"你确定要让吴映真走这条路吗？她本来可以考上很好的大学，可这样一折腾，就悬了。而且，您的家庭状况，学艺术也会费劲儿的。"

她和班主任说："我一个人养着她，就怕她会恨我，走一步看一步吧。"

所以我决定赌一次大的，用青春做筹码，向全国最好的美院叫了次板。

可惜，我赌输了。

输了就回去好好考文化课吧，偏偏我又得了阑尾炎，手术加恢复，能参加高考就已经不错了。后来我看星座书上说，那一年，土星在我的本命宫压着，换句话说，就是活该我倒霉。

可我究竟为什么没有坚持再考一年呢？

现在想想，可能是因为那时候觉得自己还年轻，以后会有大把的时间迂回攻坚，总是有办法成为设计师的。现在看来，这种想法太幼稚，人生已经在我的妥协中掉了头，青春也在偏离的轨道上渐渐远去。

那么现在，我要怎样回答许诺呢，我什么都说不了，我只能微笑着说："就是……没有。"

许诺善解人意地点点头，眼神里都是令人舒服的光。

我当然没有成功。他们公司小，需要成手，能马上投入到工作中去的那种人才，作为在职场工作了三四年的人来说，我当然理解许老板的选择，每个人都有选择的权利，当年没有人逼着我一定要念工商管理，一定要去那所大学，是我自己去的，所以现在，我怨不得这个小老板。

既然简历都石沉大海了，又赶上这几天阴雨连绵，索性在家吃冰激凌看电影。

6. 猫先生

那天我正在重温《成为简·奥斯汀》，英俊傲慢的汤姆突然打扰正在众人面前朗读的简·奥斯汀，和汤姆一样闯进来的，还有我老姨打来的电话。

我老姨说："真真，你干啥呢？"

我有点儿不好意思，把电影暂停，说："在家呢。"

我没想到我老姨听了还挺高兴，她说："那正好，我一会儿给你发过去一个男孩的照片，你也给我发一张你漂亮点儿的照片，听见没，快点儿啊！"

我更不好意思了，我说："老姨，那什么，我现在在家待业呢，你还给人家介绍，不好吧。"

我老姨说："这怕什么！你又不是待业一辈子，你先跟他见着，你那边工作也找着，两手抓，两手都要硬嘛，再说了，你已经没工作了，再耽误找对象这不更完蛋了嘛！"

我老姨不愧是在高校后勤工作了一辈子的老干部，说起话来句句在理，字字诛心，除了乖乖拿出自己的照片我没有任何拒绝的理由，但是，我想起个事儿，于是我问我老姨："老姨，我不是给过你照片嘛！"

我老姨不是第一次给我介绍对象了，她是我的长期红娘。我妈说，我老姨打小儿就人美嘴甜、八面玲珑，识人的眼光又稳准狠，最好的例证就是我那个当年还是厨房小水台如今拥有十二家连锁大酒楼的老姨夫。先天资质好，后天经验足，又自带优秀项目案例，这样的人才去天宫应聘红娘职位肯定毫无悬念，优先录取。可惜我老姨这半辈子练就的一身武艺无处施展，他儿子高中时就早恋，大学毕业就早婚，根本没有给她一丁点儿施展才能的机会。她一腔沸腾的老血在胸中滚来滚去，当我终于过了二十一岁，我老姨誓要将这腔热忱染红我的嫁衣，她又是我妈这五个姐妹里面唯一一个没有退休且工作单位比较优质的，自然会产出优质的未婚男青年，比如那些青年教授和青年教务人员，当他们来到学校任职时，势必会来我老姨那里申请单身宿舍，至少也要办张饭卡，这时候，我老姨都会热情地与这群初来乍到的青年才俊说上一句："小伙子，你有对象没？"

之前就说过我老姨火眼金睛，她也不是谁都问，不过在她开过口的人群中，单身率竟然高达90%，说她看人准，可不是徒有虚名。

　　她名声在外，当然有很多人来找我老姨给自己家闺女介绍对象，这其中不乏副总经理的女儿、副校长的姑娘、富一代的千金。可是我老姨那是我的亲老姨，条件再好，排队也要排在我后面，所以当我老姨从对方口里得到的答案是否定的时，她会迅速地把手机按亮，然后指着屏保说："这是我外甥女儿，你看她行不？"

　　我又问了一遍："老姨，你不是有我照片吗？"

　　我老姨说："我跟你说，这个条件可好了！叫杨照，父母在国外开公司，以前都是我们学校出去的学生，要不是这一点，人家还不来我们学校交流呢！我们校长请了一年才把他请过来待三个月，八抬大轿给抬来的！"

　　"简直要上天了啊，老姨！"

　　"所以你赶紧再给我一个更漂亮的照片。"

　　"我那张还不够漂亮？"

　　"不够，我怕人家看不上你，万一连面试的机会都不给你可怎么办？修图会不会？美图秀秀，知道不？"

　　合作多年，我老姨头一次和我说这样的话，没想到她也有不自信的时候。

　　我突然想到一件事儿，我说："等一下，老姨！"

　　我老姨特别不耐烦："还等啥！赶紧的！"

　　我说："你说他就在咱们这儿待三个月？"

　　我老姨说："是呀。"

　　我说："三个月以后呢？"

　　我老姨说："他就回美国了呀。"

　　我说："这太不靠谱啦！相亲是以结婚为目的的，他走了，把我一个人留这儿，这不要我呢吗？"

我老姨说："这事儿你不用操心，我会帮你问清楚的，只要他心诚，这些都不是问题！"

十分钟以后，我把一张在我妈单位的图书馆里拍的照片发了过去，美颜效果显著得只要不瞎都能轻易看出来，我老姨给我比了个"OK"。

我根本就没合计这事儿能成，因为小杨教授这棵高枝儿实在是太高了，我爬上去可能会冷，也可能会上不来气儿，还有可能摔死，更有可能我压根就爬不上去。

我又看了二十分钟电影，奥斯汀和汤姆刚跳完一个别扭的舞，我老姨的电话又打了过来，声音里透着的那种兴奋，我确信她得知自己意外当了奶奶的那一刻都没有这么激动。

她说："真真啊，杨照同意见面了！"

"老姨……"

没想到我亢奋的老姨都学会抢答了，她说："人家说了，别的事儿都不用操心，能见面就行，他说见了面就都懂了，哎呀，我真是没想到啊，这么优秀的人竟然想要见你……"

我黑着脸说："老姨，你这话是怎么说的。"

我在心里可怜了杨教授一秒钟，他可真是初来乍到，没见过中国的世面，可要不是因为这一点，我可能就见不着他了。

随后我老姨给我发过来一张杨教授的照片，他穿着白衬衫，坐在国外图书馆的书桌旁，小臂像小学生一样乖乖地贴在桌面上，正转头对着给他拍照的同桌微笑。那一张脸，是那种让所有姑娘看了都会忍不住激发本能地说上一句："这个哥哥好像在哪儿见过。"

我本来想把照片给马琳看看，但是马琳现在太忙了。她辞了销售的工作，早上六点起床，去城北的培训班学习，晚上九点才能到家，天天如此。马琳之所以这么拼是因为只要过了银行的笔试，面试基本上十拿九稳。程浅的爸爸在银行有相熟的朋友，那次两家人见面，谈到了这家银行正在招聘，他和未来的儿媳妇儿说，只要能进笔试，面试不成问题。

其实我还是羡慕马琳的，她是金牛座的，进银行是她的梦想，目前看来，她这个待业女青年，所有的付出都是有回报的。而我这个待业女青年，是基本被梦想关在门外了。可我从来都不认为，我的付出是不值得的，梦想呀，就是一种让你去犯贱的东西。

我没想到我妈对这事儿会出奇的上心，还特意给了我五百块钱让我去买件新衣服穿。我不明白这些老太太都是怎么了，难道在她们的眼中自己的孩子真的是天仙吗？我突然就理解了灰姑娘的继母，可怜天下父母心，我也确实是亲生的那一个。

杨照竟然约我在西马串店见面，这让我有点儿小意外，还忍不住有点儿小惊喜。

西马串店是下午一点开门营业，由于我没工作他没课，我们约在下午两点见面。我老姨和他说我的职业是小学老师，现在正在放假中，每天的每个时辰都有空。这话里的意思就是：我家大门常打开，方便杨教授随时"临幸"我。

我说："老姨，咱这不是骗人嘛！"

我老姨说："我说你是小学老师，并不是说你真的是小学老师，只是表示你是很正经的姑娘，时间又多得是，绝对不会耽误谈恋爱。这怎么能是骗呢？"

我说："老姨，你这是什么逻辑，你就不怕有一天他会戳穿我？"

我老姨说："你这几天就赶紧找工作呗，他又不知道，怕什么。"

"可是我找不了小学老师的工作，我没有教师资格证啊！"我想我老姨信口雌黄也要有限度，这么严重的硬伤以后要怎么圆呢？

谁知我老姨轻飘飘地说："没事儿，他是外国人，暂时还不明白这些，到时候你说你转行了就行了。"

果然，姜还是老的辣。

西马串店，我曾经来过无数次，可能是由于我今天的鞋跟太高的缘故，进门的时候不小心被门口的台阶绊了一下，就这样莽撞地冲进了西马。站稳后我一抬头，就看见杨照正在向我招手，招得那叫一个肯定，那叫一个从容。我其实特别佩服他，我的照片都修成那样了他还能在人群当中认出我来，不愧是高人。

我向他走过去，这个时间西马串店的人不多，但是陆续有食客进门找座位，我看他站了起来，好像在特别迎接我。他穿着灰色的纯色T恤衫，浅蓝色牛仔裤，皮肤白净得像牛奶，自然利落的短发，目测发质有点儿软，黑色的帆布包放在旁边的座位上。

待我坐下，意想不到的事情发生了，这个神一样的杨教授开口对我说的第一句话竟然是："你怎么那么胖了。"

对于一个女生来说，"胖"这个字就像一颗诛心的子弹，容易引发不必要的杀人命案。

我知道给他的照片确实修得狠了点儿，但是我没想到他会这么没礼貌！

这可怎么办？我要用什么来撑他？说他和照片上也不一样，他比照片帅多了？我当然不能这么说！虽然这是事实。

于是我说："是啊，给你的照片我故意修了，因为我想做个试验，来证明'直男癌'患者都长着一双愿者上钩的瞎眼睛。"

杨教授显然没有想到我会这么说，他托腮看着我，似乎拿我当一个课题在研究思考。他的样子，很像一只波斯猫。

看就看，谁怕谁，于是我也看着他，我们就这样诡异地对视了两秒，他突然莫名其妙地问我："你知道我是谁吗？"

"我当然知道你是谁，你是牛得快上天的杨照教授嘛。"我此刻的脑子好像一只充满二氧化碳的画着笑脸的红色气球。

然后，他竟然发出了一声恍然大悟似的"哦"，好像才想明白自己是谁一样！

真没想到，老马也有失前蹄的情况，我老姨竟然给我介绍了个傻子。

我正在无言以对的状态中无法自拔，突然听到对方真挚地喊我的名字："吴映真。"

"啊？"

"你想吃点儿什么？"他把菜单摆在我面前，冲我微笑。

在相亲的时候，女方会有很多次选择，比如是选择早到五分钟观察男生出现时的走姿，还是选择晚到五分钟，观察男生等你时的坐姿，第一印象很重要。同样的，你的选择也会影响男生先看到你的第一印象。所以这些选择看似细节，却有可能成为二人关系的决定性因素，此刻，我就面临着这样的选择，到底要不要和这朵"奇葩"吃这顿饭？

其实，女生的选择受客观情况的影响是非常大的，比如说此刻的我吧，我是真的饿了，所以我选择：

"我要五个羊肉串，两个烤鸡皮，两个烤菜卷，再来一份辣白菜炒饭。"

我选的都是上菜快的食物，因为我想尽快结束这一次尴尬的相亲。

杨教授点了一道烤偏口鱼和蛋炒饭。他竟然要了烤偏口鱼，这道菜很慢的！

　　杨教授问我："你喜欢吃鱼吧，对，我们一样的。"

　　"呵呵，嗯。"虽然这是真的，但他非常自以为是。

　　虽然他"颜值"很高，但是是个颜值高的傻子，所以在等菜的时间里，我全程都在看电视上播放的《动物世界》。

　　今天播放的是雪豹塔希提的故事。

　　"你现在在做小学老师吗？"对面传来杨照的声音。

　　我最怕他问这个，心里虚出了一个大洞，于是更不敢看他，目不转睛地盯着塔希提在捕猎，就像此刻的塔希提盯着那只羚羊，鼻子里哼出了一个底气不足的"嗯"。

　　果然，对面没有再传来声音，谁都能看出来我并不想再继续这个话题。

　　当塔希提已经开始享用那只肥硕的羚羊时，我的美食还没有上来。

　　"你这么喜欢看雪豹吗？"杨照又开始和我搭话。

　　此刻的塔希提迎来了春天，阳光灿烂明媚，它正趴在一块岩石上眯着眼睛悠闲地晒太阳，偶尔张开打个哈欠，或者眨个眼睛，看起来就像在院子里打盹乘凉的邻居。

　　我说："不是，我只是喜欢大猫。"

　　"那你知道 Cat Survival Trust 吗？在英国伦敦。"

　　又开始飙英文了，除了 cat，剩下那两个单词我根本就没听懂。还好我的辣白菜炒饭救了我。

　　杨照没有再说什么，因为傻子都能看出来我对辣白菜炒饭的热情要比那个什么 cat 大上十倍，要比他自己大上一百倍，我其实有点儿隐隐的奇怪，为什么他还在跟我这种没礼貌的人继续讲话，像这他种傲慢的霸道总裁型人设不是早就应该在嘲讽我之后冷冷地走掉吗？

我见他微笑着看着我吃炒饭，于是礼貌地问他："你吃吗？我给你拨点儿？"

没想到他竟然说："行啊。"

然后还把面前的小碟子向我这里推了推，我只是客气一下，没想到他还真吃？我在我没有动过的那一块儿地方给他盛了两勺递给他。

他吃了一口就停下了。

"太辣了。"

然后，我看到他白皙的脸上渐渐泛红，他又倒了几次水，水壶都喝空了。

我是一个很纠结的人，这一点尤其体现在我看《动物世界》的时候，比如，当一只雪豹在追逐一只羚羊时，我的内心是煎熬的，因为如果雪豹捕获了羚羊，我会可怜羚羊失去了生命，可是当羚羊逃脱时，我会可怜雪豹要饿着肚子，这种纠结总结起来就是：同情弱者症。

所以，当杨照说我胖时，我想让他卧轨；当他被辣白菜折磨时，我又想给他倒水。

这就是"不争气人格"，俗称"贱骨头"。

快吃饱的时候，我发现杨教授在很认真地吃那条鱼，很认真很认真，那架势，不亚于一场危险性极高的科学实验，他好像是感知到了我在惊讶地看着他，一块鱼肉刚要送到嘴边又放下了，然后抬起头问我："你不吃吗？我给你留了一面鱼肉。"

"我已经吃饱了。"我说。

于是我就坐在那里等着他缓慢细致地吃鱼，这条鱼直接导致这场乏味诡异的相亲没完没了，由于最近睡午觉睡惯了，又吃得饱饱的，我开始有点儿昏昏欲睡。

可是杨教授还没吃完。

我有点儿等不及，于是对服务员示意："买单！"

我说买单虽然有催促他的意思，但是我也是真的想买，因为我不喜欢让我不喜欢的男生请我吃饭，如果我觉得我们不会再见面了，那么我会买单，虽然我尚在待业中，但是这点儿尊严的血我还是要出的。

杨教授马上放弃了那条鱼，抗议道："不要，我来。"

我说："您接着吃吧，我买就是了。"

于是我走到收银台前面，准备微信付款。

没想到杨教授紧跟着我过来了，直接拿出现金递给服务员。

管收钱的服务员是个小姑娘，看见帅哥和红票子还能搭理我？冲着杨照根本就合不拢嘴，还故意磨蹭时间："一共是一百零八元，这是您的菜单，请对一下，看看有没有多加上去的菜。"

哎，我来西马这么多次我怎么从来没听过这小姑娘主动让我对菜单呢？都是我让她把菜单给我看看好吗！

杨照看了一眼说："好的，没有问题，谢谢。"

"您再确认一下，我们机器打出来的有时候可能会出错。"

我在旁边都忍不住要见义勇为了，我对小姑娘说："你能不能快点儿，后面还有人等着呢。"

小姑娘很自然地白了我一眼，然后从收银机里挑选出两枚崭新的硬币递到杨照手里："谢谢您的惠顾，欢迎下次再来！"

我也礼貌地说了一句："谢谢你请我吃饭。"

真是人长得美，听"谢谢"都比一般人多几个。

可是当我们一转身，发现杨照的黑色帆布包没了。

7. 雪猴先生

"你那包儿里有什么？"我紧张起来。

"有一个相机。"

"贵不贵？"我更紧张。

"还行，大概四万块人民币吧。"

我倒抽了一口冷气。

"其实相机还行，关键是我的笔记本……"

"是苹果的吗？！"

"什么苹果？"

"苹果笔记本！你……"我把已经滑到嘴边的"傻子"又咽了回去。

"不是啊，就是个纸质的笔记本，不过里面的内容都是我洗澡的时候想出来的算法，比较重要。"

"大哥，你洗澡的时候还算题啊？你的笔记本是防水的吗？"

"我洗泡泡浴的时候。"杨教授竟然还能冲我笑出来。

我理都没理他，直接找到刚才收钱的小姑娘说：

"找你们老板来，我包儿丢了，我要调监控。"我说。

"你找我们老板没用，你包儿丢了得先找警察，警察来了我们才能调监控。"小姑娘淡定地陈述完抓小偷的步骤后，继续收钱。

这样的态度让我有点儿生气，但是现在不是生气的时候，为这事儿耽误了找东西的时间不值得。

于是我急中生智，抱着试试看的态度指了指杨教授："是他的包儿丢了。"

果然，她抬起头看着杨教授说："没事儿，您别担心，我现在就帮您报警。"

一气呵成。

警察叔叔不到十分钟就到了，来了两位警察，年纪大的一脸和气，年纪小的有点婴儿肥，看起来却非常严肃。

警察都来了，店家马上带我们去办公室，调出监控录像来让我们看。

从录像上来看，小偷业务纯熟，他一进门就不动声色地直奔洗手间，并没有经过杨照的书包，可走的时候就像是刚在店里吃完饭的客人，自然而然地伸手拿走了书包。可是我注意到一个细节，他在马上就要走出大门的时候跟刚进门的食客打了个招呼，这个刚进门的食客我看着有点儿眼熟，虽然脸看不清楚，但是这个弯腰驼背的走路姿势却无比显眼。

我对警察说："麻烦您能不能倒回去再让我看看那个人？"

警察又让我看了一遍，这走路姿势，就算他整容了我都认识他，这不是我的相亲对象，雪猴先生嘛！

"你认识？"我发现小警察说话不动嘴唇。

我点点头。

"怎么认识的？"他问我。

"相亲。"作为一个女生，我还是有点儿窘迫的，我看了一眼杨照，杨照倒是一副看热闹的表情。

小警察又看了看杨照，问："你们俩什么关系？"

"我俩……也是在……相亲。"我如实回答。

那位警察大叔实在忍不住笑了，他看着我，点点头，而小警察则冷冰冰地来了一句："理解。"

理解什么？

警察让我去大厅找雪猴先生，我凭借记忆仔仔细细地找了一圈，但是没有找到。

"也可能，是我记不住他长什么样子了，如果他能站起来走两步的话，说不定会更好找一些……"我说的确实是实话。

"他叫什么名字？"小警察问。

"好像叫王明……"我好不容易想起来。

"怎么写？"老警察问。

"哎呀……这个我还真不知道他是哪个字……"我说。

小警察说："这可能就有点儿麻烦了。"

"啊？什么意思？找不回来了吗？"我又紧张了。

"你们之间有什么情感纠葛吗？"

"啊？"

"你确定他丢的相机里面，没有那你那种照片吗？"

"哪种照片？"

我没反应过来，杨照却忍不住笑出声来，他一笑我明白过来了，顿时有一种不小心把辣椒油当洗面奶用了的错觉——一时半会儿都找不着脸了。

我冒着违法的可能问冰脸小警察："您确定您不是个假警察吗？"

警察大叔这时候冒出来劝我："别生气啊，他只是想排除一种可能。"

我学着小警察的样子冰镇了一句："理解。"

两位警察私下交流了一阵，然后小警察就又走进了办公室，老警察走过来问我："那个你的……前任相亲对象是干什么的？"

"他算是个体户吧……好像是倒腾二手车的。"我回忆道。

"你现在还能联系到他吗？"他问。

"不能了，我都把他电话给删了，但是我可以回去问介绍人，介绍人可以。"我说。

"那好，你最好和他联系一下，有什么事儿就及时和我们沟通。"

我点点头。

"你们等消息吧，我们这边有什么进展我会通知你们。"

杨照向警察道谢，串店的经理向我们道了歉，并免了这顿饭的单。

从西马串吧出来，我已经身心俱疲，含胸驼背，脚趾头开始轮番在高跟鞋里蜷成卷，一句话都不想说。

杨照说："你等一下，我这就把车子开过来。"

对我说这句话的杨教授简直就是天使。

我点了点头。

当我坐上他车子的一刻，我都差一点儿睡着了。

杨照问我："你家住哪儿啊？"

我用手机导航给他看，他说："太好了，谢谢。"

我说："是我谢谢你。"

说完我们就再也没什么话可说了。

全程只听见导航里传出来甜美动听的"走右侧三车道""五十米左转""前方有闯红灯照相"。

我有一个针对相亲对象的"三道门"情结。

我回家一共要经过三道门。

一道小区大门，一道单元楼门，还有一道是自己的房门，通常相亲对象送我回家，我会根据对这个人的印象好坏程度来决定他止步于哪道门。

目前为止，大部分人都止步于第一道门，只有两个人止步于第二道门，其中有一个就是斑驴先生，还没有人见过我的第三道门。

杨照也是我打算止步于第一道门的相亲对象，所以当我按开安全带的时候，我就对他说："谢谢你送我回来，再见。"

没想到他竟然问我："等一下，可以停在这里吗？"

我说："你放心，我快点儿下车就行了。"

"不，"他说，"我送你。"

我忙说："真的不用了，现在也不晚，我一会儿就到了。"

他没有说话，而是在认真地寻找车位，我偷偷拉了拉车门，果然被锁住了。

他把车子规规矩矩地停好，这才示意我下车。

"车子小有小的好处，开门的幅度会大一点儿，好下车。"他笑着说。

倒是不装腔作势。

我们跨过第一道门之后，他竟然还往里走，我觉得该说点儿什么了，他之所以执意要下车送我，应该就是在等我这句话。

于是我站住不动，对他说："你看，今天这事儿弄得挺不好的，和我相个亲还把相机弄丢了，不过你放心，我肯定会竭尽全力帮你找的！"

"啊，"他点了点头，"接下来往哪儿走？是往这边吗？"

"啊，这边。"我没想到他还真的按着我指的方向迈起了大步，我又一次阻止他，"哎，我说你回去吧。"

"好的。"嘴里说好，腿上却往不好的方向继续走着，我也只能小跑跟着他。

"我最近要参加一个研讨会。"他说。

"哦。"

"大概周五能回来。"他说。

"哦。"

"所以周六打算去买买家具。"他说。

"哦。"

"嗯。"

"这回真的到了，你快回去吧！"我站在单元门口止住脚步。

杨照往楼上看了看，问我："爬上去挺累吧。"

"还行吧，这种老旧小区，没电梯，没办法。"不过他怎么知道我要很累地爬上去，难道我没有住一楼的面相？

看着我走进了漆黑阴凉的楼道，杨照才摆摆手离开。我叹了一口气，想我该如何重新拾回我与邻居赵大妈那破碎的感情。

8. 介绍人得罪不起

赵大妈就是我和雪猴先生的介绍人，雪猴先生是赵大妈的外甥，当初因为我删除了雪猴先生的微信和电话号码，赵大妈一气之下也差点儿删除了我的联系方式，她在小区里逮到我妈就抱怨："你家映真太不懂事儿了，你说你跟人家不成可以，但买卖不成仁义在，哪有说都不说一句，就直接给人家拉黑了的！"

赵大妈嗓子眼里安装了天然的环绕立体声，两句话喊出去，楼上的十几个脑袋探出窗户来。

我妈当时手里正攥着一捆韭菜，为了省一毛钱没要塑料袋，她的手指深深地扎进细密的韭菜里，挤出绿色的汁水，升腾出绿色的气味。

我妈反击："有什么仁义？我又没买卖过女儿，哪来的仁义？！"

也许是单亲母亲的缘故，我妈平时温和得很，谁说她什么她都可以一笑了之，唯独说我，不行。

家庭妇女出身的赵大妈，对于我妈这个逻辑显然有些措手不及，她瘪了瘪嘴，终于挤出了一个字正腔圆的"好"。

"好，没人管你家姑娘！"

"谢谢，我也觉得我家女儿你来管不合适！"我和其他围观群众一样扒着窗户目睹了一切，我发现两个平时聊不到一块儿去的老太太，吵架也吵不到一块儿去，各自的知识结构都太不同质，吵起来根本就不和调，更没有快感可言。

我有点儿心虚，眼瞅着我妈趾高气扬地进了门洞，我赶紧把洗衣机上的脏内衣按进水盆里，装出一副爱劳动的好宝宝样子。

我妈果然气得不轻，进门劈头就问我："你为啥删了人家的联系方式？你不想和人家相处就好好说！咱们家孩子不兴突然玩儿失踪，没礼貌！"

我说："妈，这事儿不能怨我，我已经和他讲得很清楚了，他还总给我发奇怪的微信！"

我妈问："有多奇怪？"

我擦擦手，说："我都给删了，他人我都拉黑了，而且太占内存了！"

我接过她手里的韭菜，说："不过我可以背出来。"

"你怎么还会背？"

"因为他隔三差五就发一次，而且每次发的内容都是一模一样的：映真，你上次不辞而别，其实我是懂你的，请你不要这样自卑，要记住你是非常好的女孩儿！跟上我的脚步，我们一定会很幸福的！"

我妈静静地看了我三秒，没有说话。

"每次都是这样，一字不差。"我耸了耸肩膀。

我妈想了想，然后说："你先给我讲讲你们俩是怎么回事儿吧。"

我捞个凳子坐下，开始给我妈讲我和雪猴先生的相亲故事。

雪猴先生约我在火锅店见面，屋里人声鼎沸，蒸汽缭绕，仿佛置身仙境一般。我从来没来过通风这么不好的一家火锅店，谁都看不见谁，我当时脑子里的第一反应就是：这……能找到相亲对象吗？可别相错了人。

烟雾中，我看见了一个周身环绕仙气的菩提手串正在空中飘动，我心中大动，以为自己真的到了太虚幻境，看这空中，还飘着法器呢。

"请问是吴小姐吗？"一个带着笑的声音传了出来。

我正眯眼睛找这声音的主人呢，谁知道雾气散开，一个顶着毛寸，穿着花衬衫、花裤子、花皮鞋的男人正站我对面冲我呵呵笑呢。

我本能地退后一步，他说："你好，我是王明。"

我说："你好，王先生。"

他说："别叫王先生啦，多见外，叫王哥吧。"

说着一转身，对我回眸一笑，说："这边走，妹妹。"

我紧紧跟着他，生怕一个不注意，就丢失在这云里雾里了。

雪猴先生带着我在一个空位置边落座，他选的这个位置还挺隐蔽，七拐八拐，挨墙靠窗，四周无食客，往来无跑堂。

我说："你这位置选的，堪比包房！"

他说："还行还行，我前一天订的位置，我说越隐蔽越好，我要谈大事儿。咱这不是大事儿嘛。"

他乐呵呵的，笑起来有些显老。

我也学着他"呵呵"一乐，说："看来你很喜欢吃火锅啊。"

没想到他脸一绷，严肃起来说："不是，我不喜欢，不过我这个人啊，皮肤特别干燥，就喜欢湿一点儿的地方，火锅店啦，澡堂子什么的。"

原来他来火锅店并不是因为想吃火锅，而是命中缺"湿"啊。

"点菜吧点菜吧！"他大声招呼服务员。

然后跟我说："妹妹，你随便点啊！千万别跟哥哥客气！不过我呀，不太喜欢吃肉，吃肉体内湿气太重，我最近养生，不吃肉。"

我说："那来点儿海鲜？"

他眉头一皱，连忙说："不好意思妹妹，不瞒你说，之前做生意跟客户大鱼大肉的吃坏了，落下一毛病，痛风！所以我还是悠着点儿，悠着点儿好。"

带我吃火锅，不让点肉，不让点海鲜，那我只能来一道蔬菜大拼盘了。

"完啦？"他一副很惊讶的样子。

我"嗯"了一声。

他突然大吼："这也太少了！"然后伸手拿过菜单自己看。

"一盘木耳，一盘金针菇，一盘豆腐皮，再来一份手擀面。"

点完了又对着我呵呵笑，说："这还差不多，妹妹，你点的太少了！减肥也不能这么减啊！"

我差点儿昏死过去，心想：哥哥，我说减肥了吗？不是你说不吃海鲜不吃肉的嘛！你抠门能不能不要拿我胖来当借口！再说了，我需要减肥吗？就算需要，你别说出来好吗！

服务员对了一遍菜，刚要转身，就被雪猴先生叫住："哎，等一下。"

服务员又转过来。

"我刚才进门的时候，看你们写着什么今日有特价菜？"

"是的先生。"

"今天什么特价啊？"他问。

"今天土豆片儿特价。"

"哦，那再来盘土豆片儿。"

当时我已经想好等忍完了这一顿，我再去斜对过儿的小超市补两根烤肠去。

雪猴先生倒是一副心满意足的样子，看着我问："妹妹平时有什么爱好啊？"

我说："看看书看看电影吧。"

他说："高雅！就喜欢这种高雅的人！"

我问："王……哥平时喜欢干什么呀？"

他用左手的食指关节"咣"得碰了一下桌子，立马吐出俩字儿："泡澡！"

"这个兴趣……还挺别致的哈……"我接茬。

"哎呀，妹妹！这个泡澡真是好呀！特别养生！就我这脸，之前一刮风就爆皮、一刮风就爆皮，这几年我把咱们市的澡堂子都泡遍了，你看看，多好！"

雪猴大哥用手背把自己肥厚的脸蛋子拍得"啪啪"作响："你看看，哎，你摸摸，可水灵了！你们女人花那么多钱买这个水儿买那个霜的，有啥用，就泡澡，泡澡是最好的美容了！真的妹妹，你别害羞，你摸摸，摸摸！"

我的脚尖已经指向出口的方向，若不是服务员上菜打断了雪猴先生的热情，我早就跑了！

说时迟那时快，我赶紧转移话题："王哥工作忙吗？"

他把土豆片放进锅里，说："能不忙嘛！我这一天天的事儿可多了！我现在是小河沿二手车市场的二把手，也就是副总，不知道我三舅妈跟你说过这个没，市场那么大，根本离不开我！"

他手里的菩提手串仿佛被一股能上天的真气顶得"哗啦哗啦"直响，我若不补上一句"王哥你可真厉害"来平复一下，怕是要被这股强大的力量撑到墙角去，于是，我就违心地补上了。

他仿佛更有兴致，脸上的肥肉在蒸汽里显得更肥，和我说："哎，就今天上午，我还卖出去一辆二手的奥迪V8呢！八成新，这个数！"

他伸出五根短粗的手指头，在我面前晃了又晃。

我"哇"了一声，根本闹不清他伸出来的这个五指的是五万还是五十万，正想低头捞个木耳，就听服务员一声大喊："外头警察贴条啦！"

一阵风过后，雪猴先生竟然不见了。

由于我这个位置挨着窗户，而我这个窗户又正好挨着警察贴条的那条街，我眼睁睁地看着食客们呼啦啦地冲出门口各自上车，更重要的是，我看见雪猴先生也在队伍之中，他那一身的花花儿行头在阳光下闪闪发光，我跟着这枚发光体过了马路，路过一辆奔驰，路过一辆宝马，路过一辆本田，又路过一辆捷豹，最后在一辆银灰色的车辆面前停下，开门，上去，开走，这辆车的车标好像一对红色的翅膀，它有一个霸气的名字叫作：五菱宏光。

9. 没想到还能再见面

接下来，我趁他回来之前迅速买单，并吩咐服务员，我走后，千万不要撤掉东西，雪猴先生停好车回来还得继续吃呢。

听到这里，我妈叹了一口气，在桌子上摊开一张报纸，又把手里的韭菜放在报纸上，开始用手一根一根撸下韭菜上的泥，说："以后啊，相亲之前，咱们得先对介绍人把关，介绍人要是靠谱，介绍的男孩也能靠谱，比如你老姨；这介绍人要是不靠谱啊，介绍的男孩也八成不靠谱，比如你赵大妈！"

我觉得我妈这个观点还是很正确的，相亲的最大风险就在于，明明对对方一无所知，却要拿出完成终身大事的态度去相识。因此在相亲的世界里，"介绍人"就好像是神仙一般，因为他们是唯一的全知视角，要做的事情就是把身边的两个"类聚"的陌生人聚到一类里去，如果你和介绍人都无法"类聚"，那么你和他给你介绍的这个人，多半也无法"群分"。

"所以啊！介绍人太重要了！咱们要提高标准，就算嫁不出去，也不能谁给介绍了都去见！"我妈一拍桌子，连韭菜都雀跃了起来。

可是第二天，我妈就忘了！说邻居秦大妈给我介绍了一个工程师，这几天跟着项目在外地跑呢，等人家回来了，让我去见一见。

我说："妈，秦大妈和赵大妈有什么区别？你昨天关于介绍人的理论都和韭菜一样剁成馅儿啦？"

我妈说："这回不一样，这个小伙子有文化呀！而且，人家都给你介绍了，挺热情的，你就去见见吧，要是都不见了，以后谁还给你介绍对象啊，没人给你介绍对象，你还怎么结婚啊，对不对？"

什么对不对？我此刻只能无言以对。

那么事情到了这个地步，我还怎么去重新联系上雪猴先生？

思来想去，只能硬着头皮从赵大妈下手了。

第二天一早，我特意去早市儿买了一个大西瓜，留到傍晚六点多才搬出去，因为这个时间，赵大妈多半是要去小区南门聊聊食杂店门口打麻将。

我捧着西瓜选择了在赵大妈必经之路上最隐蔽的一段等她，赵大妈今天来得有点儿晚，我脚脖子被咬了两个包，天色都有些深了，她老人家才出现。

我一看到她就猛地跳了出来，大喊了一声："赵大妈！"

"哎呦我的妈呀！谁呀！"

我赶紧把西瓜放在赵大妈怀里。

"赵大妈，我孝敬您的，我是映真啊！"

我为什么要先送礼后报名儿呢？机智如我，怀里抱着大西瓜的老太太，就算再不待见我，她也别想跑了！

果然，赵大妈翻了翻她那被褶子和死皮包裹着的大眼珠子，说："我当是谁呢，啥事儿？"

我涎着脸直言："赵妈妈，我想要王明的电话。"

"哎呀！这是怎么啦？你不是不待见人家嘛？"赵大妈的嘴皮子都没动一动，但我知道，她老人家的内心，已经雀跃得能够翻倒复仇的江海了。

"我找王哥是为了协助警察办案子，有个盗窃案，需要他的协助。协助警察办案，是每个好市民应尽的义务嘛！"我实话实说。

张大妈听了我这话，连眼皮上的褶子都绷得平整了许多，她说："哎呀映真啊！你可别诬陷我们家明明啊，他可是个好孩子，再说了，这事儿要找也应该是警察来找他吧，你这是怎么回事儿？"

我说："您放心，只要给我王明的电话，肯定会有警察去找他的！"

赵大妈一声大吼："警察来找他干吗！我家孩子没犯罪没

违规，你让警察来找他干吗！我说小真啊，你不处对象可以，但你可不能害他啊！"

我发现我眼前的老太太已经不是我赵大妈了，而是一只尾巴"啪啪"作响的响尾蛇，随时准备咬我一口。

我赶紧转换策略，把眼眉一垂，诉道："好吧赵大妈，这都是我的借口，我……我其实……还是忘不了王哥……对不起，我欺骗了你们所有人……可是我却骗不了我自己……所以我求您，您就把王明的电话给我吧！"

我知道我赵大妈平时深受苦情戏的浸染，每次看此类的电视剧都会准备两卷手纸，不哭光不会大结局，对症下药才是王道。

果然，我明显看出了赵大妈的眼皮子松弛了一下，可女人不管多老，都会被矜持所累，她说："你妈不让我管你！"

说起我妈，她瞬间爆发了抱着四斤的西瓜小跑的力量，这力量是那样的强大，我眼看着赵大妈就要消失在越来越深的夜里，于是我抓住最后的机会大喊一声："那您告诉我王明的明是哪个明也行啊！"

不知道赵大妈是觉得我对雪猴先生的心是真的很虔诚，还是雪猴先生找对象是真的很困难，总之，她用她那环绕立体声一般的嗓子，为我播放了一遍王明的电话号码。

我在无比感激的情绪中目送着赵大妈捧着沉重的西瓜渐行渐远，心中默默感叹了一声："赵大妈，一路走好！"

我没想到王明接到我的电话还是那么笑呵呵的，不得不佩服商人八面玲珑的优点，他听明白我的意思后，非常配合，这倒令我有些不好意思。

原来那小偷是雪猴先生在澡堂子里认识的，他之前跟我说去过全市所有的澡堂真不是瞎诌的，偷杨照相机的小偷，就是他在澡堂子认识的"澡友"，这两人都对洗澡有着无与伦比的热忱，但是他也并不知道这位"澡友"的真实身份，他说，也许这家伙偷了东西就是为了买澡票的。

我再一次对一个人的执着与梦想有了新的认识。

从派出所出来，我对雪猴先生说："今天真的谢谢你了王哥，我请你吃饭吧！"

雪猴先生乐呵呵地摆一摆他手中的菩提手串说："别客气，朋友帮忙嘛，再说了，配合警察办案也是每位好市民应尽的义务嘛！"

我说："真的太感谢你了王哥！你真是太棒了！"

这次我是发自肺腑的。

他说："妹妹真没事儿，以后想买二手车就找哥！"

我主动伸出手，说："哥，没说的，以后想买家具找我！"

刚说完这句话，我突然意识到，我已经失业在家，曾经对许多相亲对象许诺的以后买家具找我这事儿已经不好使了。那种来自失业本身的原生焦躁突然占领了我的全身，我就像一个夏天穿着黄色连衣裙穿过林中花丛的傻子一样，身上落满了让人大呼小叫的虫。

无用，才是最可怕的孤独。

原来我已经失业半个多月了，之前一直在"松一口气"和"新的开始"搅拌而成的复合果汁里畅饮，如今那种假性"饱腹感"已经荡然无存，果汁好喝，可以解渴却不能充饥，可以灌大肚却不是米面油，上趟三分钟的厕所出来，就又饿了。

这时候我妈突然打来电话。

我听见她说："真真快回来吧，家里漏水了。"

雪猴先生送我回家，开着他那辆如小钢炮一般的五菱宏光，在晚高峰的路上尽显老司机本色。

我双眼直勾勾地盯着前方不敢有一丝松懈，好像我松懈一下，就有可能不知道自己是怎么没的了。

"王哥，你慢点儿开，不着急！"这句话我尽量出口淡定。

结果雪猴先生说："怕啥妹妹，在我这儿就没有堵车这一说，你信不！"

我说："王哥，你眼里没有堵车这事儿，可我不能赌命啊！"

雪猴先生"呵呵呵"一笑，瞬间转了两下方向盘，超了一辆路虎。

我没想到，第一个闯进我的第三道门的，竟然是雪猴先生。

我本来是想让他回去来着，没想到他说："你们家也没个男的，有什么事儿不好说话，我上去帮你们看看。"

我觉得他说的也有理，我和我妈这么多年，因为孤儿寡母这种弱势组合也吃了不少的亏，尤其这种纠纷，有个男人在场，就算他什么话也不说，只是在一旁站着，也是件利器。

一进屋，我傻眼了，就好像进入了一家小型"盆"类艺术展览馆，为了使展馆看起来更加灵动，从天花板上设置了许多不规则的流水线，滴滴答答坠进不同材质的盆里，配合出不同的美妙声音，让人目瞪口呆。

我妈说："别在那儿干瞪眼了，帮我把这花盆搬过去，上水管子爆了，都是干净水，正好可以浇花。"

雪猴先生赶紧走过去帮忙，我只能感叹我妈的智慧。

我正忙着，杨照给我打电话，我知道他想问什么，但是我现在自顾都不暇，实在没时间向他汇报抓小偷的进展，于是果断挂断，杨照又打了一个，我当时正在用抹布擦地，双手湿漉漉的连挂断电话的机会都没有，任他打了一会儿，也就不打了。

当一切都处理妥当，已经晚上八点多了，我和我妈坐在沙发上休息，谁也没有说话。我看着这间住了快三十年的单间，心里就好像这间刚刚"大哭一场"的老房子，我不知道我妈的心情是怎样的，我也不敢问。

但是经过这件事情，我心里存下了两件事儿。第一件事儿，不要随便否定一个人，这样太片面，每个人都有缺点和优点，看清这两个点的顺序，决定相处的方式和寿命。第二件事儿，我决心给我妈改善居住环境，换一套两居室，就算不能换，也要把这间房子改成两居室。

所以，我得马上找工作，赚钱，攒钱。

至于梦想，就只能再缓缓，再缓缓了。

我知道我又走远了一步，可我没有办法，我爱自己，可我也不能不管我妈呀！

10. 我觉得你有点儿傻

我又开始找家具公司策划的职位，这次得到的回应就比较多了，工作经验是枷锁也是帆，它会推动你在那条航道上越走越远，但也就此把你牢牢锁在其中，转弯不得。所以第一职业很重要，一开始就不能妥协不能将就，但是人总会因为各种原因跟生活妥协，妥协是一种退缩，却也是用无奈换取安全感的可靠方式。

"你拉倒吧！"

忙里偷闲给我打电话的马琳对着我这番血泪观点打了个

大哈欠。

"别老埋怨生活，你当初就是努力了，也是努力得还不够，老找什么借口！又不是大家都没考上，考上的人还是很多的，说白了，你就是没天分，又喜欢一条路走到黑，活该啊你！"

我看了看厨房墙上的闹钟，已经十一点了，我妈睡得早，我晚上打电话都在厨房里解决，所以我为什么要在这样一个又热又困的午夜，窝在逼仄油腻的厨房里，听马琳肆无忌惮地撑我？

我压制着嗓音和怒火，问马琳："你干吗这么晚给我打电话！"

马琳突然软了下来叫我："吴映真。"

软而不糯，酥而不油，像睡美人第一次叫王子的名字。

毫无疑问，马琳对外是个"软妹子"，对我是个"女汉子"，但是当她对我软下来的时候，我得承认，"软妹子"才是征服天下的利器，因为她们不仅能够俘获所有的男人，而且还能够把其他女人变成硬汉，然后接着俘获她们。

我叹了口气，坐在厨房里的平时摘菜用的小板凳上说："我知道你最近挺累。"

马琳带着哭腔说："还是你懂我！"

"注意休息，别总不好好吃饭。"

她说："我知道，可是我给你打电话不是听你说这些的。"

"嗯？"

"你觉得你说这些真的能安慰我吗？"

"嗯？"

"我给你打电话是因为，当我这么累的时候，只有听听你这个既没对象又没工作的老女人说说话，才是对我最大的安慰。"

我曾经不止一次地怀疑，我为什么要和马琳做朋友，这一刻，我又怀疑了一次。

马琳在那头哈哈大笑，那笑声就仿佛是咱们家不小心弄爆了的上水管，呈现喷涌且连绵不绝的势态。

就在我要被这种笑声淋透的时候，马琳戛然而止，并突然问我："缺钱了吧？"

我一愣。

她接着说："我就知道，我给你微信转两千块钱，你先花着，别嫌少，我也失业呢。"

我挺感动，立刻说："你也不赚钱，还救济我干吗？"

她说："可好歹我有程浅养着，你有谁？"

我说："我有我……"

"妈"字还没出口，马琳就发声道："你可拉倒吧！别再糟践阿姨的钱了，她这么大岁数攒点儿钱不容易。"

我没再说话，心里是疼的，一说到我妈，我心里就疼。

爱是条件，所以爱也有条件反射。

第二天一早，叫醒我的不是面试官的电话，而是警察叔叔。

警察说，小偷抓到了，果然是在雪猴先生指认的那家澡堂子抓到的，相机已经被小偷变卖，买了洗浴中心的贵宾联票了。

我听着声音，感觉好像是当时那个年轻的警察。

我说："谢谢警察同志，洗澡的事儿好说，我想知道，除了相机还剩下什么没？"

警察说："还有当时那个书包，还有一个笔记本，别的就没什么了。"

我说："太好了！就要这个笔记本！还有书包！"

他问："那澡票怎么处理？"

我想了想，说："是很好的澡堂子吗？"

警察好像也想了一想，说："应该是很好的澡堂子，大江户，就在财富大厦对面。"

我说："那就都要着吧。"

警察说："那你就过来都拿走吧。"

不一会儿我又接到了面试官的电话，是一家我之前就颇有好感的家居网站，要我今天下午过去面试，他们单位的地点就在财富大厦的三楼，我连声说好。

挂断电话，我看了看星座运势，说我今天如虎添翼，事事顺利。

刚看完运势，我就接到了第三个电话，是杨照给我打过来的，我赶紧接了。

他说："你昨天晚上怎么不接我电话？"

我说："我家昨天晚上漏水了，手上全是水根本接不了，对不住了，不过你这电话来的正好，正好现在有进展了。"

他说："什么进展？"

我说："你的包啊！你打电话不就是为了这事儿吗！我刚撂下警察的电话，找到了。"

他听起来倒是很平静，说了声："是吗。"

我说："是呀！不过相机找不到了，但是笔记本和包还在，你的笔记本不是特别重要嘛。"

相机找不到了我有点儿心虚，所以尽量夸大找到笔记本的喜悦，想感染他，让他跟我一起喜悦，但是他并没有。

我的心更虚了，怕他要我负责赔偿。

然而，我没想到，一个更让我心虚的问题就此摆在眼前，他突然问我："你今天几点钟下班？"

我一下子懵了。

其实做这么多年策划，我随机应变的能力还是有的，但是一用在自己的事儿上，就完。就好像一个杀手，最擅长的就是掐死别人，但是唯独掐不死自己，所以我这一身的武艺，自己却享用不到，这大概就是绝世高手的隐痛之一吧。

我沉默了半分钟，他说"喂"，我说"哎"，他又说"喂"，我又说"哎"，后来他说："对了，你现在应该还在放暑假吧？"

我说："是啊！我放暑假呢啊！"

他说："不好意思，我给忘了。"

我舒了一口气。

他又说："那正好，我一会儿去接你，然后我们一起过去取东西。"

此刻我已经开始编撰新的谎言，如果我们把时间拖延到下午，那么我该怎么跟他解释我下午的面试呢？

他又开始"喂"。

我说："别喂了，好的，没问题。"

心想等这事儿一结束，我就拉黑他，相亲不成变朋友的人多，相亲不成拉黑对方的也不少。

为了面试，我精心打扮了自己。杨照一看见我就笑了，问："你这身打扮，怎么感觉是去面试？"

我"尴尬癌"瞬间晚期了，我"呵呵呵呵"笑了一会儿，尽量铺垫了一下自然轻松的气氛，才说："哪里哪里，见个朋友而已。"

他又问："是相亲去吗？"

又一波毫无精神和灵魂的病态"哈哈哈哈"席卷了我的面部皮肉，我说："哪里哪里，女性朋友而已。"

他帮我拉开副驾驶的车门，说："哦，那上车吧。"

一上车才发现我虚汗都下来了，本来天就热，这么两个问题撑得我连妆都花了，赶紧拿出气垫粉补上。我补妆补得又细又慢，就是怕他在车上又来个问题把我彻底打回素颜了。

结果怕什么来什么，他在一个稳稳当当的左转之后，突然问我："你觉得你喜欢当小学老师吗？"

我想这个人怎么这么不会说话啊，他怎么就这么清楚我最不喜欢听什么然后不容置疑、铿锵有力地丢给我听呢？

我实在是不想再让他问我任何问题了，所以我反问："那你觉得你喜欢当大学老师吗？"

他说："喜欢啊，不然我就在我公司里继续上班了。"

我问："你有公司？"

"嗯，不过现在我手里只剩股权了。"

前方绿灯亮了，他不疾不徐地启动车子。

我悻悻地问："咋啦，被人给踢出局啦？"

他说："不是，我自己把它卖了。"

"为啥卖了？效益不好？"我问。

"不是，虽然公司不大，但是在行业里也算是数一数二了，只是我不想再做了，因为没时间谈恋爱呀。"

他微笑着看了我一眼，然后继续认真地目视前方。

我叹了口气，说："没想到还有你这种不思进取的人。"

听了我的话，杨照笑出了声，他洁白而尖利的右侧虎牙露了出来，他说："我这人很简单的，没有什么大理想。"

我嘻嘻笑道："杨老师，你就别谦虚了，你太谦虚可能会遭雷劈。"

杨照哈哈大笑，说："话真毒，我觉得你小时候不这样啊。"

我突然觉得这话不对劲儿，问他："这跟我小时候有什么关系，你认识我小时候？还是杨老师兼职杨大师，能掐会算啊？"

此时手机导航插话道：已为您推荐附近的停车场，请点击前往……

杨照打了一把轮，看了我一眼，叹了一口气。

我问："你叹什么气？"

他正在停车，脸上的表情突然变得很认真，像是在认真地入库，又像是在认真地思考。我看着他把方向盘摆正，熄火、拔钥匙、锁车门，然后把脸转过来看着我，认认真真地，我听见他叫我的名字："吴映真。"

我说："干吗？"

他说："我觉得你有点儿傻。"

我听他说完话，一时没反应过来，周围安安静静，他还是像刚才一样那么认认真真看着我，目不转睛地，他的眼睛很好看，很坦荡，没有丝毫躲闪的意思，在我慢慢回味出他刚刚是在骂我的时候，我不可思议地盯着他，我的表情发生了明显的变化，可他还是那样，坦荡的，没有丝毫躲闪的意思，我突然想通了电影《傲慢与偏见》里面的一场戏，达西先生和伊丽莎白小姐在吵架，看的时候我总感觉气氛不对，现在我想通了，他们嘴上是在吵架，可双唇却想要亲吻啊。

11. 一份新工作

我被我突如其来的智慧吓出了一身的冷汗，丢下一句"一会儿出了警察局咱俩就谁都不认识谁了"就开始扣门把手，我不知道身后的杨照在干什么，可我扣得很激烈，反复拽了几次门就开了，不知道是杨照主动打开的还是怕我把车门拽坏了被迫打开的。

杨照看到自己的笔记本和书包的时候还是很开心的。我仔细看了一眼澡票，每张面额都是888元的极致贵宾票，里面不仅包含早中晚三餐自助，各种温泉浴室随便进，各种按摩拔罐服务随便点，各种棋牌麻将桌球随便玩儿，还附赠水果小食和豪华单人休息室。我的每一寸皮肤都在叫嚣着："去！去！去！"

我问杨照："可以给我两张吗？"

杨照说："都给你。"

我说："不，我要两张就行了！"

那位和蔼可亲的老警察说："你俩一起去不就得了，我看你俩挺合适的，比上次你带来那位强多了。"

我哈哈笑着说："警察叔叔，您净逗！"

出了门，我和杨照说："杨先生，不管怎么样，这件事儿算是完结了，我也很高兴能认识您这样一位社会精英青年才俊，您真的特别好，所以我很高兴能认识您这样一位朋友，咱们有缘再见吧！"

我故意说得官方且江湖气，还特别有诚意地伸出手，以"朋友"的方式和他告别。杨照没接我的话，也没拉我的手，面无表情地看着我，不知道他在想什么。

但是他的眼神就像是在看一个傻子，我又想起刚才在他车上那个诡异的气氛，于是我把伸出去的手举得端端正正地摆动了两下，说："我下午还得给一个学生义务补习，我就先走了。"

杨照终于开口说道："行，正好我下午也约了朋友，但是周六你还是得帮我去买家具。"

我说："杨老师，不好意思，我周六有事儿。"

杨照说："那我就只能找你老姨来帮忙了，她老人家特别热情。"

他一副特别无辜的表情，接着说："没办法，我现在在这儿人生地不熟的，你刚才不是说咱们是朋友嘛。"

我说："行，我帮你买。"

然后招手打车奔赴面试现场。

面试公司的前台是个微胖美女，涂着大红色的口红戴着大框儿的眼镜挺着深深的"事业线"，我忍不住瞄了一眼。

微胖美女清了清嗓子，问我："请问您找哪位？"

我指了指我刚才瞄过的地方，小声说："美女，你这儿有渣儿……"

微胖美女惊恐地低下头，然后赶紧嘟起性感的红唇问我："嘴上没有吧？"

我摇摇头，说："就那儿有……"

她双手齐上阵，把胸前沾着的饼干渣儿掸掉，虽然都是女人，但我还是有些尴尬。

"谢谢你呀！你是来面试的吗？"

我说："是呀。"

她说："你跟我来吧。"

然后这个微胖的前台小姐把我引入一间小型的会议室，里面坐了大概七八个身着正装的男女。胸前挂着"人力资源"字样胸牌的女孩儿问了我的姓名，并做了登记。

我问那女孩儿："一会儿是在这儿集体面试吗？"

女孩儿指了指会议室前方的小门："不是，一会儿叫名字的要进这屋单独面试。"

不一会儿，一个精明干练的短发女人和一个年轻男人有说有笑地走进会议室，短发女人看起来有些年纪，但保养得很好，年轻男人戴着圆形眼镜留着山羊胡，挺瘦，但瘦得精神。

山羊胡男生说："事先说好，这事儿我可不在行。"

短发女人说："没事儿，你下午既然没课，就帮我看看。"

人力资源的女孩儿看到他俩立刻站了起来，短发女人说了句"开始吧"就走进了小门，山羊胡男生也跟了进去。

从公司出来已经下午五点半了，路过前台的时候，微胖美女探出半个身子问我："咋样？"

我说："还行，我能说的都说了。"

她问："你是最后一个吗？"

我说："是呀。"

她说："最后一个胜算挺大。"

我说："啊？不是说最后一个都是弱势群体，考官都累了吗？"

她摇摇头，说："我们这儿不一样，我们老板喜欢一句话：好饭不怕晚。"

听到她说"饭"字，我还没开口，肚子就先接茬了。

微胖美女一副了然于心的样子，她的嘴唇竟然抿出和她眼线一样的夸张弧度。

她从抽屉里拿出半袋饼干，然后笑嘻嘻地问我："想尝尝我的饼干不？就我中午吃的那个。"

我从中抽出一块儿来放在嘴里，礼貌地回应："谢谢你啊，挺好吃的。"

这时候我妈给我发了条微信，问我回家吃饭不，我说："我得先走了，谢谢你。"

她的大波浪卷发在空调吹出来的冷风中抖了一个激灵，豪爽地说："谢啥！希望能再次见到你！"

我也学着她的口气说："我也是。"

第二天一早，我就接到了入职电话，我舒了一口气，感觉一些东西远去了，一些东西又回来了。

"你真的回来啦！"前台微胖美女的卷发垂坠，就像泰迪狗的两只耳朵，看起来又迷人又可爱。

我微笑说："我叫吴映真。"

她说："哎呀！本家啊！我叫吴莹莹。"

我说："以后多多关照啊，莹莹。"

她说："好说！你的饭卡和门卡马上帮你办！"

我找到工作，当然要通知马琳，但是工作第一天就很忙，之前由别人代管的所有业务都堆在了我这里，手里又加了两项新活动，实在腾不出时间。我本来想中午午休的时候给大马打个电话，正式通知她一下，没想到午休时间还没来，马琳就带着哭腔给我打电话了。

第一句话是："吴映真，我要离婚。"

我说："啊？"

第二句话是："程浅这个混蛋！"

我说："怎么啦？"

第三句话："我银行的工作没戏了！"

我其实特别好奇这件事儿，又担心马琳，但是第一天上班就长时间打电话这样不好，我四下看了看我勤奋工作的新同事们，压低声音说："大马，我刚找到工作，现在说话不太方便，你要离婚，用我给你打点儿钱不？"

马琳没说话，哇的一声哭了。

我说："你别哭了，我晚上请你吃饭，咱们好好说行不？"

马琳抽搐出两个字："西……西马……"

我说："懂！"

马琳来找我，没想到晚上七点才下班，其实我走的时候还有人没走，只是部门领导陈姐体谅我，和我说："你第一天来上班，就先走吧，允许你有一天的缓冲期。"

我眼含深情望着陈姐说："谢谢陈姐，我今天还真有点儿事儿，我明天一定和战友们奋战到底。"

陈姐笑了笑，就又转过身继续她的工作了。

我一下楼，就看见马琳背对着我，后背直挺挺地坐在沙发上，她穿了一件船领的墨绿色T恤衫，一动不动地看窗外的车来车往，像一株静静地生长在床边的虎皮兰。

在我印象里，二十二岁就结婚的马琳和程浅并没有闹过几次离婚，细想起来，在这六七年里，也只有六七次而已，几乎一年一次，频率并不算太高。

我掐指一算，现在刚好是七月份，正好符合他俩每次发作的周期。

我走近她轻声喊道："马琳。"

马琳转过头看着我，目光呆滞，叫我："吴映真。"

我赶忙"哎"了一声，在她对面坐下。

"到底怎么啦？"我问。

马琳眼圈一红，感叹道："吴映真，你看看我这命……唉……人生啊……"

我也着急了说："你别哭，你告诉我怎么回事儿！"

"程浅他爸和程浅一样，都是大骗子！"

我说："你是不是说反了？"

她扭曲着一张脸，带着哭腔反问我："这重要吗？！"

我赶紧否认："不重要不重要。"

她说："那你知道现在什么最重要嘛？！"

我有点儿着急，赶紧顺着她说："你认为啥重要啥就重要。"

她说:"你下班也太晚了!还不赶紧去排队得什么时候能吃上啊!"

我说:"走走走!打车打车!"

果然在排大队,我们是十三号,站在西马串店的门口,马琳给我讲了整件事儿的来龙去脉,原来从她上培训班的第一天,那个银行行长就告知程浅他爸,马琳的学校不是"211""985",连考试资格都没有,更不可能进入面试了。

我说:"这也怨不得程浅他爸,他爸也是没有办法。"

她说:"我没怨他爸,我怨的是程浅!他早就知道这件事情,每天看我起早贪黑地去培训班上课,累得跟狗似的,可是他一句话都不说,一句都不说!他怎么这么狠!"

我说:"那你是怎么知道的?"

她说:"我每天晚上都九十点钟回来,回来倒头就睡,因为实在是太累。昨天晚上,他突然很想和我那什么,我说我太累了,实在是没有体力,明天还有最后一堂课,上完了就好了。"

我说:"你小点儿声。"

马琳似乎根本没听见我说什么,继续高亢地说:"结果他说,你明天别去上课了,反正也考不上了,然后他还企图要趴过来,我一脚把他踹床底下去了!我说你说啥?!"

我手机突然响了,我的铃声一直都是电影《花样年华》里的《Quizas Quizas Quizas》,一响起来就容易让人情不自禁地来一个探戈的经典动作:猛回头。

我这一回头不要紧,我看见程浅正满头大汗气喘吁吁地站在我俩旁边。

"程浅!"

马琳:"你别跟我提他!我要和他离婚!"

程浅大喊:"离啥离啊!去不上就去不上呗!多大的事儿!我养你!"

马琳也吓了一跳,她转过身一巴掌打在程浅的脸上。

"放屁!我用你养?!我回奢侈品店卖鞋,比你赚得多!"

马琳这回是真哭了,排队等位置的群众们,今天真是有福气了。

程浅也哭,他说:"马琳,你别离开我!我以后再也不给你热包子了!你愿意吃啥我都给你现做,你原谅我行吗?"

马琳突然泣不成声,哽咽着说:"你终于知道……你以前上下班,我哪次不是做你爱吃的……现在我上课这么累……你就只知道给我热包子……早上包子晚上包子……"

我现在终于听明白了,他俩这次闹离婚根本不是因为银行的工作,只是因为包子。

"你这是……根本就不爱我……"

马琳"呜呜呜"地哭得像个孩子。

程浅抱住了马琳,周围响起掌声和欢呼声,我赶紧退到人民群众中间,以免成为尴尬的电灯泡。等他俩都擦干了眼泪,我才过去打哈哈:"那什么,咱们一起去吃点儿啊?快到咱们了。"

马琳一副娇羞的小女人表情对我说:"映真,我今天就不吃了,我想回去陪我老公做昨天没做的事儿去。"

这话给我吓的,我说:"你俩赶紧走!"

他俩就迫不及待地赶紧走了。我看了看队伍,前面还有一桌就轮到我了,马琳再次把我推向了进退两难的境地。

到底吃还是不吃?

12. 还是我最蠢

正想着，服务员就大叫着十三号顾客，我走了过去，把机打的号码牌递给门口的服务员，他问我："就您一位吗？"

我叹了口气，说："对。"

服务员把我安排在靠厕所的一个双人位上，我带着要补一补的心态点好了菜，服务员从我眼前撤下菜单的那一刻，斜对面的那个长桌旁，杨照的身影被亮了出来。他们男男女女一群人，从我这个位置刚好能看见杨照的侧面。

我赶紧把服务员叫住，服务员回头问我："还有什么需要吗？"

我说："有啊，我想换个位置。"

服务员看了看四周，又拿着对讲机说了什么，然后和我说："不好意思顾客，现在没有多余的位置，您要是不喜欢这个位置可以重新排队。"

我说："你们想想办法呀，你看这个位置挨着厕所，味道多大啊！"

服务员一脸为难，我一鼓作气，说："麻烦你想想办法，只要离这里远点儿就行，你就趁着下一桌还没进来的时候给我挪过去，然后你再把他们带过来嘛。"又说："我就一个人，吃完就走了，很快的！"

"你和我们一起吃吧！"

吓了我一跳，杨照什么时候站我身后了？

服务员乐了，她说："你可以上他那儿去吃啊，他们那桌地方大，位置也好，绝对没有厕所味。"

我冷着脸说："行了，你可以退下了。"

服务员面无表情地走了。

杨照又微笑着说："来吧，都是我们学校的年轻老师，聚一聚，一起吧。"

我对杨照说："谢谢你啊，不用了，我有朋友在呢。"

杨照看了看我形单影只的包儿。

我说："他在外面打电话呢，一会儿就回来了。"

杨照又看了看窗外，外面等位的食客不少，打电话的也不少。

杨照说："那行，既然你有朋友，我就不打扰你了。"

杨照转身回去，我追着他的背影，刚想舒一口气，发现他们一桌人都齐刷刷地伸着脑袋往我这边看呢，其中一张脸差点把我的魂儿都吓破散了，那性感的山羊胡子，不正是昨天面试我的人嘛！

杨照走回去，山羊胡子就站了起来，和杨照说着什么，他背对着我，我看不到他的表情，但是不一会儿，杨照就转过来看着我，带着恍然大悟的眼神和有故事的笑容，山羊胡子还继续说着什么。

我心里就好像有一百只鸡蛋瞬间摔在地上，蛋液冰冷而黏腻，糊住我的整颗心。

然后我又回到了这个问题上来：到底吃还是不吃？

可我是真的饿了，而且东西都点完了！

我叫来服务员，说："烤鱼不要了，剩下的请快一点。"

当我决定继续吃的时候，我就再没有往那边看过一眼，虽然我知道我免不了成为他们的谈资，可只要杨照不再过来骚扰我，我就可以吃下这顿饭，我只是有点儿担心那个山羊胡子会不会在我老板面前说我人品有问题，还有，就是担心我老姨。

其实这些都不重要，假如明天就是世界末日，那么今晚我也要吃完这顿饭。

还好，我吃饭的时候，一切相安无事，因为我在尽力屏蔽掉周围的一切声音和画面，不去想我和我的家人因为贪婪和尊严撒下的一个又一个的谎言，眼里只有羊肉串和菜卷。

　　我的努力终于没有白费，我的胃终于得到了安慰。

　　我没想到，就在我擦完手，准备结账的时候，杨照又走了过来。

　　"你朋友呢？"

　　我头都没抬，数着钱包里的零钱说："他有事儿先走了。"

　　他说："那我送你回家吧。"

　　我觉得他有点儿太过分了，好歹我也是个女的，给我留点儿最后的尊严不行吗？

　　于是我抬起头，认真严肃地说："杨先生，我能拜托你件事儿吗？"

　　他说："你说。"

　　我说："咱们以后谁也不认识谁行吗？"

　　他说："怎么啦？"

　　有那么两秒，我就这样静静地看着他在那里静静地装。

　　然后我说："后会无期。"

　　说完拔腿就走，杨照两三步跨过来，拦住了我结账的去路。

　　我说："你要帮我结账吗？"

　　他说："行啊。"

　　我说："那我就不客气了，反正没多少钱。对了，我周六没空，我们公司有一个大型活动需要我跟。"

　　我又走，他又拦住我，我开始怒视他，旁边已经有食客注意到我们的异常了。

　　杨照也不笑了，认真和我说："你别生气，咱们不是朋友嘛，你什么职业和我关系不大。"

他这么说，我还缓过来点儿。

我说："我谢谢你，你还有朋友，我就先走了。"

他凑近我说："你帮帮忙，他们一会儿还要去酒吧喝酒，我不想去了。"

我往后退了一步，仰着上半身看了看那一桌子的人，他们每一个都精神抖擞地放着看热闹不嫌事儿大的光，就像一群大眼睛狐獴。

看在那两张澡票的面子上，我点了点头。

杨照露出微笑，走回去和他们说了两句什么，就又走了回来，说："走吧，我送你回家。"

等杨照的车开动后，我看着窗外飞驰而过的路灯和霓虹，我慢慢熄了火。

我说："对不起，我不该撒了谎还这么理直气壮，你也不是故意当众戳穿我的，在这儿碰见那个山羊胡子，算是我倒霉。"

他说："没事儿，我本来也觉着你不可能当小学老师。"

我一听，这明明是话里有话啊，我转过头问他："你什么意思？难道我长了一张误人子弟的脸？"

他说："我没这意思，看来我是找对人了。"

"啊？"我一脸懵逼。

他说："骆老师说，你对家具设计很有一套，有自己独特的想法，做策划有点儿可惜了。"

我问："骆老师？"

他说："就是那个山羊胡子，他是我们学校设计学院的老师。"

我说："他是老师？我还以为是我们公司的高层领导呢。"

杨照说："不是，他和你们老板只是朋友，但他有自己的工作室。"

我问："你们这群老师都厉害啊，一个个都有自己的副业，不对，当老师才是副业吧？"

他笑了笑，说："不能这么说。"

我叹了口气，不免心生羡慕。

他突然问："听骆老师说完，我有点儿纳闷，你这么有想法，怎么不去做设计师？"

长夜漫漫，长路漫漫，我就把我这无聊又窝囊的成长经历和杨照有一搭没一搭地说了一遍，为什么是有一搭没一搭，因为我时刻准备因为杨照感觉无聊而终止这个话题，可是没想到他还挺有兴趣，一直在问"然后呢、然后呢"，像个半夜不睡觉，和妈妈讨故事听的五岁小男孩儿。

当我终于讲完了这一切，我突然发现一件事儿，问杨照："哎，我发现你今天没用导航。"

他微笑说："是啊，所以我现在还没找到地方呢。"

所以呢，我刚才为什么要自掏失败人生供他取乐而没有给他指一条明路呢？

说来说去，还是我最蠢。

13. 他们终成眷属，竟然还让我花钱

第二天中午，我拿着饭卡正要去食堂打饭，莹莹不知从哪儿冒了出来，突然挎住我的胳膊，歪着脸笑嘻嘻地说："中午食堂没有好吃的，咱们去外面吃吧！"

我说："也行啊，我请你。"

莹莹说："我提议我来请，下次你提议时你再请。"

她要带我去单位附近的一家骨汤麻辣烫店，我问："这么热的天吃麻辣烫不热吗？"

莹莹撑起她的小花遮阳伞说："热才能减肥嘛。"

大热天吃麻辣烫的人还真不少，多半是女生，老板把空调开得足足的，桌椅擦得亮亮的。

莹莹夹起一片藕，吹了两口，问："映真，你有男朋友吗？"

我嘴里塞满了花卷，因为这家店花卷不要钱，所以我一下子没忍住拿了两个，嘴里含糊着说："没有呢。"

莹莹说："那正好，我给你介绍个男朋友吧。"

我说："行啊。"

莹莹吃了一口菠菜，然后说："他叫周书养，是我男朋友的同学，人特别好，是个自由画家。"

我想了想问："你男朋友也是画家吗？"

莹莹说："他不是，他没这个天分，现在当公务员呢，但是周书养可不一样，他又有才华又有理想，就是那种……"

75

莹莹眯起眼睛，仿佛想要看清对面墙上张贴的啤酒广告里那个硬汉的皱纹一样，突然张大眼睛说："对，就好像时尚杂志上说的那种艺术家一样。"

我说："哦。"

"你周末有空吗？去见一见吧。"

我说："莹莹，我已经二十九岁了。"

莹莹说："没关系啊，周书养也二十九岁。他说了，比他大都可以，只要能支持他画画……"

我赶紧笑着打断莹莹说："不好意思莹莹，我可能没那个财力。"

她连忙摆手："我不是那个意思，我是说，你只要不挑剔他的硬性条件就行。"

我说："不太明白……"

莹莹接着说："我的意思呢是，介绍对象不是要看对方的硬件和软件两个部分嘛，周书养的软件特别好，人很有才华，又温柔又体贴，但是硬件嘛就稍微差了一些，车只有自行车，房只有十平米的钢板房，就在古玩市场里面，算是他的画室。"

我说："我明白了……"

说到底，这个青年艺术家周书养只是一个勉强温饱的理想主义者。

我委婉地说："算了吧，我就不耽误人家了。"

莹莹说："怎么能是耽误呢，我做前台这么久了，什么样的女人没见过？你一来我就知道你是个由内而外的好姑娘，他能认识是他的荣幸。"

莹莹做前台这么久，这种话肯定也不是只对我一个人说过。

我说："我这周六没时间呀。"

她说："那就周日，你陪我去古玩市场转转，你不是还没去过古玩市场呢吗？我跟你讲，那里可好玩儿了。"

我看着莹莹有些涨红的一张脸，也不知道是因为辣还是因为对我有殷切的期盼，刚做同事，她话都说到这份儿上，我总要去见识一下古玩市场和装满理想的男青年。

我说："好的。"

莹莹说："老板买单！"

快下班的时候，我收到一条短信，这年头给我发短信的人还真不多，多半是久未联系的同学，我定睛一看，果然，一个简单粗暴的婚礼请帖，时间、地点、姓名，我一看姓名，黄博宇和刘美娜，这不是我大学暗恋了三年的学长和那场大雨里被他接走的我的学妹嘛！

他们终成眷属，竟然还让我花钱！

我默默地看向窗外，心里翻来覆去滚动着两句话，一句是对黄博宇说的："学长，您还留着我电话呢！"

另一句是对刘美娜说的："学妹，你还让黄博宇留着我电话呢！"

可是生活总是有让你意想不到的事情发生，比如说就在快下班的时候，我突然接到了黄博宇的电话。

短信可以不回，但电话不接就不太好了。

黄博宇第一句话就说："我就知道，你是个不换电话号码的好姑娘。"

他的声音还是那么好听，当年在学校的大学生广播电台，每天傍晚五点半，黄博宇的声音总是伴着我去自习室的路上，每次听他播音，总是有一种想冲进播音室看看他长什么样儿的冲动，可是我连电台的门在哪儿都不知道，于是我下定决心要考进大学生电台，半夜趴在被窝里学写新闻稿。等到电台招聘，我就成了黄博宇的"新同事"，听他每天念我写的新闻稿，然后成为他的朋友，成为我暗恋的那个人。就在我以为会水到渠成的时候，谁知下大雨才是检验真爱的重要标准。

黄博宇这话听着虽然别扭，但也在理，我说："师兄好久不见啊。"

他说："我刚才给你发的短信，你看到没？"

我装傻："啊？你给我发短信了吗？我上班太忙了，没注意啊！"

他说："没关系，我要和美娜结婚了。"

我说："真的啊！太好啦！你们终于修成正果啦！真替你们高兴！我都快哭啦！"

说实话，我夸张起来连我自己都怕，我说完，周围那几个要下班的同事们全都不收拾东西了，他们停下来看着我，等着我放下电话跟她们八卦。

他说："谢谢，你一定要来，我还有事儿要请你帮忙呢。"

我说："哎呀，我那天有事儿啊，要陪我男朋友挑家具。"

说完我就发现自己暴露了，既然没看到短信，怎么能知道是"那天"有事呢？不过暴露也好，我也就不用再多说什么了，可我没想到的是，黄博宇学长已经在这几年不见的时光里，练就了一身不要脸的硬气功。

他说："没事儿，我们婚礼八点四十八分就开始了，典礼结束时家具店肯定还没开门呢。"

那么连喜宴也不打算让我吃一口是吗？到这个份儿上，我对他的怀念与爱恋统统变成了指关节的酸痛，连握着电话都费劲儿了。

他接着说："所以你就过来吧！早点儿过来，我真的有事儿请你帮忙，映真。"

他一叫我的名字，我的心就立刻软了下来，我想求他别用我爱的声音叫我的名字，我还是会难过，会不甘心，会可怜自己的败下阵来。

更会任他摆布。

我听见我说："好的，我早点儿过去帮忙。"

第二天，我打扮漂亮，八点就过去了。我事先和杨照说好，让他十点半的时候来饭店接我。

我一到场，黄博宇就热情地把我拉到一间没有门的小屋里，屋子里放满了婚礼的用品和酒水什么的，就像一个仓库。

我说："学长，你今天好帅啊，恭喜你。"

他说："谢谢，我知道。——映真，一会儿典礼开始，所有人都得去看典礼了，这屋里有这么多酒水，不能没人看着，到时候你就在这儿待着就行。"

我彻底傻掉了，大哥，我们好久不见，你一上来就管我要份子钱不说，不给饭吃不让看典礼也不说，竟然让我帮你看仓库！亏我今天早上六点就起来打扮，我是不是应该穿着在家干活儿的运动服来？

外面有人喊他，他应了一声，急急地吩咐："我得出去了，麻烦你了映真。"

然后就奔着他的新娘子去了，我又一次被他扔下，我讨厌这种感觉！

我四下里看看，发现有七箱柳州老窖静静地躺在那里，叫嚣着让我来一顿"早餐酒"，可我吴映真能跟他黄博宇一般见识吗？如果我跟他一般见识，那么今天和他黄博宇结婚的不就是我吴映真了嘛！

我笑着捞了个凳子坐下，不就是看东西嘛，看就看呗。桌子上有成袋的瓜子和喜糖，我抓了一把，边吃边给马琳打电话。

马琳带着浓重的睡意骂我："吴映真你有病啊！大周末的不睡懒觉给我打什么电话……"

我说："马琳，我给你讲个事儿，保证比睡觉还有意思。"

我把我当"仓库保管员"的事儿跟马琳讲了一遍，马琳睡意全无，大骂："他大爷！你在哪个酒店？我打车过去把酒瓶子全给他砸啦！"

我说："没事儿，马琳，他这样也好，他这样我就彻底放开了，彻底舒坦了，彻底不跟他一般见识了。"

马琳转过来骂我："吴映真，你个大傻瓜！"

我说："嗯，你说得对。"

她叹了口气，说："人生啊……"

我说："是呀，就这人生，我也没招儿了。"

聊着聊着，我听见外面热热闹闹，主持人热情饱满地说着黄博宇和刘美娜的婚礼即将开始……

我心里突然也跟着紧张起来，有什么东西充盈了我的心，我挂断电话，全神贯注地听着那头婚礼的进程，那边开始播放两人的生活短片，黄博宇用我最爱的他的声音大喊"刘美娜，我会爱你一辈子"，那么做作，那么幼稚，白给我一万句这样的话我都不要，可我心里就是不舒服，再不想要，我也不想让黄博宇对刘美娜这样说。

新娘的父亲把新娘交给黄博宇，刘美娜的爸爸讲话，黄博宇的爸爸讲话，然后新郎和新娘要开始交换戒指……

我实在忍不住，跑出去偷偷推开宴会厅的大门，没有人注意到我，但是我看到黄博宇正在给刘美娜戴上戒指，隔着很远很远，我发现黄博宇哭了，他曾经也在我面前哭过一回，那时候他妈妈刚生了一场大病，他在上自习的时候哭了，别人都没发现，只有我看出来了，我给他递了纸巾，他跟我说了谢谢，我那时候是那么心疼他，可是我什么都没说，因为自习室，不让说话。

我看见黄博宇紧紧地抱住刘美娜，他吻着她，恢弘的音乐仿佛响彻了我心底的山谷，毕竟，他是我的初恋，我曾为了他那么努力过，熬过那么多的夜，写了那么多的稿，我做过的事儿，我从不曾忘记。

每个人都要和青春告别，有的人是一场声势浩大的仪式，比如旁观自己初恋的婚礼，有的人是在睡梦中，悄无声息，就像庞贝古城的一夜浩劫。我之前一直在想，我吴映真的青春是怎样的告别方式？

现在我明白了，就是对黄博宇的告别。

我在他们的拥吻中转身离开，又走回那间小小的库房。

在里面玩儿了两局糖果传奇，典礼就结束了。

黄博宇带着人走过来拿酒，他看见我说："映真，辛苦了。吃点饭再走吧。"

我掏出红包说："不了学长，我还有事儿，先走了。"

黄博宇说："那也好，我今天太忙了，以后再请你吃饭。"

我笑了笑，刚要走，就听见一个老太太说："哎呀！怎么少了一箱酒！"

黄博宇说："妈，不能吧，肯定是查错了。"

老太太嗓门子不小，她说："我订的酒我怎么能查错呢！这不只有六箱吗？"

我赶紧走过去查数：1、2、3、4、5、6……

确实是少了一箱酒。

14. 我命中注定要吵一架的两个女人

老太太脸一酸，说："黄博宇，我不是叫你找人看着嘛！这怎么回事儿啊！"

这时候刘美娜穿着中式的旗袍快步走了进来，对黄博宇说："干吗呢！菜都上来了酒还不到位？快走快走，客人们都等着呢！"

老太太说："美娜，咱们家的酒丢了一箱，那一箱不少钱呢！"

黄博宇看着我一脸尴尬，他说："要不我去找酒店的人吧。"

老太太一翻白眼："你走了客人怎么办！"

我说："那我去找吧，是我看的酒，我中途就出去看了一眼典礼，没有多一会儿。"

老太太没看我，但一边拿酒一边说："这屋没门，所以才找人看着的，这中途跑出去了算怎么回事儿啊……"

说完就拿着两瓶酒出去了，黄博宇一脸愧疚，小声对我说："映真，别和她一般见识，我丈母娘这人嘴不好。"

"干吗说我妈最不好啊！"刘美娜马上抗议。

黄博宇连忙解释："不是最不好，是嘴不好。"

刘美娜翻白眼的样子和那个老太太一模一样："你妈才嘴不好呢！她怎么就不好了！这不是酒丢了着急嘛！"

我看黄博宇的脸都黄了，我说："算了算了，你俩快去点烟敬酒吧，我去找。"

说完我就出去了，找到酒店的大堂经理，经理说今天他们酒店这个时间有八场婚礼呢，拿错酒的事以前也有过，不过也不排除是有人故意拿错，或者被来往的客人拿走的。

"这年头儿，什么样的人都有。"年轻的男经理表示无奈。

我说："能不能带我去别的宴会厅看一看？"

经理面露难色："这个恐怕不好吧，都是大喜的日子，谁也不想被打扰吧。"

我点点头，他说的也是。

于是我又折回来，把黄博宇找了出来，和他说明了情况，黄博宇满头大汗，和我点点头，我说："不好意思，你大喜的日子，让我干个活儿，我还给你弄砸了。"

他说："没事儿。"

刘美娜不知道什么时候走了出来，她脸上那么厚的粉底都遮不住她双颊的绯红，看见我就示意伴娘满上两杯白酒，她走过来，一手拿着一只酒杯，一只举到她面前，一只举到我面前，我抬头看了看刘美娜，小新娘子冲着我笑得特别甜，不过我怎么都觉得她手里拿着的不是白酒,而是两把手枪,随时准备和我同归于尽。

她说:"学姐,我谢谢你上学的时候那么照顾我,要不是你当初天天带着我上自习,我也不会认识我们家老黄,来,我敬你。"

她不这样说还好,我体内的一口老淤血突然又活跃了起来,这我能喝吗?她让我喝下去的不是她的喜酒,而是我少女时代流过的眼泪。

我说:"不好意思学妹,我男朋友不让我在外面喝酒。"

刘美娜呵呵一笑说:"学姐有男朋友啦,太低调了,我们都不知道,老黄,你听说过咱姐姐有男朋友吗?"

黄博宇一脸尴尬,对我说:"恭喜你啊,映真。"

咱姐姐?我明明比黄博宇小了整整两天好吗!我心里非常别扭,但我不想和她一般见识,毕竟人家结婚,我来都来了,就没有要拆台的打算。

我说:"刘美娜,你还是少喝点儿吧,新娘子喝多了失态不好。"

我承认我还是酸了点儿。

刘美娜也不生气,她用手腕推开扶着他的黄博宇,杯子里的白酒溢了出来,黄博宇的白衬衫湿了一大块儿,她笑着说:"我知道啦,可我就是高兴嘛,上学的时候很多人追他、暗恋他什么的,可最后还是被我弄到手了,对吧老黄?"

这是胜利者在向失败者炫耀吗?黄博宇和刘美娜好了以后,我确实不再和刘美娜一起上自习了,因为她都和黄博宇去上自习了,这不怨我,但是我们也不怎么说话了,这件事,和我还是有点儿关系的,这我承认。刘美娜脸上洋溢着难以言表的幸福,就像一朵盛开的大牡丹正正好好砸在她脸上,那是最好的花期，我有点儿溜号，心想这种花什么时候也能往我脸上砸一砸呢？

此刻我必须承认，我不舒服，很不舒服，面对这样一对热情洋溢又充满朝气的新婚夫妇，我就是很不舒服，我不舒服有错吗？我不舒服我就是恶女了吗？我不舒服就是人性的扭曲和道德的沦丧了吗？

反正我就是不舒服。

我说："我有事儿就先走了，那箱酒实在是不好意思，我可以赔给你。"

黄博宇说："不用不用，你能来我们就已经很高兴了。"

我本来想把礼金给他，可是低头翻包的时候不小心瞄到了黄博宇衬衫上被白酒弄湿的一块，我手里的红包又换成了面巾纸，伸出手递给他。

黄博宇马上伸手去接，看起来特别感谢我的样子，和我说谢谢。

刘美娜看着我和黄博宇，说："还是学姐知道心疼人啊！怪不得我家老黄对学姐念念不忘。"

黄博宇好像也没想到刘美娜会这么说，他脱口而出："美娜你说什么呢！"

刘美娜哈哈大笑，她笑得花枝乱颤，笑得气都喘不过来，她说："我开玩笑呢！开玩笑呢！干吗这么当真！搞得像是被我说中了一样！"

黄博宇皱着眉头小声呵斥："刘美娜，你喝多了吧你！"

被黄博宇这么一说，刘美娜确实是收敛了一些，但是花枝乱颤是有惯性的，她一个不小心，手里的酒全洒在我鞋上了，那是我最好的鞋，在马琳的店里买的。

我所有的不舒服都涌到了嗓子眼儿里，呕吐或者骂人，总得二选一。

黄博宇下意识地蹲下帮我擦鞋，被刘美娜一把抓了起来，她说："你干吗呀！你干吗给她擦鞋，让别人看见多不好，我又不是故意的。"

刘美娜的力气可真大，我估计黄博宇平时根本就打不过刘美娜。

刘美娜说："学姐，不好意思啊，给你的鞋弄脏了，你看看你，让你喝酒你不喝，都洒了吧，刚才喝了多好。"

她把我的鞋弄湿了，还说是我的问题。

我没忍住，说："对对对，你说的对，美娜，我就不应该来。"

黄博宇连忙说："映真，美娜不是这个意思。"

刘美娜突然换了一副可怜兮兮的样子，说："学姐，你干吗这样说啊，今天我结婚，你不想参加可以不来，干吗要这样说，我做错什么了？"

我在心里问自己：她做错什么了？那我又说什么了我？！

我把红包从我的皮包里掏出来，又把红票子从红包里掏出来，把红包撇地上，把红票子塞给黄博宇。

我说："对了，这个钱就当给你赔酒了，一箱柳州老窖，值不了我给的那么多钱。别误会啊，我没给你随份子钱，我结婚的时候不会请你们的。"

就在黄博宇和刘美娜惊讶不已的时候，我灵机一动，突然想到一个大招。

我大声对着黄博宇说："黄博宇，我曾经很喜欢你，擦拉黑！"

我本来还想学着韩剧里的样子给他比一个心什么的，后来我觉得，还是适可而止吧，因为这本来是我的真心，我拿来当武器攻击黄博宇心爱的人，他不好受，我更不好受。

我一转身，看见杨照正在身后看着我，他见我转身，向我伸出一只胳膊来，我走过去时他一把将我搂住，带着我快步往外走。

他这样搂着我，我才感觉身体被掏空，再用不上一点儿力气。

我说："杨照，你太快了，我都跟不上你了。"

杨照回头看了一眼说："再不快点儿走我怕你走不了了。"

我想他说得可真有道理。

外面阳光明媚，我走出黄博宇的婚礼，上了杨照的车。

我说："杨照，你换车啦？"

杨照打着卡宴的方向盘说："你说让我去酒店接你，我也不能给你丢人啊，所以我借了一台好的。"

我苦笑："好样的，不过我已经丢人了。"

我瘫在座位上，扭过头，眼泪在眼里打转，没想到越转越多，越转越多，眼眶子终究还是太浅，就流了下来，杨照把纸巾递给我，我就更控制不住了。

杨照在默默开车，我不知道他是不是听明白了这场戏的来龙去脉，但是有一点他肯定清楚，新郎是我在年少无知时爱过的人。

等我哭得有点儿困了，他才开口："吴映真。"

"嗯。"

"香水味挺别致啊。"

我说："可不是嘛，酱香型的。"

说完我就忍不住笑起来，杨照也跟着我笑，说："满车的酒味，今天要是查酒驾我就说不清了。"

我抽走他车里的纸巾，低下头擦鞋子，其实也没什么可擦的了，基本上都干了。

杨照说："你想去哪儿咱们就去哪儿，今天可以不陪我买家具，我来陪你。"

我说："还是去家具店吧，只有在那儿才能找回我内心的宁静。"

杨照就"呵呵呵呵"地笑，我问："你笑啥？"

他说："没事儿，咱们去哪个家具店？"

我说："你都不知道去哪儿你在这儿开啥呢？"

他说："你之前一直哭，我也没好意思问你。"

我说："哎呀！怨我怨我，给您费油了。"

杨照又笑，他说："你能不能别这么……世俗。"

我也笑了，我说："杨老师，你中文有待提高啊，我知道你想说的词儿是庸俗。"

他又露出他的小虎牙，点点头，一本正经地说："懂我。"

我提议去家居生活馆，我说："听我以前的同事说，现在有许多以前款式的家具都在打折，我在那里干过，知道什么是好东西。咱们就先去哪儿，看看能不能淘点儿宝贝。"

杨照把车子停在路边，开始导航，他说："没有家居生活馆啊。"

我说："对了，你得导凡尔赛宫。"

到了凡尔赛宫，我问杨照："咱们先看什么？"

杨照说："先看床垫吧。"

结果我一看到床垫就走不动道，杨照以为我觉得那张床垫还不错，问我："你觉得这张好吗？"

"这个不好说。"我迷迷糊糊，实话实说。

店员小姐说："床垫好不好，得躺上去才知道。"

杨照说："你先躺下试试？"

然后我就躺下了，结果这一躺下，我就什么都不知道了。

再次清醒过来，我发现杨照正坐在床的那头看手机，年轻漂亮的小导购热情地对杨照说："我再给您倒一杯水吧？"

杨照摆摆手说谢谢。

小导购又说："我们还有薄荷糖，您来一颗吗？"

杨照说："不用了，谢谢。"

小导购说："您女朋友都喝成这样了还来逛家具店呢。"

杨照小声说："她想来，依她。"

小导购说："您对您女朋友可真好！"

我连忙坐了起来，杨照感受到了床垫的蠕动，他转过头来对我微笑。

"你醒啦？"

我问："我睡着啦？"

杨照笑着摆摆手机，说："你都打呼噜了，我有录音。"

我大喊："啥？！现在几点？！"

他说："下午一点半。"

我叹了口气："我睡了一个多小时。"

我赶紧下床，对着服务员连声道歉，杨照走过来拉过我说："没事儿，这床我已经买了。"

"你买啦？"

他说："你在大庭广众下睡了这么久，这床肯定很舒服。"

我急了："你讲价没啊？"

他说："不能讲价。"

我又急："就算不能讲价，你也可以管他们多要点赠品啊！"

他说："那我没要。"

我说："你交钱啦？"

他点点头。

我说："哎呀！交完钱就不好要东西啦，不过没关系，有我呢。"

我想杨照之所以找我而不是找那个山羊胡子来买家具多半是为了这个。因为我在家居生活馆干策划时经常下卖场，所以我深知这里面的套路，几句话，就要到了一套印着大牡丹的床单被罩四件套和一个晾衣架。

我向他展示我的"战利品"时说："你看，虽然这个被罩丑了点儿，但是摸着质量还是不错的。"

杨照一脸嫌弃，扔给我一句："给你了。"

15. 我就是个庸俗的女人，配不上你

去挑餐桌餐椅的时候，杨照把他家的户型图给我作参考，一个方方正正的两居室。

我揶揄他："呦，杨老板住的这么简单？"

杨照笑着对我说："不要叫我杨老板，要叫杨老师。"

我撇了撇嘴，问他："你想要什么材质的？"

他说："木质的，但颜色不要太深。"

我说："明白。"

特卖区在最顶层，里面都是叫"家居生活馆"时的家具，是我喜欢的风格，从前我曾无数次地在我喜欢的桌椅板凳上摸了又摸坐了又坐，心想将来有钱买房子了，一定要买一套回家，没想到我这首付还没凑齐，这些家具就已经绝版了，不过还好，今天可以满足我对他们买买买的欲望，而且还不用省钱。

我径直走到我最喜欢的一套餐桌椅面前，木头原色的桌椅

腿，刷成米白色的桌面和椅面，靠背有一个自然弯曲的流线，刚好贴合人在吃饭的时候放松而自然的驼背，桌面的左侧还设计了一个能够开合的斜面凹槽，可以放纸巾，也可以把手机或者平板电脑放进去，边吃边看。

我坐在椅子上向杨照招手说："你过来坐坐。"

他没动，说："我不太懂，你觉得好就行。"

我又走过去拉住他："哎呀你过来坐坐嘛！是你用还是我用？没有什么懂不懂的，对于家具来说，每个人都是专家，这东西就像鞋子，合不合脚，舒不舒服，当然只有自己知道了。"

杨照在我对面坐下，挪来挪去，感受着这套桌椅。

我又说："你看，是不是，挑家具就是要试试的，不试，光看着美，看着尺寸，其实也能用，但是我觉得，在家里用的不是面子的东西，总不能为了偶尔到来的客人夸你一句'你家家具好漂亮哇'就得天天吃饭的时候硌屁股吧。

"所以，一套好的家具，就是要兼顾美观和实用，如果两者非要选一个，那我首选的是，在看得过去的情况下，挑一个实用的。"

杨照点点头，说："我赞同你的观点。"

我问："那你坐着觉得怎么样？"

杨照说："我觉得挺好，买吧。"

我说："等会儿，让我再坐坐，这可是我喜欢了两年多的桌椅，你买走了我就坐不了了。"

他说："谁说的，你可以去我家接着坐。"

我笑说："等你不喜欢了，卖二手的时候便宜点儿给我就行。"

他问："你就这么喜欢？"

我说："是呀，就这么喜欢，我对这种一桌四椅有一种特殊的期待，我小时候总在想，为什么坐在我对面吃饭的是我妈而不是我爸妈，现在，我就希望，我们一家人，能够坐满这一桌四椅。我、我爸、我妈，还有我爱的人。"

一个甜美的声音在我身后响起："请问两位喜欢这套桌椅吗？我们现在有优惠。"

我转头一看，呀，这不是把我挤走的那个小姑娘吗！

今天到底是怎么了？冤家聚首日吗？

她看见我也是一愣，紧致的小脸蛋瞬间松弛下来，我一眼盯住了她的胸牌，她见我看她的胸牌，赶紧转身，可惜，为时已晚，因为，我已了然了一切。

听说女人都是报复心很强的动物，遇见这事儿的时候，我才发现，我也是个女人。

我站起来，叫住她："等一下，原来你叫罗露露。"

她站在那里没动，可是整个后背都好像在对我做鬼脸。

我接着说："怎么啦？是不是我的工作太忙，不适应啊。"

她转过身带着一副假笑，说："请问您看好了吗！"

我说："最近日子不好过吧，我看卖场里都没什么客人啊，那个什么凡尔赛宫风格的，还没有这种家具卖得好吧。"

罗露露继续假笑着说："您要是不喜欢，我再帮您介绍点儿别的。"

我"嘿嘿嘿"笑得既庸俗又淫邪，凑近她说："你说你，得是有多想拿这个业绩才能对我笑成这样啊！"

罗露露有点儿憋不住了，她一脸的胶原蛋白变得不再均匀，对我反击："吴姐，我知道你买不起，咱们就别再浪费彼此的时间了！"

我笑着说："是呀，我是买不起，不像你，不用买，老板直接送嘛，可是老板怎么舍得又把你扔回卖场了呢？"

我说的"扔"当然是扔垃圾的"扔",罗露露对这个字比我还要敏感。

"我和你可不一样,是我把他给扔了,是我不要他,一个快死的人。"罗露露带着轻蔑,对我也对我的前任老板。

我愣住了,谁快死了?

可能是听见了我们吵架,另一位导购赶了过来,我一看,是之前和我关系还不错的小张,我就问小张:"谁快死了?"

小张小声对我说:"是咱老板,肝癌晚期,吴姐,要不您去那边坐会儿,我给您倒杯水。"

我一听,唏嘘不已,情不自禁替人操心:"罗露露,你说你也怪可怜的,好不容易能过上不干活光吃饭的生活了,还遇到这种事儿了。"

没想到罗露露毫不领情,我都已经被小张拉走了,她又冲过来说:"你真以为是我给你挤走的吗?你不想想你自己有什么问题吗?你丢工作可赖不着我,还真是好笑,到现在都没想通,真是又蠢又笨!"

这句话给我气着了,我伸手指着杨照,说:"是,我又蠢又笨,可我现在不仅找到工作了,我还找到了男朋友,我男朋友不老不丑很有钱还特别健康,看见这个人了吗?看清了吗?"

我本来还想问她"是不是特别帅"这句话,后来我理智地忍住了。

我和罗露露一起看向杨照,发现杨照虽然在强装镇定,但是他憋红的一张脸上,表情就好像在看马戏团表演,我知道我和罗露露的这场即兴表演强行拉他做男主角特别不正规,但是他的表现明显和我不是一个片场啊!

我赶紧走到杨照面前,小声说:"朋友之间互相帮助啊,这套家具的折扣我可还没谈呢。"

杨照赶紧"嗯"了一声，带着颤抖。

我又伸出手来小声说："把你车钥匙给我！"

杨照勉强挤出了一句："干吗？"

"快点儿给我！"

杨照把车钥匙从兜里掏出来递给我，我压着嗓子又嘱咐他："别笑了啊，别笑！"

我又走回去举到罗露露面前："看见没，认识是什么车不？你又聪明又势利就不用我再多说什么了吧，我不像你，还没扶正，老头子就快被你克死了！"

我眼看着罗露露即将爆发的玲珑身段被小张拉走，我嘚瑟完就彻底消气了，心想这姑娘也不容易，我前老板也不容易，我冲着她大声说："行了行了，我说两句就完了，东西我肯定买了，你也别往心里去，你现在比我可怜！"

罗露露又要冲过来，小张使了更大的力气，我又大喊："行行行，这事儿就拉倒吧，业绩还算你的，你给我打点儿折就行！"

罗露露被小张拉去了休息室，我转身一看杨照，他弯着腰，双手扶着双腿的膝盖，全身都在颤抖。

我叹了口气，觉得他是一个不能指望的人，我走过去故意踩了他一脚，说："咋啦，憋不住了？厕所在那边，你没有纸可以管我要。"

杨照这才勉强抬起头，他白皙的脸上看起来更红了。

我生罗露露的气，但也有点儿生杨照的气。

我说："你是不是有毛病啊！这事儿有这么好笑吗？我气成这样你笑成那样！"

他说："你们俩幼稚不幼稚，看你们女人打架太有趣了，我的病都治好了。"

我说:"我看你也是有病!神经病!"

这时候小张走出来对我说:"吴姐,你也别生气,她人就这样,心高气傲的,但她也有她的难处,她弟弟瘫痪在床八年,她必须得使劲儿弄钱。她现在也挺惨,不容易。"

我说:"我也知道,这样吧小张,你帮帮忙,这个榻和沙发衣柜都算在你头上,那套桌椅还是算给罗露露,就当是给她赔不是了。"

小张说:"吴姐,你人真是太好了!说实话,老板得了这个病,我们也是有今天没明天了。"

走出卖场,我对杨照说:"你看,我根本配不上你,我就是这样一个庸俗的女人,刚被刘美娜那样的贱人撑完,就化身刘美娜那样的贱人撑别人了。"

杨照说:"你能有反思的能力说明你还不是无药可救的。"

我说:"下次我可不这样了,我根本就不是这种人,这样太难受。"

杨照说:"所以说,你还是配得上我的。"

我笑说:"谢谢你安慰我啊,杨老师。"

从家具店出来,杨照说要请我吃饭。

我说:"不行了,今天太累了,我得赶紧回家休息。"

他说:"那我送你回家。"

我说:"行,今天不好意思,利用你嘚瑟了。"

他倒是很轻松,说:"没事儿啊,我很乐意帮忙,就像你很乐意帮我一样。"

我心想他这话说得不对,如果他没把我老姨搬出来,我才不会陪他买家具呢,而且,他帮我帮得也不是那么尽心,我让他假装我男朋友的时候,他一直在旁边笑场,明明就是在用无止境的嘲笑来暗示罗露露:这女的跟我一点儿关系都没有。可是今天如果不是杨照的话，我恐怕没有办法从黄博宇的婚礼上全身而退。

想来想去，我觉得自己还是不要想了。

"走吧。"我说。

我晚上本来想请我妈去大江户洗个奢华的澡来着，后来想想，还是把这两张澡票送给雪猴先生吧。人家帮我那么多忙，我总得有所表示，澡票正好投其所好，雪猴先生肯定高兴。于是忍痛割爱，把两张贵宾澡票收到抽屉里，预备有空的时候给他送过去。

16. 孔雀先生

第二天，莹莹一早把我叫了起来，电话那头的她听起来朝气蓬勃："映真，咱们今天去古玩市场！"

我迷迷糊糊地问："咱们不是约的下午吗？"

她说："是啊，我就是想提醒你别忘了，下午见！"

然后她就利落地把电话挂断了。

我呆呆地望着天花板，在困意全无的绝望中怀疑着人生。工作日早晨睡不够，休息日早晨睡不着，这才是通往幸福的大道上最硌脚的碎石。

我妈端着饭碗从厨房走出来，问我："你吃早饭不？"

我问："妈，你给我带份儿没？"

我妈说："我啥时候没给你带份儿，你太懒，也不起来吃。"

我说："妈，像我这样的人，睡懒觉比吃早饭更重要，你能懂我吗？"

我妈翻了个大白眼，说："你小心得结石。"

我有点儿不耐烦，说："妈，我都奔三十的人了，你就别管我了，老也好，胖也好，得结石也好，当单身狗也好，放纵我吧！"

我妈一边往厨房走一边说："行行行，我不管你不管你！"

然后端了一杯蜂蜜水出来给我喝，一口水下肚，我的"起床气"全消了，真是神奇的蜂蜜水，神奇的母爱。

我眨巴眨巴眼睛对我妈说："妈，要不你还是接着管我吧。"

我妈说："这还用你说？只要我不死，你就别想胡闹。"

吃完早饭，我索性开始画图，设计我家的装修样式，既然手里的钱还不够换个房子，那把老房子重新装修一下应该还够用，可是全无思路，到了快出门的时间，我一笔都没画出来。

莹莹开着一款红色的斯巴鲁来接我，我一出小区的门，她就探出头来向我招手，红唇红裙红指甲，我上车就夸她说："你这红娘当的，真红！"

莹莹奇怪地看了我一眼说："我平时也这样啊，你看我什么时候穿过黑白灰色的衣服。"

我低头看了看自己，灰 T 恤、黑裤子、白色帆布包，掉进人群里，都没人多看我一眼。

古玩市场就在商业街后身，一条有些破败的仿古一条街，莹莹打着她那把小花伞走在路上，连商铺里的狗都要驻足看上两眼。

我看了看破败的周围，忍不住问："哎，这儿都破成这样了，还有人来买东西？"

莹莹说："这地方轻易不来人，来人都是大客户。"她指了指一家卖手串的，"就他们家，成吨成吨地往外运手串，五块钱一斤，进了商场一串卖五十。"

我说："你小点儿声，让人家听见。"

莹莹说:"没事儿,认识的,他们家还送过我一斤呢。"

我听后非常感叹,果然是街不可貌相。

我们到周书养的画室时,周书养正在教学生画国画,学生是一个高中生样子的女孩儿,头上扎马尾,裤子露膝盖。

他看见我们对我们微笑着说:"不好意思,等我一会儿,我马上下课了。"

莹莹说:"你忙你的,不用管我们,我们随便看看。"

周书养又看着我说:"那儿有刚洗好的水果,吃吧。"

我说了声"谢谢",就开始参观他的画室。

四五步就走完的地方,横横竖竖挂的全是他的画,中国画居多,油画也有一部分。

等那个女学生一下课,莹莹就跟周书养说:"这是吴映真,是个文艺女青年,你们好好聊聊!"

说完,莹莹又撑起她的小花伞。

我问:"莹莹你干啥去啊?"

莹莹说:"我跟我男朋友去吃寿喜烧,他在饭店等我呢。"

我说:"下午三点?"

她把我推到刚才那女孩子坐的位置上,说:"对呀,想吃就吃。"

周书养走到店里唯一的木质老柜子前拿出一包茶叶来,问我:"你喝茶吗?"

我点点头,发现他站起来有点儿矮,目测身高不到一米七,但"颜值"还可以,黑黑瘦瘦,穿格子衬衫。

他泡了一壶,倒了两杯,说:"我平时愿意喝茶。"

我尝了一口,问:"这是什么茶?"

他说:"绿茶,这个不错,是学生家长送的。"

我说:"哦。"

然后我们就再没什么话了，就在那儿安安静静地喝茶，我快喝没了，他就主动给我续上。

我说："谢谢。"

他说："不客气。"

茶杯很小，我很快又喝没了，他又给我续上。

我又说："谢谢。"

他又说："不客气。"

门口有棵槐树，树上有两只蝉，下午的天气燥热，蝉们就像是两个相声演员，斗嘴斗得正欢，而我和周书养，就像是茶馆里听相声的。

我曾经问过几个相亲的朋友，相亲的时候最怕什么，大部分女生都说，最怕"尬聊"，我也怕，但是我现在遇到了更怕的情况，就是连聊都不聊，只有尴尬。

有个人走了进来，看了一圈，询问一幅工笔孔雀的价格，周书养连站都没站起来，说完价格就低头继续喝茶了，那人在画前又看了看，问能不能再便宜点儿，这次周书养压根连话都没说，只是摇摇头，人家便走了。

我心想，好一个高傲的画家。

为了找点儿话题，我就借那只孔雀发挥一下，我问："你这孔雀画得真漂亮。"

他点点头，好像我是个"迷妹"，说了一句毫无特色的赞美。

我又问："你这孔雀怎么不开屏？"

他说："我笔下的孔雀还没有遇到能让他开屏的雌孔雀呢。"

他这话说的，我没法接，不知道是不是我多心了。

然后我们就又没话了。

我就继续听蝉叫，心里盘算着昨天让刘美娜浇湿的鞋子得让马琳帮我找个地方保养一下，也不知道保养这一双鞋得多少钱。这时候，周书养突然问我："你喜欢看画展吗？"

我忙说："喜欢呀，省美术馆的画展我几乎每场都不落。"

他点点头，说："最近省美术馆马上要开始一个很不错的画展，叫卧游江山，听说有王希孟的《千里江山图》。"

我赶忙扮小学生，问："我不是太懂这个，你能给我讲讲吗？"

我这句话就好像大坝上的闸，一开口，周书养的话就像泄洪一样来势凶猛、滔滔不绝。

他讲得确实精彩，让我心怀期待，临了问我一句："怎么样，感兴趣吗？"

我心想，这是约我呢？

于是我说："当然有兴趣啊！"

听我表态完，周书养竟然低下头继续喝他的茶去了。

我心想，这是等我约他呢？

我有点儿生气，话说到这份儿上居然戛然而止，就好像一直让我加速的短跑教练突然对我喊停，我这身体和情绪根本受不了，他这是相亲的态度吗？

我忍不住问他："你……是怎么看待相亲这件事儿的啊？"

没想到他说："我从不相亲。"

我愣在那里。

他继续说："都是好女孩儿主动来找我。"

我愣在那里。

他说："就像你一样。"

我愣在那里。

他说："你不是因为喜欢我的画才让莹莹带你来找我的吗？"

我张了张嘴，依然愣在那里。

周书养又在低头喝茶了，从从容容，慢慢悠悠。一只趾高气扬的大母鸡打破了我们的尴尬局面，她趾高气扬地溜达了进来，在屋子里"咕咕"了两声，又溜达出去。

我问："这是谁家的鸡？"

周书养说："隔壁十字绣家的，总来。"

我呵呵一笑，说："骄傲得很呢，它以为它是孔雀吗？"

周书养没说话，他把脸埋在了小小的茶杯里，我突然反应过来我这句话的厉害，斜眼又看了看他，他有没有多心我不知道，但我发现这是他第一次将茶水一饮而尽。

我站起来对他说："我得走了。"

他也站了起来，问："你去哪儿？莹莹说她一会儿会来接你。"

我说："我得去上厕所了，喝了太多的茶水，你的画室没有厕所，不好意思。"

告别孔雀先生，我接到了马琳的电话，马琳说她又回到那家奢侈品店卖鞋子了，为了留住她，领导竟然给她升职加薪，其实想想做销售也不错，也算跟钱打交道，只要跟钱打交道，她就心情好。

我说："你真是掉钱眼子里了。"

"没办法，金牛座。"她说，"我这次升店长就更忙了，没时间陪你玩儿了。"

我说："就好像你以前天天陪我玩儿似的。"

她说："我不能经常看着你，你自己也得长点心，别总给我姨添堵，有什么大事小情的，要及时和我汇报，听见没？"

我说："巧了，刚好有一件事儿要向你汇报。"

我把刚才和孔雀先生的相亲经历和马琳汇报了一遍，陈述完事实我感叹道："平心而论，其实我挺羡慕孔雀先生，能够保持骄傲，坚持理想，不像我，尿在钱不够和努力不够的面前，我挺敬佩他这种人，哎，你说如果和他一起生活，是不是也是理想主义的一种实现？"

马琳的笑声如同一颗炸雷："你拉倒吧！你当初都没有选择那种生活，你现在能选择和选择那种生活的人一起生活？！别开玩笑了！"

我说："什么选择不选择的，听不懂！"

马琳轻蔑地说了一声："傻子。"

我说："你回去卖鞋正好，我那双在你店里买的高跟鞋得拿去保养一下。"

马琳问："鞋子怎么了？"

我说："不小心弄湿了，现在味儿挺大的。"

马琳说："听你这么说，我怎么有点儿恶心呢，你踩到什么了？你要是踩到那什么了，你可千万别往我这儿送啊！"

我说："不是你想的那样，说来话长，见面再和你细说吧。"

马琳说："行，那你有时间来我店里一趟吧。"

17. 我的相亲对象给我介绍相亲对象了

第二天上班，我在食堂吃饭的时候，小莹莹凑了过来。

她说："映真，你别生气啊，周书养就是那个样子，不会说话的。"

我说："我有什么好生气的，我觉得他人挺好，就是和我不合适。"

莹莹一脸的感激，说："映真，你真是太好了！就他这个脾气啊，我给好多女孩儿介绍人家连见都不肯见的！就是你，不仅见了，还不说他的不好，你真是好姑娘，以后肯定能找到更好的！"

我说："谢谢你啊，莹莹！谢谢你祝福我，也谢谢你给我做红娘。"

莹莹仿佛更兴奋了，她用她小巧玲珑的鼻尖在食堂360度的范围内点了几下，说："你看，这个、这个、这个，还有这个，现在都没男朋友呢！可是人家全都看不上周书养，见都不肯见的！这么势利的人，我看她们以后能找个什么样的！"

原来在莹莹看来，周书养这种人的存在，是检验女孩儿观念俗雅的一把标尺，是男人理性社会的反骨，也是女人感性世界的软肋。

莹莹继续给我唱赞歌，说我有多么多么好，在这物质的世界上有多么多么难得，说得我连餐盘里最爱的鸡腿都不忍心啃一口，仿佛我这莹莹口中纯洁而高尚的灵魂就会被这一口油腻的世俗给玷污了一样。莹莹说个不停，直到食堂里只剩下我们两个的时候，我终于忍不住和莹莹说："莹莹啊，你到底想说什么？"

莹莹这才说："映真啊，你……你可别把周书养拉黑了呀。"

我擦了擦嘴，说："走吧，我还想睡一会儿呢。"

周书养还是继续给我发微信，关于绘画啊、早饭啊、天气啊、工作忙不忙等可聊可不聊的问题，我当然没有拉黑他，但是有一搭没一搭地回复，嗯嗯、啊啊、哦哦、好的。心想时间久了他自然就会明白我的意思，他是个骄傲的画家，他的骄傲就像冰激凌的那个尖儿，也许会随着时间和世俗的温热而渐渐化掉，但我可一口都不舔。

周五，杨照给我打电话，说要介绍一个人给我认识。

我问："是谁？"

他说："你来了就知道了。"

我说："干吗搞得那么神秘。"

他说："一会儿我把时间地点给你微信发过去，别忘了。"

我说好。

他说："等一下。"

我问："还有事儿？"

他的声音里带着神秘的笑意说："一定要穿得漂亮一点儿过来，知道吗？"

我的脑袋里仿佛被人点亮了一盏灯，他不这样说我还只是怀疑，一这样说，我以为暗示已经非常明显了。挂断电话，我忍不住沾沾自喜，我的相亲对象都在给我介绍相亲对象了，我可真厉害！

为此，我特意梳洗打扮了一番，和我妈汇报我晚上不在家吃饭了，我妈一看我的行为，问我："和谁？"

我说："和杨照。"

我妈听我说完，就把刚拿出来的牛肉又放回冰箱里，然后屁颠儿屁颠儿地和我老姨吃饭去了。

我准时来到了之前约好的地方，他的办公室没人，但是门是开着的，我给他发微信，问他在哪儿，他回我：还在开会，大概二十分钟以后能结束，你先等我一下，骆老师会比我先到。

骆老师？应该就是他给我介绍的那个人吧。我回他：好的，谢谢你，我会好好表现的。正在我思考是直接站着迎接骆老师还是先坐着然后再站起来迎接骆老师的时候，上次看见的那个山羊胡子走了进来，我的屁股正好停留在站与坐的中间，它悬在空中，被她惊讶的主人没羞没臊地撅着。

"骆……老师？"

山羊胡倒是很友善地伸出手来。"你好，你是吴映真吧，我是骆黎。咱们不是第一次见面了。"骆黎微笑着说。

是呀，面试的时候见了一次，在西马串吧见了一次，这是第三次了，他揭穿了我在杨照面前的谎言，也知道我和杨照是相亲关系，然后杨照还介绍他来和我相亲？！

我说："那什么，咱们之间可能有点儿误会，杨照就说让我来拿点儿东西，拿完我就得回去了，我妈还等我回家吃饭呢。骆老师再见！"

我就像个小学生一样还和骆老师摆了摆手，准备绕过他跑掉。

骆黎说："先别走，我知道之前我们之间有误会，但是其实我对你的印象还是挺好的。"

我转过头看了看骆老师，他的笑容很真诚，我就没走。

骆老师挺热情，他说："小吴，咱们先坐着吧，坐下说。"

杨照的办公室里有一个双人沙发，他看着我坐下他才坐下的。

我心想，既然他都这么说了，也许可以试试呢。

骆黎说："杨老师说你很想入设计这一行？"

由于刚刚见过孔雀先生，我对这种能够主动找话，并且话很投机的男生分泌出了更多的好感。

我忙说："是的，从小就想当设计师。"

骆黎说："这很好，像你这样，已经进入社会很多年还能坚持小时候的梦想，真的挺难得的。"

我说："对，也不是坚持，就是总是放不下，总会去想，如果有机会就一定要去试一试，总是这样想总是这样想。"

我无奈地笑了笑。

"也许这算是坚持梦想，但也可能算是不务实、不实际，也许我做设计还不如做策划更顺手，更赚钱，可是就是，就是想去做。"

骆黎说："所以如果有机会，你愿意尝试是吗？"

"我愿意全力以赴。"我说。

骆黎点点头，接着说："可是，我很好奇你的期待值在哪里？你看，有些人是天才，比如画出《千里江山图》的王希孟，比如作出《费加罗的婚礼》的蒙扎特，或者是写出《夜莺颂》的济慈，天赋异禀，这个谁也没办法。还有一些人要通过非常的努力，最终也站在了金字塔的顶端，可大多数人呢，也努力了，最终还是平平淡淡，只是做着自己喜欢的工作而已，没什么大成就，比如说，我这种。"

我笑说："骆老师太谦虚了。"

骆黎也笑，继续说："所以你说你想要做设计，我不知道你想要做到什么程度。"

我说："十八岁的时候，我有两个以为：以为时间还多，以为怀才不遇。岁数大了，我就明白了，时间再多，也不都是自己的，除非吃穿不愁又可以自由支配。至于怀才不遇，嘿嘿，我要是小仙女本尊，我早就变身了，魔法棒这种东西，是可遇不可求的。"

骆黎点点头。

"所以现在我还在努力寻找机会，但不会心存幻想了，想太多没有用，还是要脚踏实地。岁数大了才知道，其实从事自己喜欢的工作，就已经是个很了不起的事情了。如果能做一个像骆老师这样的普通人，那我就此生无憾了。"

骆黎笑说："小吴谦虚了。"

我忙说："以后还请骆老师多指教！不过，您千万不要让我的老板知道我的想法，这可不是一个好员工的想法。"

骆黎点点头，说："我明白。"

我有点儿奇怪，隐约感觉这不像是一场相亲，倒像是一次面试。也许和大学老师相亲就是这样吧？我想，但话题真的不能再往设计上引了，这样会显得我太过功利。

"骆老师平时喜欢做什么呀？"我主动出击。

他稍微愣了一下，说："平时也就是看看电影，带带孩子。"

我心里咯噔一下，原来这是个单亲爸爸。

不是没有挣扎，但也不想这么轻率地做决定，于是接着了解："孩子……多大了？男孩儿还是女孩儿？"

骆黎说："男孩儿，三岁了。"

我心想，还好，三岁的孩子还是好相处的。

这时候骆老师的电话响了，他说："不好意思，我先接个电话。"然后就走去窗边接了。

杨照走了进来，问我："感觉怎么样？"

我凑到他耳边小声说："除了有孩子，其他都挺好。"

杨照愣了一下，问我："这跟孩子有什么关系？"

我说："也是，主要还得看我俩。"

杨照疑惑地看着我，没说话。

骆老师还在打电话，我和杨照就并排站在骆老师身后，看着他。

就在骆黎挂断电话之际，我还是忍不住表达了一下此刻的感激之情，对杨照小声说："谢谢你啊，杨照，给我介绍男朋友。"

杨照猛地转头看向我，眼神复杂得难以名状。

我正奇怪杨照的表情，骆黎转身看见杨照，说："正好，你回来了，刚才我媳妇儿打电话说钥匙忘带了，现在在孩子姥姥家呢，今天晚上我就不和你们吃饭了，我再和小吴聊聊就走。"

此刻，我终于理解了杨照那奇怪的表情。

我尴尬到几乎要昏厥。

我说："不好意思啊，二位老师，我得去上趟厕所。"

我的脸滚烫，可是比我的脸更加滚烫的是我的一颗羞耻心。

杨照也出来了，他拉住我的胳膊，问："你跑什么？"

"我不跑，还等着你来看我笑话啊！你跑什么？"

说完这句话，我发现杨照又出现了之前在家居生活馆里的那个状态，笑得颤抖不止。

他说："我跑出来，不是为了追你，我笑成这样，一会儿没法向骆老师解释，我得跑出来笑一会儿。"

听了他的话，我气得又跑。

跑了没两步杨照又追了上来。

他说："行了，你不是要从事设计行业吗，他有非常好的资源，回去吧，骆老师很忙的，你没听他说嘛，他一会儿就得走。"

我的后脑勺好像被木棍敲中了，身上所有的汗毛孔都被我自己给恶心吐了，我是真的傻，24K纯傻，可是这个不重要，重要的是我要怎么收场呢。

"那……那你不早说清楚！"

杨照说："我没想到，你脑子里只有这个。"

我说："这事儿不能怨我，是你误导了我，是你让我穿得漂亮一点儿的！"

听了我的话，杨照停止了颤抖，他凑近我笑着说："不是我误导你，是你误会了，让你穿漂亮点儿是为了见我，不是为了见他。"

他第一次这样和我说话，可我总觉得很熟悉，好像有一个老熟人住在他身体里，却被他这身陌生的皮囊包裹着而无法与我相认。

"一起回去？"杨照问。

我想了想，实在是太丢人了，我没法越过我心里这道坎儿。

杨照问："你没说什么让人误会的话吧？"

我知道他是什么意思，我忍着内心的剧痛把刚才那段不堪回首的经历又从头到尾地想了一遍，应该没什么破绽，即使是问了他的孩子，也算是朋友聊天，并不明显。

我说："没有。"

杨照说："那就没什么，走吧。"

我和杨照回去的时候骆老师没再提起这件事儿，很自然地就把话题转到有关设计的方向上去了，我们没提，他也不问，真是很绅士的一个人。

骆老师说，如果让我和学生一起学习一次，对于我来说并不现实，论成长最快的方法就是学习结合实践，他让我周末的时候旁听他的研究生课程，又交给我一个小项目，让我先试着做一做。

18. 开同学会的真正原因

那天骆老师走了之后，我本来想和杨照说"谢谢"，但想起我那时隔不久的上一个"谢谢"，这个"谢谢"我就怎么也谢不出口了，憋来憋去，憋得满脸通红。

杨照问我："你怎么了，脸色不对啊。"

我说："我嗓子疼。"

杨照问："嗓子疼，你脸红什么？"

我很认真地向他说明原理："嗓子疼就是嗓子发炎了，发炎了嗓子眼就会泛红，这种红容易扩散，很容易就会扩散到脸上。"

有那么两秒钟，杨照就这样静静地看着我胡编乱造。

他看着我的时候，我有点儿担心他会戳穿我的谎话，但是他没有，他再张口的时候，是问我："那你还吃饭不？"

我说："不吃了，下次我再请你吃饭，我想回家了。"

杨照说："那我送你回家。"

我说："不用了，我打车回去就好，或者坐地铁也可以，地铁也很快的，还不堵车，你也挺累的，之前还在开会，你快回家吃饭吧……"

我还没说完，杨照突然插话："你不是嗓子疼？还说这么多？"

我说："那好吧，你送吧，我给你导航。"

杨照说："我已经不用导航了。"

他真的不用导航了，甚至都没有问我一句，开回我家跟开回自己家一样熟练。

到了我家门口，他放慢了车速，观察起来。

我问："你干吗？"

他说："我在找车位。"

我说："不用啊，你靠边停吧，我下去就行了，这个时间哪还有车位，连违停的位置都没有了。"

他说："我还是送送你。"

我说："不用了，现在也不晚，我们小区挺安全的，你干吗要送我？"

杨照仍然在维持着找车位的眼神，有点儿不耐烦地说："你不是嗓子疼？"

好，我嗓子疼，不想听我说话我就不说了。

我就不说话，杨照就继续找，我看着我自己离我家小区的门口越来越远，越来越远，这时候杨照的电话响了。

屏幕亮了起来，我看见屏幕上显示一个英文名字和一条狗的头像，名字是 Eve，狗是柯基。

总不能是这只叫 Eve 的柯基犬给他打电话吧？

我问："你怎么不接电话？"

杨照这才停下车子，看了看他的电话。

可能是因为太久没有接听，对方挂断了电话，他黑色的电话好像死掉了一般，没有了任何灵动的生命体征。

杨照抬起头和我说："确实没有车位，我倒回去，你在门口下车。"

他挂了倒挡，倒车影像显示了出来，但我不知道他为什么除了倒车影像，还要偶尔转过头亲自看看后面，难道是因为这里是老旧小区的大门口人多车多路况复杂吗？我虽然在上大学的时候就考过驾驶证，但是从来都没有上过路，所以我不太明白。为了方便，他把一只胳膊搭在我的靠背上，偶尔转头的时候，他的侧脸会离我很近。

他的侧脸很好看，又是一副全神贯注的样子，我偷偷瞄他的时候会不敢呼吸，怕我的呼吸撞到他的脸上会让他发现我在偷看他，我好像突然回到了少女时代，会因为一起挤公交车的好看学长而心悸。

杨照在门口停下，他本来要下车，但是后面的车按了"嘀嘀嘀"，他就又坐了回去。

要下车了，我觉得我还是得说出来。

"今天谢谢你。"我说。

他说："没关系啊，送你回家而已。"

我说："不是这一件。"

杨照说："哦，是那件事。"

我说："对，真的谢谢你！"

杨照轻轻地点点头，好像我给他送了一个果篮，他看了看，然后轻描淡写地说"哦，果篮"，没说收不收。

后面的司机又"嘀嘀嘀"，我赶紧跳下车。

就这样，我过上了下班后就去上课的日子，但策划的工作非常没有规律，经常加班，所以我有的时候甚至会下了课又回到单位去加班，然后直接又上班。好在公司有一项比较人性化的规定，如果前一天加班了，第二天没什么事儿的话可以晚点儿过去。

直到有一天，我打开鞋柜，铺天盖地的酒味向我袭来，我想起一句话，叫酒香不怕巷子深，柳州老窖，果然好酒！

刚好今天下班下课都早，我抱着鞋盒子去找马琳。

马琳穿着干练，化漂亮的妆，一进门，我就被马琳的胸部深深地吸引了。

马琳问："你看我胸干吗？"

我说："我没看你胸，我在看你的胸牌。"

说到胸牌，马琳自豪地往前挺了挺，胸牌上面的英文名字离我更近了。

"看见这上面的职务了吗？"马琳问。

我说："看见了，不过你的英文名倒是挺洋气的，Madeline……玛德琳……"

马琳说："因为我现在只服务更高端的客户，所以只有这个洋气的名字才能配得上我现在的身份。"

"可是马琳，"我皱起眉头看向她，"你名字里缺德啊。"

"你才缺德呢！"她一个大白眼翻过来，我发现半个多月没见，马琳的白眼竟像海浪一样汹涌。

她说："你找我干什么来了？还不快把你鞋子给我看看。"

"哦，对。"我赶紧把鞋盒子打开。

马琳说："快关上！"

我又赶紧关上。

她说："这味儿也太大了，咋的，你和鞋喝交杯酒啦？"

我说："没有，有人要给我上坟，刚好上我鞋上了。"

马琳的表情有了细微的变化，她说："吴映真，程浅出差了，我今天晚上还得自己回家呢，你别吓唬我行吗。"

我把我在黄博宇婚礼上发生的事儿简略地和她讲了一遍。

马琳平静地听完，然后平静地说："你跟我出来一下。"

我问："干吗？"

她说："来就是了。"

我们走到门口，马琳说："叫你出来，没有别的意思，我接下来说的话会很难听，在里面说，我怕会脏了那一屋子的好鞋。"

我敬佩地说："马琳，你是用真爱在卖鞋。"

马琳拍拍我的肩膀说："谢谢你，我也是用真爱来骂你。"

然后她就真用很难听的话来骂我了，虽然很小声，但是真的很难听。

中途我有点儿受不了了，就问她："马琳，你说话能不能不要那么难听？"

马琳说："不能啊。"

然后继续骂我。

差不多有五分钟，马琳看了看表，我也看了看表，已经九点半了，我问："你快下班了吧？"

马琳点点头，说："嗯，她们快下班了，我还得等一位客人。"

我问："那你要等到几点？"

马琳说："大概要到十二点半吧。"

我很惊讶："什么人，十二点半来买鞋！"

马琳耸耸肩说："是啊，这个客人每次都是十二点半过来买鞋，有些有钱人就是这样，不走寻常路，否则怎么有钱的会是他们。"

我说："那你也等？！"

马琳说："对呀，这是我的工作呀。"

我说："那我陪你一起。"

她说："不用了，很晚的。"

我说："你不是说程浅出差了嘛。"

马琳没说话，她把我的鞋盒子抱了过去，问我："咱们得吃点儿东西，你想吃什么？"

她的同事们陆续都走了，我和马琳坐在店里吃寿司，她说寿司没异味，不撒汤，干干净净，还贵，刚才骂了我一顿，正好可以当"甜枣"请我。

我说："谢谢，你想得可真周到。"

马琳说："那个杨照对你还挺好的，还从婚礼上救你，还借了辆豪车来接你，你确定那是他借的车吗？"

她把寿司上面的三文鱼片夹走了，若有所思地放进嘴里。

我问："你干吗不吃底下的饭团？"

她说："因为不好吃啊，而且米饭还胖人。"

我说："那你干吗不直接订生鱼片，干吗要订寿司？"

她说："我怕你吃不饱啊，正好米饭都给你吃。"

我说："谢谢，你想得真周到。"

马琳说："对了，和你说个事儿，我们小学要开同学会了。"

我说："哇，小学毕业快二十年了，这还是第一次开同学会啊。"

马琳咽下那片三文鱼，然后露出一抹迷人的微笑，浑身上下散发出的，是犹如绿皮火车里冒着热气的红烧牛肉面一般熟悉又令人渴望的味道。

那，是八卦的味道。

"知道为什么吗？"

"快说！"

她放下筷子，说："咱们小学的班长刘鹏，他前两年不是出家了嘛。"

"啊？我不知道啊！"我很惊讶，刘鹏是个上课喜欢睡觉和搓泥球的'学霸'，非常聪明，他妈是我们学校的教导主任，虽然小的时候他那双小眼睛里就有对世间万物都毫无兴趣的神态，但我真没想到他能走出这一步。

马琳接着说："后来他又还俗了。"

"啊……那就更不知道了。"

"听说他看中了一位常年去他们庙里上香的女施主的女儿。这个女儿啊，让刘鹏产生了似曾相识的感觉。本来刘鹏都把手机上交师父了，他又向师父去要，师父就问他，为什么要手机，刘鹏认为自己不应该欺骗师父，就告诉师父，自己碰见了一个女孩儿，觉得似曾相识，想把女孩儿偷拍下来留作纪念。"

"这……好吗？"我觉得刘鹏的意志很不坚定。

"结果师父说，缘生缘灭，乃情字使然，你还年轻，还有未了的情缘，你不应该再待在庙里了，你应该去找那个女孩儿，刘鹏一下就悟了。你想想师父是多有慧根的人呀，不然能当师父嘛。"

"后来呢? 刘鹏去找她了吗?"我问。

"当然没有了! 咱班长能有那本事?! 但他还是偷拍到了那个女孩儿,他把照片拿给他师父看,问他师父,觉得他们俩之间有没有缘分。"

"他师父怎么说?"

"他师父说,我们是佛家,不管算命,你要想算姻缘,半山腰左转有家道观。"

"那刘鹏去了吗?"我问。

"当然没去,他怕道观收费贵,想起了张诗慧。"

"张诗慧?"我一时想不起来。

"你忘了? 就是从小就喜欢看什么星座运势、血型、手相的那个神婆,没事儿就给大家做心理测试。"

"哦哦哦,我想起来了,她现在专职搞算命啦?"

"专不专职我不知道,不过她确实是在搞算命,然后刘鹏就把照片给了丁武,丁武又找到陈晶晶,陈晶晶又找到董冬晴,董冬晴又找到我,我又找到李显,李显又找到庞博,庞博又找到顾晓白,顾晓白才找到张诗慧。"

"这么麻烦……找家道观算个命能花多少钱……"我感叹道。

马琳说:"不过也因为这件事,同学们又重新联系起来了。但是你猜最要命的事情是什么?"

"是什么?"

"张诗慧一看到照片就说,这女的不是丁丹妮吗?"

"啥?!"我吓了一跳。

"你说是不是很要命,我听到这儿的时候也吓了一跳,我也没看出来这是丁丹妮,你说上学的时候,一共六年,我都没看见刘鹏和丁丹妮说过六句话，他俩一年一句话的频率都达不到，十多年以后，还一见钟情了。"

我说："最要命的不是刘鹏对丁丹妮一见钟情……最要命的是刘鹏、丁武、陈晶晶、董冬晴、你，还有李显、庞博、顾晓白，你们竟然没有一个能看出来，那是你们亲爱的小学同学丁丹妮？！那张诗慧是怎么做到的？"

"张诗慧是神婆啊！"马琳说，"而且听说丁丹妮整容了。"

"她整了哪里？"我问。

"她割了双眼皮。"马琳郑重其事地回答。

"割双眼皮叫整容？！"我大吼，如果割双眼皮也叫整容，那有些明星可以直接叫投胎了。

马琳说："其实啊，我觉得，十几年没见的人基本上就算是陌生人了，更何况小学的时候我们都太小了，记不住也很正常。如果你之前就知道对方是你的同学，你凭借模糊的记忆和对方依稀残存的童年时的模样，你大概能够猜到对方是谁，如果你不知道，快二十年没见，在茫茫人海中，你能认出来吗？就算你觉得眼熟，你敢认吗？"

我想都没想就摇头了，我确实认不出来。

"至于刘鹏和丁丹妮嘛，我觉得，如果刘鹏早就知道那女孩儿是小学同学丁丹妮，未必会对丁丹妮一见钟情，特定的时候才会产生这种特殊的感情，距离产生美嘛。"

我说："这些都是刘鹏告诉你的？"

她说："不是啊，是董冬晴告诉我的。"

我问："那是谁告诉董冬晴的呢？"

她说："刘显。"

我问："那是谁告诉刘显的？"

她说："那我就不知道了。"

我感叹："原来同学们都是通过八卦联系起来的呀，真是个团结的班集体。"

马琳又翻了个白眼，说："这就是为什么要开同学会的原因啊！"

我问："什么原因？"

她一脸嫌弃，说："因为刘鹏想要联系丁丹妮啊！送分题啊这是，还用我告诉你！"

那位 VIP 顾客走进来的时候毫无征兆，马琳瞬间变脸，两副脸孔自然转换，无缝衔接。

我低头看了一眼手机，刚好十二点半，一分都不差，难道这位尊贵的客人买鞋子的时间是算命先生算出来的黄道吉时吗？

我识相地退到角落，看着马琳热情又得体地陪这位客人挑鞋子试鞋子。这位客人年纪轻轻，衣着得体，而且气质知性，态度优雅，一进来就一直说抱歉，过程中还不断说谢谢。

女孩儿的腿很好看，又细又长又直，这样的腿和高跟鞋很相配，看着她一双一双地试，每一双都好像是为她设计，我不禁心生羡慕且毫无困意，好像在看一场秀。

最后女孩儿买了八双，不枉马琳等她这一场。

马琳下班的时候已经快两点了，我们俩走在凌晨两点的马路上，上次是什么时候？好像是高中毕业的那个暑假，我们第一次去网吧包夜打游戏的时候，那时候世界正在我们面前慢慢打开，我们不用担心未来，不曾怀念过去，我们就像是刚刚从封印里放出来的两只小妖精，好像能活五百多岁，好像永不知疲倦。

十年过去了，我们拼杀在生活的战场上，残酷又艰难，但我们仍是战友，她拿着刀，我拿着剑，算了，刀和剑的杀气太重，那就给我们一人配个斗篷好了。我们没长隐形的翅膀，但我们披着隐形的斗篷，依然并肩走在凌晨两点多的路上。

我只是有点儿心疼我的朋友。

我说："我没想到你这么辛苦。"

马琳说："可是我心甘情愿啊。银行那件事儿之后我也想明白了，我就是喜欢钱，所以只要能赚钱，我做什么都会开心。"

我突然想到之前罗露露跟我说的那两句话，她说我被辞退并不怨她，是我自己的问题。也许真的是我自己的问题，是我做事情不够专心，所有的任劳任怨，加班加点，都没有灵魂，都没有主动，都是自以为是，也许，这才是我被辞退的真正原因。

大半夜的，脑子还真是清醒了许多，很久没有想明白的问题突然一下子就想通了，想通了心情就更好了。

我说："那我也要向你学习，趁着还有点儿力气，全力以赴。"

马琳笑了笑，暧昧地问我："去你那儿还是去我那儿？"

我说："去你那儿，我不放心我妈；去我那儿，我不放心你。"

马琳说："去你那儿吧，我也不放心阿姨。"

我说："我家可小。"

马琳说："那有什么，你睡厨房就行了。"

19. 今天，我被一百个人求爱了（上）

星期六，我正在上课，杨照给我发微信：在做什么？

我：在上课。

他：明天最后一批订的家具都会到齐，来给我做开荒保洁。

天哪，他还知道什么是开荒保洁。

我回：不好意思啊，我明天也有课。我认识一个很好的阿姨，和我住一个小区，干活儿又认真又利落，保证给你家打扫得干干净净，你放心，我出钱。

我还附带了一个笑脸。

我欠了他一个大人情，现在人家给了我偿还的机会，我当然要积极主动。

他回：骆黎明天不上课。

我回：你说不上课就不上课？

他回：对，我说不上课就不上课。

我纳闷纳了没到两秒钟，就看见骆老师突然停了下来，然后对我们小声说："不好意思，我接个电话。"

我给杨照发微信：是你在给骆黎打电话吗？

杨照很快回复：不是。

果然，骆黎回来就通知我们明天停课，说学校后天要承接一个重要的考试项目，明天要封楼。

我问杨照：明天几点？

他回：七点半吧。

我抱怨：怎么比我上课还早。

那边没动静了，五分钟后他回：那就七点吧，听骆黎说你上课总迟到。

我没回他，生气。

为了争这一口气，我早上七点整准时到了他家。他家在学校旁边，倒是非常好找。

杨照给我开门的时候，看起来好像刚刚睡醒，又好像一夜没睡，一脸倦怠，满眼血丝。他看见我的时候竟然愣了一下，好像我是个不速之客。

我和他打招呼："哎呀小伙子，我就是保洁大姨啊，给你做开荒保洁的，还等啥呢，赶紧的吧！"

我拍了拍他的肩膀。

他斜着脑袋思考了三秒钟，又看了看手表，才笑着说："你是我的保洁小妹。"

我说："没礼貌，叫大姨。"

他一笑倒是看起来精神了不少。

他侧身让我进去，一间崭新的房子，标准的两室一厅，客厅里除了上次在罗露露那儿买的一桌四椅之外什么都没有。次卧的三面墙都被书架占领，书架上的书籍被码得挺整齐，地上是两个大大的银色箱子，主卧除了衣柜只有一个床垫，床垫上的毯子还是凌乱的，被晨光晒个满怀。

我问："床也没到？"

他说："对，床和沙发都是今天到。"

我说："你书架倒是选得很好，结实又漂亮。"

他点点头说："对，我会选书架，就像你会挑餐桌一样，都是遵从了自己的内心。"

我预感这个话题再继续下去我会比较尴尬，于是赶紧转移。

我问："他们说几点送来？"

他说："上午。"

"没有具体时间吗？"

"没有具体时间啊，所以让你早点儿来。"

杨照走进卧室把毯子叠了叠，我听见他说："我要去洗个澡，你给我热下牛奶煎个蛋就行了。"

我强烈怀疑他让我这么早过来就是为了让我做早餐。

厨房很干净，他又漂亮又齐全的厨具就像是厨房里的装饰品。起来太早我也没吃，正好给自己也做了一份。

他湿着头发出来，我的四个煎蛋刚好落在两个纯白色的瓷盘子里。

我解开围裙，把热好的牛奶倒进杯子里，杨照就站在门口看着我，眼睛也不眨一下，像是在看我，又像是在看离我有八百公里远的东西。

我问："你要撒点儿黑胡椒粉吗？"

"嗯？"他声音虽然在回应我，但是眼神还是刚才那个状态。

"或者点两滴酱油？"我把酱油拿出来，然后点在我的那颗煎蛋上，"我就喜欢配酱油吃，不知道你们老外喜欢怎么吃。"

杨照这才开口："那我也要酱油吧，少放一点儿。"

我两滴。他一滴。

我们一起吃早餐，就坐在之前买的那张餐桌上，没人说话，却都吃得很慢，不知道是我影响了他的节奏还是他影响了我的。我想两个人在一起生活原来是很费力气的一件事儿，看看，连吃早餐的速度都要互相磨合和适应，简直事无巨细，所以，这么费力气的事情还是要和相爱的人在一起做，不然一定会有怨气。

我感慨自己的智慧，一抬头发现杨照的脸上也写满了感慨，我连忙问他："怎么，不好吃吗？还是没吃饱？"

杨照喝了一口牛奶，认认真真地咽了下去，然后才对我说："真没想到，吴映真，我还能吃到你做的早餐。"

我说："真没想到，我还能在这张餐桌上吃早餐。"

他说："你之前好像是说过，特别喜欢这张桌子。"

我说："对呀，陪你挑家具的时候说过，你还记得。"

他喝了口牛奶，慢慢说："其实……我可以实现你那个对于这张桌子的小愿望。"

我说："你把它卖给我？"

杨照嘴里塞了块鸡蛋摇摇头。

"那是……"我突然想到了一个让我更兴奋的事，"送给我？！"

他把牛奶一饮而尽，然后抽了张桌子上的纸巾擦了擦嘴，看着我说："如果你……愿意，你可以天天在这张桌子上吃早餐……"

我听他说完，心里的某个部分发出"咯噔"的一声响，我确定它是"咯噔"一声而不是"扑哧"一声或是"吱嘎"一声，是因为我的心脏就像是水族箱过滤器被不小心塞进了一块小石头，"咯噔"一下就不运转了。

我不再运转，可他还是继续看着我，大胆又怯懦，他的双眼明亮而固执，嘴里好像塞了些重要的话要对我倾吐出来，我仿佛已经看到了那些话，可他不说，我没法看清楚。

杨照的电话响了，他没有马上接起来，我也没有马上恢复运转，我们好像都在等待着什么，可是到最后，他只是说了一句："家具到了。"

我俩起身下楼，下楼的时候，我想通了杨照的意思，他就是想天天让我给他当保洁大姨，就是这样。

那么有口难开的样子，也算是他良心微痛所反映出来的一种症状。

楼下停着一辆装饰漂亮的搬家车，上面刷着"诺家家居"四个字，我问杨照："我们不是在诺家订的家具啊？"

杨照说："是啊，我们买的都是打折商品，送货要加钱。"

刚说完，一个戴着墨镜的干净男生从后面的越野车里走出来，笑着抱怨："杨照，你说你请个搬家公司能花多少钱！我这送货车本来就不够用。"

他摘掉墨镜，我发现这个人非常眼熟，但我一时想不起来。

杨照说："吴映真，这是许诺，我同学。"

我说："哦，许诺！"

许诺说："吴映真？"

杨照说："你俩认识？"

我笑着说："嗯，我去他们公司应聘过，他当时没要我。"

许诺有点儿尴尬，说："哦，哦，我想起来了。"

我说："这很正常，招聘和相亲都一样，不合适当然不能凑合。"

许诺说："其实我对你印象很好的，我觉得抛开专业化的东西，和你在一起共事应该会很有趣。"

我说："我对许总印象也很好，是个实在又实干的老板。"

许诺脸上的尴尬一扫而光，说："谢谢你，希望我们以后能有机会合作。"

我问："许总后来招到人了吗？"

许诺说："招到了，虽然困难了点儿。"

我说："不管怎么样，先恭喜许总了。"

许诺问我："你后来找到工作了吗？"

我说："找到了……"

我还没说完，杨照就插话说："对，她找到了，在我这儿当保洁呢，你快点儿搬，她小时费挺贵的。"

家具本来就不多，一车就装下了，一会儿就搬完了。等到搬家的工人们都散了，杨照给了许诺一件旧 T 恤，许诺去卫生间把自己的衬衫换下来。

我抱着自己平时在家干活儿穿的运动服等在厕所门口。

杨照问我："你干吗呢？"

我说："我带干活儿穿的衣服了，等许总出来我就去换。"

杨照指了指灿烂的阳光，说："你去卧室换。"

他们俩蹲在地上搞安装，我暂时没什么事儿，就问他们："你们想喝什么？杨照家有咖啡、牛奶和啤酒，或者果汁也行，可以做西瓜汁和梨汁。"

因为许诺刚才夸过我，我觉得应该让许总对我的印象再上一个层楼，于是特意面对许诺，微笑着问："或者葡萄汁，也可以现榨。"

我想，许诺应该可以通过"脑补"制作葡萄汁的复杂过程了然我对他的示好。

许诺微笑说："谢谢，我要水就可以了。"

杨照面无表情说："我想喝葡萄汁。"

我说："做葡萄汁很麻烦的，需要我一粒一粒地手工去皮抠籽。"

杨照说："我知道啊，你别忘了洗手。"

我有点儿来气："人家喝水你也喝水嘛，我一会儿还要打扫整个房子很累的。"

我说完，还是乖乖去厨房制作葡萄汁去了，毕竟欠了人家一个大人情，人家想喝个葡萄汁，这种小事，再麻烦也要照办。

我在厨房聚精会神地去皮抠籽，听到许诺对杨照说："听说 Eve 带着杨敏霓来了。"

Eve？这个名字我曾经在杨照的手机上看到过，她果然不是一条狗。

杨照一开始没有声音，只听到"叮叮当当"的落锤声，好一会儿，杨照的声音才隐隐约约地传过来："我们还有……没结束……"

杨照的声音太小了，中间那个"还有……没结束"的"……"，被他一锤子给砸掉了。

我不知道为什么，我真的不知道为什么，就蹑手蹑脚地走到门口，全神贯注地偷听他们的谈话。

许诺说："这手机一直在闪。"

我第一个反应是：应该是 Eve 打给杨照的电话。

我的身体，因为这个信号几乎固定在了厨房的门口，我不是没有听到杨照的脚步越来越近，但是我此刻满脑子的想法都是：近一点儿好，近一点儿我就能听清全部内容了。

直到杨照就那么猝不及防地出现在我眼前。

我才想，我是希望他近一点儿，可我没希望他这么近。

杨照问："你趴在门口干吗呢？"

我，我一时没答上来。

杨照举起手机说："你手机一直在闪。"

"哦，"我说。原来是我的手机。

"我设置成静音了。"我接过手机这一看，一共十条短信和两个未接电话。

现在很少有人给我发短信了，我纳着闷儿点开第一条，是一个陌生的号码，内容是：美女，我很喜欢你，我现在也是单身，我们可以聊聊吗？

第二条：你好，我觉得你很不错，我们能见个面吗？

第三条：你好美女，在茫茫人海中认识你，是缘分，请给我个机会，我会好好表现的！

后面的几条也是大同小异，大同的意思就是想跟我搞对象，小异的意思就是有些要和我见面，有些要和我先聊天再见面。

就在我读短信的时候，又来了两条大同小异的短信，等我读完新来的两条，就又来了三条……

读着读着，我的头皮一阵发麻，脊背一阵发凉，我突然被十几个人同时求爱，我感到……非常可怕……

杨照问我："吴映真，你怎么了？"

我缓缓地抬起头，看着他，说："我……我也不知道我是怎么了……"

20. 今天，我被一百个人求爱了（下）

杨照说："给我看看。"

此刻的我是无助的，但是我不能给他看，不然，我就又一次成为爱看热闹的杨老师眼中的那个"热闹"。

短信还在一个一个往外蹦，电话也进来了，当着杨照的面，我怎么也得接通一个"热线电话"，才能让他放弃看我手机的想法。

"不好意思，我接个电话……"

我和杨照说完，杨照一动不动，连看我的眼神都没发生变化。

我只好慢慢转过身去，接通电话。

"喂……"

对方说："美女你好，我介绍一下我自己啊，我呢，三十二岁，身高一七五，体重也就一百六吧，我在津南商厦有一家店，卖床上用品的，一年下来净利润能有个五六十万吧。有套房，三室一厅，去年买的，有辆别克君威，开三年了，美女你看我这个条件行不行？"

我转过头看了一眼杨照，祈祷他听不见对方在说什么，但他带着内容的表情告诉我，他全听清了。

"喂，在吗？"对方问。

"在……"我说得毫无底气。

"你看我这条件行不行啊？"对方又问了一遍。

"挺……挺好的……"我说。

"那你看咱们啥时候见见面？"对方倒是非常主动。

我跟他实话实说："这位……老板，你可能打错了……"

对方立刻问："我这么好的条件你还不满意？"

我说："不不不，你条件很好，但是你真的打错了……"

对方说："那你这不还是不满意嘛！"对方笑了，声音里透着一丝不甘心，问我："那你想找什么样的啊？"

我问："不是，我想问一下，你是怎么知道我电话的呀？"

对方说："行了行了，我知道了，我配不上你，那就不浪费你时间了，我也挺忙的。"

电话被对方挂断了，我就这样稀里糊涂地拒绝了一个年薪几十万的追求者，我叹了口气，想起了我大学时的校花，她就住在我隔壁的寝室，晚上经常穿着那件白色蕾丝的公主睡衣在走廊里拒绝打电话来求爱的人，每次我拿着脸盆从她的身边走过，都能闻到一阵迷人的香气，那是被人当成"香饽饽"的香，我就没有。

可是今天，握着发烫的电话，我觉得自身也开始散发着那种奇妙的味道。

我低下头闻了闻自己的袖子，又转过头看了看杨照，杨照问："怎么了？"

我问他："你觉得我身上有味儿吗？"

杨照凑过来闻了闻，说："你今天是不是没洗头？"

我真是多嘴问他，我说："我来你这儿干家务活儿洗什么头？而且我昨天洗了！"

这时候许诺也走了过来，问了一声："你们怎么了？"

杨照说："没事儿，我们走吧。"

我转过身继续弄葡萄汁。

大概一个多小时，杨照和许诺完成了所有的安装工作，而我也渐渐意识到这件事情的严重性，因为我的手机，就快被从未间断的短信和电话给闪没电了，我不得不拿了充电器来。

杨照和许诺坐在沙发上休息，见我在给手机充电，许诺问："我看你的电话一直在响，你怎么不接电话？"

我说："他们都打错了。"

杨照问："你为什么不直接关机？"

我没搭理他，放下电话，开始擦地板。

我擦地板时，电话响个不停，擦衣柜时电话响个不停，整理垃圾时，电话响得更凶了。

我今天，至少被一百个人求爱了。

我又想到了我上大学时隔壁宿舍的校花，在人气这方面，她的用户总量肯定比我多，但我的日均用户增量一定遥遥领先，真是世事难预料，我万万没想到。

我想到了我妈、我姨和马琳，可是她们再疯狂，也不会不通知我就直接公布我的信息。

那么，他们是怎么知道我号码的？是谁公布了这些信息？但这些都不是最关键的，最关键的是我怎么这么不相信，我能吸引这么多人？

越想越烦躁。

我走过去看了看手机上显示的消息和时间，已经过去两个小时了，我想这不是我不理不睬就能解决的事情了，必须要弄明白。

正好活儿也干得差不多了，我脱了橡胶手套，拿起手机和杨照说："我做完了，我还有事儿先回去了。"

杨照正在和许诺聊天，听了我的话他站了起来，说："你还没刷马桶呢。"

我说："我不愿意刷马桶。"我才不要给男生刷马桶呢。

杨照说："刷马桶也是开荒保洁的一部分。"

我说："不，马桶刚才已经被你尿过了，已经不能算是开荒的一部分了，我只负责还没被使用过的东西。"

杨照说："刚才是许总尿的，我没尿。"

许诺瞬间脸红了。

我说："那……那你昨天肯定睡在这儿了，你肯定也尿过！"

杨照说："我昨天一直在学校，没睡觉。"

杨照说完，我发现许诺担心地看了他一眼，张了张嘴，但什么都没说。

我说："瞎扯！我早上明明看到你的被子没有叠，你还一副没睡醒的样子，你能不能有点儿道德底线啊，杨教授！"

不知道为什么，杨照也有点儿激动了，说："你纠结这个问题有意义吗，你工作没做完就想走吗？"

我说："我，这个今天被众多男士求爱的女神在这里给你做开荒保洁，这都可以，但是！你！竟然还想让我给你刷马桶？！"

许诺说："算了算了，你俩都别吵了，要不我去刷吧，反正刚才是我尿的。"

我捏着电话走进厕所，然后重重地将厕所门关上。

有一个只显示"本地号码"四个字的电话非常执着，从开始到现在，一共给我打了五个电话，现在又打进来了，我想，既然他这么执着，那就问他好了。

我勇敢地再次接起电话。

对方操着浓重的东北口音说:"美女,你终于给我机会了,我好好跟你介绍一下我自己哈……"

我说:"大哥,你先等一下!你先听我说。"

他说:"好,你先说,你想要什么条件的?"

我说:"大哥,你能不能先告诉我你是在哪儿看到我电话号码的?"

大哥"啊"了一声,显然是被我问愣了。

然后他问我:"美女,你不找对象吗?"

我说:"我找不找对象这些都不重要,关键是大哥,你咋知道我找对象呢?!"

大哥说:"在天下良缘网啊!不是你发的消息吗?"

我说:"不是我啊!真不是我啊!我压根儿就不知道这件事儿啊!"

我完全懵了,天下良缘是个什么网?

大哥还是挺实在的,他说:"老妹儿,你是不是让人给整了,你赶紧去看看吧,你的头像是短头发,穿件红衣服,挺好看的,是今天刚发到网上去的。"

我说:"谢谢大哥!"

大哥说:"谢啥,听你这动静,是给你吓坏了。"

挂断电话,我从厕所走出来。

杨照说:"你刷完了?"

我说:"刷马桶这件事儿暂且放一放,你能不能借我一下电脑,救急。"

杨照双手抱怀,生出一种了然一切的面相,说:"到底怎么了?现在你可以说了吧。"

我说:"我要上天下良缘网。"

杨照问:"那是什么网?"

我说："征婚网站。"

杨照问："你要征婚？"

我说："不，我可能被征婚了。"

杨照家有一个台式机，一个笔记本电脑，还有一个平板电脑，我们三人一人一台设备，寻找天下良缘里的红衣女人。

是许诺先找到的。

许诺说："吴映真你看，短发红衣，是不是这个人？"

我和杨照凑了过去。

女孩儿穿着红色的低胸针织衫，照片的角度是从上至下，显得这位漂亮姑娘脸小小的，眼睛大大的，事业线长长的。

事业线长长的……嗯……

"我说怎么那么多人给我打电话……"我的内心一片清明，"可是，这姑娘为什么要留我的电话呢？"

杨照指了指屏幕上的电话说："不，这不是你的电话，你手机号码的尾号是7987，这姑娘的尾号是7978。我发现你和那一百个打错电话发错信息的傻子一样，是真的傻。"

我发现，杨照竟然记得我的电话号码。

"所以呀吴映真，你帮这位美女过滤掉了一百多个大傻子。"杨照说。

我暗暗心惊，连打错电话的都有一百个。

杨照在我身后"嗤嗤"地笑，笑起来也挺像个傻子的，不仅我在看着他，许诺也在看着他，用一种看陌生人的表情。

我说："杨教授，你要不要打一个试试？"

杨照拍了拍我的椅背说："好了，你该去刷马桶了。"

我起身离开，杨照又叫我。

我说："什么事儿啊，杨老板？"

杨照说："既然事情解决了，你就别着急了，一起吃个饭。"

我说:"我要去西马。"

杨照说:"好,听你的。"

刷马桶的时候,我怕杨照反悔,又特意给西马打电话订了位子,然后又特意告诉了杨照。

许诺问我:"很好吃吗,那家店。"

我说:"许总还没吃过吧,谁吃谁知道。"

预订就是好,不仅立刻有座位,连座位的风水也很好,离空调近,离厕所远,坐北朝南,隐蔽通风。

等待上菜的时候,我忍不住说:"我有个问题想问你们。"

许诺问:"什么事儿?"

杨照说:"说。"

我说:"你们觉得今天那位美女为什么那么受欢迎?"

许诺说:"这个……"

杨照说:"我以为你已经懂了。"

我说:"所以,对你们男人来说,那个……那条线……就那么重要吗?"

许诺说:"这个……"

杨照说:"事实上……"

许诺说:"怎么讲呢……"

杨照说:"一般情况的话……"

许诺说:"第一眼的话……"

杨照说:"是的。"

许诺说:"嗯。"

我垂头丧气,什么高深莫测的男女关系,复杂多变的两性情感,其实内核都是很简单的。我这一垂头,就看到了我自己的前胸,然后我就更丧气了。

我说："没想到，像你们这种高知、高智、高'颜值'的三高男青年难道也这么庸俗吗？"

许诺低下头，好像在笑，又好像在害羞，但杨照没有，杨照用一双疑惑的眼睛望着我，仿佛要望进我的灵魂深处，隔了有一会儿，他突然指了指许诺开口问我："他，也算高'颜值'吗？"

场面一度非常尴尬。

为了打破尴尬局面，我问许诺："许总，你爱吃鱼吗？"

许诺说："我挺喜欢的。"

我说："他家的烤罗非鱼特别好吃，你一会儿一定要尝尝。"

正说着，一位剃着寸头、衣着嘻哈的男青年走了过来，他问："请问你们谁的尾号是7987？"

我举了手。

男青年笑了起来，他操着一口东北话说："唉呀妈呀，就是你啊！这么巧！"

我愣在座位上。

男青年接着说："你没听出来吗？我今天给你打过电话，咱俩还唠了呢，天下良缘，想起来没？"

我说："啊！我想起来了！你是那位大哥！"

男青年赶紧说："姐，你别这么叫，我就声音老点儿，但肯定比你小。"

我想说点儿什么，但不知道说什么好，就只能回以尴尬而不失礼貌的微笑。

男青年接着说："那什么，姐，咱们这都是缘分，你们这顿饭免单了，以后来和我说一声，给你打折。"

我说："你是……"

男青年说："我叫吴西，西马是我的店。"

21. 你是不是喜欢我？（上）

我连忙站了起来，此刻我对吴西充满了敬意，我想起那些因为吃到了美味的食物而去后厨感谢厨师的故事，我说："吴老板，除了让我的购买方式和支付方式发生变化的那两个马姓企业家，我最佩服的企业家就是您了。"

我说完，杨照和许诺都很惊讶，他们两个瘦瘦的，连个小肚子都没有，当然不会明白一个吃货的价值观，但其实我也有点儿夸张了，我本来想要为美食适当屈膝，但我一个不小心啊，跪出了两个大坑。

我有点儿尴尬，拿起杯子想喝一大口水，但是我发现我杯子里一滴水都没有了，不过还好这不是玻璃杯，我就顺势装出还剩点儿底的样子，咬住杯子边，并90度角仰望天花板，为大家表演一饮而尽。

吴西笑了，笑容里的尴尬也挺明显的，他说："可别逗了，姐！我还企业家，我爸一天到晚说我没出息。"

我说："咱叔叔要求太高。"

吴西很认真地说："他不是要求高，他说的是真的。"

我心想，这是个实在孩子。

"你们先吃着，我去让后厨给你们快点儿做。"

吴西转身要走，我叫住了他。

我说："吴西，你确实打错电话了，她的电话尾号是7978，我的是7987，你可以再试一下。"

吴西说："没事儿，不打了，我跟她没有缘分，跟你还挺有缘分的，我这人平生就信两样东西：信缘，信命。"

吴西一边说一边把左右两个衣袖依次撸到胳膊肘，小臂同等位置的"缘"字和"命"字就显露了出来。

我发现这两个字都连着一条黑线往上蔓延着，被衣袖挡着，看不出个所以然来。

"你这黑线是……"我很好奇。

吴西说："我不跟你说了嘛，信缘，信命，这俩字儿都连着'信'字儿呢。"

说着，吴西转过身，把他背部的衣料尽量往下拉，后脖子上的"信"字就显了出来。果然，在"信"字的下面分出了两条和刚才一样粗细的黑线，延伸进衣服里。

我都想鼓掌了。

我问："文了这么长的两条线挺疼的吧？"

吴西说："线虽然长了点儿，但是细，还好。"

我点了点头，更加佩服这位餐饮企业家了。

"哦，对了，你来的时候，如果我没在，你就向前台报我的私人电话号码。"他说。

我说："好呀，但是我电话显示不出来你的号码。"

他说："对，你记一下，尽量不要告诉别人。"

我说："好的，我知道了。"

我赶紧回到座位上拿手机，发现手机又被没完没了的热线电话晃没电了。

我和吴西说："手机没电了，但我有充电器，要不你等会儿再告诉我？"

吴西说："没事儿，我先给你写上。"

他向来上菜的服务员要了一支笔，握在左手上，然后问我："写在哪儿你比较方便？纸巾上？"

我想了想说："就写我手上吧，等看不清的时候我也记住了。"

吴西点点头，问："写哪只手？"

我说:"写右手吧,我拿筷子用左手。"

吴西说:"你也是左撇子啊。"

我说:"也不全是,除了吃饭,我都用右手。"

吴西看了看我没说话,他把号码写完,我吹了吹,尽量加速它的风干。

等吴西走了,我转身一看,杨照和许诺都吃上了。

我边吹手心边坐下。

杨照拿起一根羊肉串,不咸不淡地说:"见识到了吧?"

许诺赶紧夹了一块鱼放进嘴里,说:"嗯,这罗非鱼是挺好吃的。"

杨照白了许诺一眼,我白了杨照一眼。

我才不管杨照什么意思,我有了长期打折卡,自然要在没背全之前把它高高举起来,这对我来说可是刚需。

吃完饭,许诺走了,我说我也要走了,杨照说要送我。

我就上了他的副驾驶,刚想用右手去够安全带,杨照突然说:"你别动。"

我说:"干吗?我要系安全带。"

他说:"我知道,但你手上有字,笔油会蹭到安全带上。"

我说:"没事儿,我背得差不多了。"

他说:"那样会弄脏我的安全带。"

杨照有的时候,说话具有点穴的功能。

我静静地看着他,没想到杨照竟然靠了过来,伸手拉过安全带,帮我系上。有哪些电视剧里有这个桥段来着?我想了想,好像有好多,具体想不起来了。电视剧里每次出现这个桥段都具有什么暗示来着?一般都是要表白、要接吻、要相爱。

我猛地转头看杨照的表情,他倒是面无表情,认真开车。

我被自己的想法吓得一哆嗦。

杨照问："你冷吗？"

然后伸手去调节空调的开关。

我说："我不冷，你能不能给我充点儿电？"

杨照说："你还充电干什么？准备接听下一位热心观众的来电吗？"

我说："万一要是有人找我呢？"

杨照看了我一眼，问："还有谁找你？"

我不明白他什么意思。

我说："当然还是会有人找我的，比如我妈，她自己在家，有事儿当然要找我。"

正好这时前方的信号灯红了，从九十开始倒数，杨照又看了我一眼，我发现他看我时的瞳孔比刚才柔和了一些，好像一只正在被人抓痒痒的猫。

他乖乖地把我的手机插在他车里的电源处。

到我家时，吴西的电话我已经背熟了，手机也充了 20％的电量，我用杨照车里的纸巾擦手，低着头考虑要不要把电话号码存在手机里备份时，杨照突然说：

"我的电话号码是多少？"

我说："你电话号码没换多久吧？我刚换电话的时候也是这样，记不住自己的电话号码。"

他看着我说："我问你我的电话号码是多少，你能记住吗？"

我抬起头看着他，轻声说："我当然不能啊……"

杨照说："那你能记住谁的电话？除了串店老板还有谁？甜品店老板和火锅店老板？"

我说："你什么意思？现在都有手机通讯录了我记不住别人电话很正常啊。"

"那你为什么要记住串店老板的电话？你还告诉他你要记

住，你……"杨照说到一半不说了，有人敲了敲他的车窗，杨照把车窗打开。

那人说："哥们儿，你挡我路了，我要开出去。"

杨照点了点头，说："不好意思。"

然后给对方的车子让出一条路，正好空出一个车位来，杨照试图停进去。

我上次在做"我以为"的假设时是去见山羊先生，那次闹了一个大笑话。我也承认我是一个非常自以为是的人，活了这么久没什么感情经历，但我毕竟是个成年人，没有什么感情经历并不代表我就没有资格去揣测别人对我的感情，我今天就大胆揣测了！

我说："杨照，我们虽然没认识多久，但也算是熟悉的朋友了，是吧？"

杨照正在认真倒车，车位有点儿小，他比平时要更仔细。听我这样说，他看了我一眼，说："对，怎么了？"

我接着说："有一句话，我不知道当讲不当讲。"

杨照打了一把轮，慢慢放开脚刹，车子在一点儿一点儿向右后方移动。

一点儿一点儿，一点儿一点儿地。

我也一点儿一点儿地，一点儿一点儿地在等待他的回复。

他终于发现不行，车身眼看就要和隔壁的车子擦到一起，他踩了刹车，又挂了挡，然后把方向盘转了回去，试图再往前上一点儿。

这时候他似乎才想起来我还有句不知当讲不当讲的话没有讲。

于是他说："你讲啊。"

他往前又开了更大的距离，然后又开始往右后方一点儿一点儿地倒车。

我得到了他的允许，又和他确认了一遍："是你让我讲的啊。"

杨照说："对，没错，是我。"

我说："你……是不是喜欢我？"

我听到"当"的一声，隔壁车发出刺耳的警笛，警告我这下完了。

我说："你快下去看看。"

杨照说："你说什么？"

我说："我说你快下去看看！"

杨照说："不是这句，是上一句。"

我说："那我下去看看。"

我说着就要下车，杨照也跟着下去了。还行，不是很严重的撞击，车体没有变形，就是刮掉点儿漆，还好隔壁车的挡风玻璃上摆着挪车电话，杨照给对方打电话，打了三次才接通，杨照说明了情况，对方说要将近一个小时才能过来。

22. 你是不是喜欢我？（下）

其实把那个问题问出来我就已经后悔了，但是后来他又撞车，我来不及思考那么多，不过在他打电话的时候我冷静了下来，盘算着怎么能当刚才那一切都没有发生，可是我还是算错了一步，我赶在他电话还没打完的时候溜掉就好了，因为我说："那什么，我今天干活儿太累了，又受了惊吓，我就不陪你等了，先上楼休息了。"

我说完转身就想走，杨照说："你别走。"

我说："这也不是什么大事，一会儿就能处理完，如果这期间出了什么大事，你可以给我打电话。"

然后我转身，杨照两步就走到我面前了，他说："你把我车子撞了就想走？"

我很惊讶，脑子里第一个反映出来的词语竟然是"碰瓷"。

我说："杨老师，是你撞了别人的车，不是我撞了你的车，刚才是你在开车，我没车，我怎么撞你？要不你撞一个我看看？"

杨照看着我，他很认真地说："是你让我撞给你看的。"

我心想"哎呦喂"，我还真是拭目以待呢。我说：

"嘿嘿，来来来，你快给我演示一下，让我开开眼。"

杨照说："好。"

然后他走过来，抱住了我。

在我耳边轻轻说："你看，撞上了吧。"

我说不出话来，他突然抱我，我真的没有想到，这一刻我经历了人生中非常复杂的思考过程：第一秒的时候，我很惊讶，这种惊讶的感觉就好像在电梯里遇见了吴彦祖，一时半会儿反应不过来；第二秒，我有点儿排斥，杨照的身体对我来说是陌生的，而且我对拥抱这件事儿本身都非常陌生，我家里人从来不用肢体语言来表达什么，他们基本上都不表达，所以这种排斥不是针对杨照，就算是吴彦祖来抱我，我也会有点儿排斥；第三秒，我生出了一种说不太清楚的感觉，这种感觉我也不太熟悉，不过第一次在电影里看见吴彦祖的时候曾经出现过，但是当时没有现在来得这么汹涌；第四秒，我有点儿纳闷，为什么杨照抱我的时候，我满脑子都是吴彦祖呢；第五秒，那个被撞的车主来了，是个大哥。

杨照放开我，说："您来得挺快嘛。"

车主"嘿嘿"一笑说："我可以等一会儿。"

杨照说："您之前和我说要一个小时才能来。"

车主说："我本来是要和我老婆做一件重要的事儿，然后你就打电话来了，挂了电话，我想继续，但我老婆说，做这种事情最好不要心存杂念，这样成功率不高，还是让我先过来看看。"

杨照笑了笑，说："那还真是不好意思了，耽误您这么大的事儿。"

车主摆摆手，三个人在和谐友好的氛围下解决了这次剐蹭。

车主大哥走的时候，我向他摆摆手："大哥，加油啊！"

大哥没理我，他反而向杨照摆摆手说："老弟，加油啊！"

杨照点点头。

送走了那位车主，杨照又转过来看我，好像酝酿着有话要对我讲。

其实我也有话对他说。

我们就这样看着对方，用眼神来征集谁先说话的意见。然而眼神还是不好用的，不然谁还发明语言。

我说，他也说，我们的话碰撞到了一起。

我说："要不你先吧。"

他说："那还是你说吧。"

我正等着他这句话呢，我说："太好了，我着急，你能把车门打开吗？"

杨照问："干吗？"

我说："我想把手机拿出来看看。"

杨照的表情有了细微的变化，他又问："干吗？"

我说："我想看看我妈有没有找过我。"

杨照可能不会理解，像我这种家庭结构的人，手机不能离开身边太长时间，因为我总怕我妈有要紧事给我打电话我没接着。

　　不过这次我妈没找我，马琳倒是给我打了好几个电话。

　　马琳说："你终于接电话了你！你干吗呢？"

　　她这一问，我不知道为什么突然有点儿心虚，支支吾吾地说："在……在回家的路上。"

　　马琳说："小学同学聚会的地方定了啊，明天下午四点，在好便宜大饭店富贵花开房间。"

　　我问："为什么要去好便宜大饭店？离我家很远的。"

　　马琳说："他们之前还说要去大盘子酒楼呢，那地方离你家更远。"

　　我说："行行行，好便宜，大盘子，看来我们小学同学混得也不咋地嘛。"

　　马琳说："这都是咱班班长定的，他你还不知道嘛，从小就特别勤俭持家，连搓下来的泥球儿都要带回去交给他妈。"

　　我说："这也算勤俭持家？！"

　　马琳说："他妈说这是童子泥，可以给盆栽施肥。"

　　我说："这种说法我还是第一次听说。"

　　马琳说："时间地点你听说了吧？"

　　我说："是，刚听你说的。"

　　马琳说："嗯，你别忘了就行。"

　　我说："我明天不一定能去，最近公司也挺忙的，上课也挺忙的。"

　　马琳说："不行！再忙也得来，为了这个活动我们几个小学同学聚会策划小组的成员都忙疯了。"

　　我说："哦，原来你们这几个骨干成员已经聚过好几次了。"

马琳说："你少废话,你得来,如果我喝多了出洋相,你得负责阻止别人给我拍照,懂吗?"

我说："我觉得没有如果,这显然是我明晚必做的工作。"

马琳说："你明白就好。"

我说："你还有什么事儿吗?"

马琳说："没事儿了,明天见。"

就在我快挂断电话的时候,马琳突然大喊道:"吴映真!你到底干吗呢?!"

"啊?"我一时没反应过来。

"反正你没干好事儿。"马琳很肯定地说。

我说："我真的在回家的路上啊!"

为了让自己不再处于因为撒谎而慌张的状态中,我拿着电话真的往家的方向走,刚走两步就被杨照给拽住了,我看看他,他看看我。

还好,马琳说了声做作的再见就挂断了电话。

杨照说："现在没什么事儿了对吧,要不我们还是先回车里去?"

我说："要不我……还是先回家吧。"

杨照皱起眉头走近我问:"你到底什么意思?"

我没吱声。

杨照又走近我问:"那你明不明白我的意思?"

我还是没吱声。

我听见杨照呼了一口气,我看见他抿了抿嘴唇,好像又在酝酿着什么要跟我讲。

我说："杨照,其实我没遇见过这种事儿,真的。"

这回换杨照不说话,他看着我,我知道他在等着我继续说下去。

我接着说:"但是说实话,我一般遇见没遇见过的事儿,如果不着急,我基本上都选择逃避。"

杨照笑了。

他轻声说:"这件事还是挺着急的。"

我叹了口气,说:"着急也没用,我现在……我现在……"

还没说完,杨照的手机响了,他掏出来看了一眼,没接。

"我现在"后面那句说不出来了,我也不打算说了,让杨照的铃声先说一会儿吧。

铃声响了几秒,就不响了,然后又响。

伴着他的铃声,我说:"杨照,我发现你不怎么喜欢在我面前接电话……要不我先回避一下?"

杨照当着我的面,把电话接起来,面无表情地说"嗯嗯嗯",那样子好像是在排雷,又或者是在接听绑匪打来的电话,告诉他交付赎金的时间和地点。

23. 吴映真的同学会(上)

杨照打电话的时候我特意躲远了一点儿,当他挂断电话以后,刚才发生的事情好像都被打断了。这时候突然刮起了一阵邪风,大夏天的这阵风凉而不爽,这种感觉就好像有人和你说"我说个秘密给你听啊",然后这个人就死了。我闭上眼睛用裸露的皮肤感受着风的方向。

我转来转去,觉得风就来自于正前方。

我确定好方位,睁开眼睛,发现杨照正直勾勾地站在我的面前，像一个巨大的电风扇。

于是我就问杨照："你感受到有风了吗？"

杨照好像又在想事情，回答得很机械，说："没有。"

我说："那真是邪了门了，感觉有阵风，明明就是从你这边吹过来的，你就像个发风体一样。"

杨照马上说："我没疯！"

我说："那，你还有什么事儿吗？没事儿，我就先回去了，我怕被风吹着。"

杨照现在根本就不在状态，他想他自己的事儿，没回答我。

我说："哎，我走了？"

我又碰了碰他的胳膊，他反应过来，说："那，我送你进去吧。"

晚上分开的时候，杨照有点儿奇怪。

虽然他一整晚都很奇怪，但是最奇怪的事情就是，在我马上就要走进楼门的时候，他突然叫我："吴映真。"

我说："干吗？"

他站在路灯下面，我站在台阶上面，他高高瘦瘦，双手无意识地插在口袋里，他稍稍有些驼背，他看着我，看了一会儿，才说："你得多吃点儿饭啊。"

我停在楼门口久久动弹不得，不是我不想动，而是被什么东西冻住了，我的大脑好像穿过了这个炎热的夏天开始冷却，像风冷冰箱里的一块五花肉，在这句莫名其妙的话里失去了所有的水分，开始缩小，缩得像一块精瘦肉那样紧实，这种凝聚感让我想起了一个小男孩儿，他叫杨朝夕，他那时候缺了门牙，吃饭费劲，所以他吃得很少，我就陪着他吃得很少，我为什么要陪着他？我明明很饿的，那种饥饿感我现在还记得，可是我已经记不清更多关于那小孩儿的事儿了，连他的样子我都想不起来了，他就像一个皱皱巴巴的气球，干瘪地躺在我的记忆里，等待着有一口气能让他重新复活，可是我的那段记忆完全被饥饿感充斥着，吹不出这口气来，它太饿。

所以我说："我当然要多吃，饿肚子可不好受。"

杨照伸手小心翼翼地指了指我，说："别说我没提醒你。"

提醒我什么？提醒我多吃点儿？难道我在他面前吃得还不够多？

回到家，我和马琳说了两件事，一是我遇到了西马串店的老板，二是杨照抱了我，后来又很莫名其妙的事儿。

马琳说："吴映真，我们认识多久了？"

我说："从小学到现在，二十九减六等于二十三，二十多年了。"

她说："这么多年，我从来没有求过你什么吧？"

我说："跪下来求我的时候确实没有。"

马琳叹了口气，说："好吧，那我这是第一次跪下来求你。"

我说："你怎么证明？"

马琳不一会儿就发来了一张端端正正跪在床上的照片。

我说："保持这个姿势，说出你的欲望。"

她说："虽然我觉得杨照更棒，但是吴映真，你就不能和西马串店的老板在一起吗？"

我说："马琳，我真没想到，我们二十三年的友情，竟抵不过一口羊肉串。"

马琳说："如果单纯说羊肉串，那肯定是能抵得过的，但是如果算上烤油边、烤生蚝、烤罗非鱼、烤鸡翅……"

我说："行了！不要再说了！"

马琳说："我知道，你听了会很难过，但我也没办法。"

我说："难过倒是算不上，毕竟我们之间的关系也就那样，我就是又饿了。”

马琳说："你留着肚子吧，咱们明天就可以去好便宜大饭店大吃一顿了。"

我说："你说完这句话有没有嘲笑你自己，上档次的玛德琳小姐？"

马琳说："有啊，那我先不和你说了，我去嘲笑我自己去了，你哪天带我去看看杨照和吴西，但是有一点，你一定要记住。"

我说："什么点？"

马琳说："见杨照，你要至少提前两个小时通知我，见吴西，你要至少提前两天通知我。"

我说："人和人的差距为什么这么大？"

马琳说："见杨照，我化个妆就行了，因为他以后不管是不是你的都不是我的，但见吴西，嘿嘿，我要买条裙子，因为这是我的刚需，这种时间投入是值得的。"

我说："马琳，是什么时候开始，我们之间的对话只有这些庸俗的东西，我们的梦想呢，我们的追求呢？"

马琳说："梦想和追求都不是能说出来的，说出来就都变成扯淡了，庸俗的东西说出来，在地上砸出一个不深不浅的坑，你躲在坑里，不至于被那些虚无缥缈、捉摸不透的风吹得感冒。"

我想起了刚才那阵邪风，又想起杨照，想起我和他的关系，突然不知道要说什么好。

我说："对，我困了，先不说了。"

第二天中午我就和领导请假说下午想早点儿走，要去参加小学同学聚会，领导答应得很爽快。没想到下午三点半，许诺突然给我打电话，说是要带我去参加一个设计师晚宴，我知道这个晚宴门槛很高，如果不是许诺，我肯定进不去，但是我没想明白许诺为什么会带我去。

我问他："你确定是带我去？"

许诺说："对。"

我在小学同学会和设计师晚宴之间犹豫再三。

许诺问我："你去不去？"

我想了想，说："去……"

他说："好，我半个小时之后过来接你。"

我看了看手机上显示的时间，给马琳打电话。

马琳那边很吵，隔着电话我都能知道她又把她结婚时在饭店门口接待亲朋好友那项八面玲珑的绝活儿展现了出来。

她听我说完就回了两个字："滚开。"

然后电话就忙音了，我知道她是真的很忙。

许诺接上我，说："咱们得先去换件合适的衣服。"

当他带我走进一间那种高端的私人服装店，我乐了。

我说："许总，咱们在这儿拍电视剧呢？"

许诺有点儿不好意思，说："没办法，没办法。"

他和来接待的美女小声说了一句什么，美女点点头，说了句"放心吧，许总"就友好地示意我进衣帽间。

我笑着说："很熟嘛，看来总带美女过来。"

说完，许诺看起来倒是还好，我反而有点儿尴尬，我才意识到刚才好像不小心夸了自己。

一件很低调的黑色长裙，不显胸，不显屁股，不显腿，总之，就是女人引以为傲而对我来说毫无骄傲可言的部位全都被包装得好好的，再加上相配的鞋子和首饰，整体看起来很舒服，非常适合我。

我想，能给我挑这件衣服的人，要不就是品味卓越，要不就是睡过我。

我对礼貌微笑的美女由衷地夸赞："小姐你真会挑衣服！"

美女依然对我礼貌微笑，看不出任何情绪。

我走出来，许诺直接把头转到门口，说："走吧。"

我说："按照电视剧里的套路，我是不是应该再试几件，然后在你面前转两圈，你再露出一个看傻眼的表情？"

许诺笑了，说："咱们可不是拍电视剧。"

我们刚走到门口，就碰见个胖老太太走进来。

胖老太太很惊讶，许诺也很惊讶。

我看着他俩惊讶时一模一样的嘴型，心里有了几分了然。

胖老太太说："你不说你去波波家陪她爸打麻将了吗？"

许诺面露难色，小声说："妈，我临时有点儿事儿。"

胖老太太说："你有什么事儿啊？她是谁？"

许诺说："她是我新招的女秘书。"

我说："阿姨您好，我叫女秘书。"

胖老太太把他儿子拽到一边，问："儿子，你跟妈说实话，你是不是出轨了？"

许诺连忙说："我没有啊，妈！"

胖老太太说："我跟你讲，你可千万不能做对不起人家的事儿！妈可不是这么教育你的！"

许诺说："你放心妈，我和波波好着呢，但是今天的事儿，你可千万别和波波说啊！"

胖老太太眼睛一横，说："你这不还是出轨了嘛！"

许诺说："妈，咱们给靠点儿边儿行吗，你挡着人家做生意了。"

两个人就又往旁边靠了靠。

这家店安静得很，他们俩说啥我全听见了，我相信刚才那位帮我穿礼服的美女也能听见，我看看她，她看看我，她依旧保持着礼貌而迷人的微笑，我想，她的素质可真好。

胖老太太说："你不是出轨你还来这儿给她买衣服？"

许诺说："这都不是我花的钱，妈！"

胖老太太说："你当你妈傻啊！你泡妞还有人替你花钱？"

许诺说："这不是我的妞儿，妈妈！"

胖老太太说："那你俩要干啥去？我告诉你，你敢撒谎，你向我公司所有的借款都得给我还回来，还有，最近那笔一千两百万的款子也没了。"

许诺垂头丧气："好吧，我要带她去参加那个设计师晚宴……"

胖老太太说："好，那笔一千两百万的款子没了。"

许诺急了，说："凭什么啊！我没撒谎啊！"

胖老太太说："我让你陪我去赴宴，你骗我说你在波波家打麻将，而你竟然陪她去赴宴，你妈我比不过波波，还比不过你的女秘书？我养你这么大，你就这样伤我的心？让我一个人来这里试衣服，试首饰，试鞋？你还是妈妈的小诺诺吗！"

许诺低头叹了口气，说："妈，你现在去试吧，我陪着你，你试衣服的时候最喜欢听《玫瑰人生》对不对，我现在就让Lily给你点上。"

胖老太太说："不行！晚了！除非你只陪我去！"

许诺："妈你什么意思啊，我真的有事儿！"

胖老太太说："我给你养这么帅，平时看不到你，现在拉你出去撑撑场面还不行？你那一千两百万还要不要了？"

许诺双手叉腰，大声说："妈，你是认真的吗！"

胖老太太用她那女强人的坚定双眸直视着他儿子。

母子俩就这么盯了三秒钟，然后许诺突然转过来对我说：

"不好意思吴映真，我公司现在确实是需要一笔钱，我虽然是个富二代，但是富二代也有苦，富二代也有债……"

我说："不不不，许总，真的不好意思，你为了我向你的金主妈妈撒谎，可真不应该，那种宴会，我现在本来就没有资格去，以后我自己争取去，你快去给阿姨把《玫瑰人生》点上吧。"

许诺仰天长叹。

我说："这衣服给你脱下来吧。"

许诺说："不用，你穿回去吧。"

我说："那我给你钱。"

许诺说："真的不用，真的。衣服……上身了，不能退，送你了。"

我说："那我还是得给你钱，我本来想一会儿和你说的。"

我想，我穿着它去小学同学会也挺好。

许诺想了想，说："那就……以后让杨照转给我吧，你现在直接给我钱也不太好……"

我转头看了看那个一直礼貌微笑着的服务员，又看了看许诺他妈妈。

我说："也是，有点儿奇怪，那我就把钱给杨照，让杨照给你。"

许诺点点头。

出了门我便打车直奔好便宜大饭店，中途我给马琳打电话，告诉她我实在是不能为了梦想而抛弃她，我做不到。马琳那边更吵了，她显然有点儿喝多了，兴奋地大声和我喊："吴映真，你都想不到谁来了！"

24.吴映真的同学会（下）

我推开包房的大门，就看见两张硕大的圆桌，里面的那张最为醒目，因为桌子正后方靠墙，墙上有一张艳丽的牡丹图，图上的每一只大牡丹都开得特别使劲儿，圆桌左右两边醉态各异的人们依次排开，而坐在圆桌正中央的，正是杨照先生，他就在盛放的牡丹花下看着我，表情有些惊讶，然后突然低头去看自己的手机。我心想，我是蠢到家了，我怎么走着走着，还走到杨照的饭局来了？

我忙说："不好意思，我走错房间了。"

伸手就要把门带上。

这时候有个女的从桌子底下爬了起来，向我大吼道："你走错个屁啊！快给我进来，吴映真！"

我定睛一看，这女的不正是喝多了的马琳吗，再看看她身边仍然坐在牡丹花下的杨照，我的脑子发出了"嗡"的一声。

这一声"嗡"并没有持续太久，因为我被全场爆发出的叫我名字的声音给包围了，大家都不约而同地反应了过来，原来这女的是吴映真啊。我与所有喊我名字的人互动，有人说好久不见，有人夸我变漂亮，有人说还认不认识我啊，我是谁谁谁，虽然他们的样子都发生了巨大的变化，但大家借着酒劲儿，好像都把封存在本性里的那个孩子放了出来，和留存在别人记忆中的那个小学同学互相吻合，他们都是我的小学同学，关于这一点我现在非常肯定，但我不确定的是，那个坐在牡丹花下的男人，到底是谁啊？

马琳把我从人群中拉了过来，对我说："带你见见帅哥。"

我小声说："这么多年不见，同学们还都挺真诚的。"

马琳说："拉倒吧，比房子、比工作、比孩子、比老公的那一段在喝多前都已经上演好几轮了，比现在这一个个的醉样儿精彩多了，你没赶上。"

我由马琳拉着我走到杨照旁边，杨照旁边还有同学在和他聊天，女生多，男生少。

班长刘鹏本来也在聊，抬头看见我，说："你来了，吴映真，你知道我是谁吧？"

我说："当然知道啦班长，恭喜你还俗了。"

刘鹏说："嗨，我今天都解释八百多遍了，我没出家，我只是参加了一个修行班，三个月就毕业了。"

我还想和刘鹏继续聊，马琳迫不及待地插嘴："那你认识他是谁吗？"

她指了指杨照，这时候，杨照身边所有人都不说话了，大家都看着我，好像在等我的回答会不会变成一场好戏。

我看着杨照，一刻都没有躲闪，我想我知道他是谁了，我把我的知道用一种凶光透露给他，杨照也看着我，眼睛里流动着情绪，他今天特别帅，帅到我很想伸手在他的帅脸上留下我和他触碰过的痕迹，五个指头的花样，一定还挺别致的，或者用鞋，我今天穿的鞋跟很尖很尖，砸到脸上都容易拔不下来，再或者，用牙齿，狠狠地咬一口他的嘴唇，让它破口，出点儿血，我喜欢他的嘴唇，但我一直不敢承认，我有过这样的念想。

我的身体里生出了无处发泄的蛮力，可面对着杨照，我只能微笑着说上一句："不认识。"

杨照眼里的光暗了下来。

马琳说："他就是杨朝夕！现在可不得了，是麦素的创始人之一，那个James杨就是他，你知道麦素吗，就是做医疗机器人的，行业里特别牛，他在我们班的时候好像还和你做过同桌呢吧？"

我心中的冷笑都要可以冰封火焰山了，马琳什么时候对这种科技公司这么感兴趣了。

"是吗？可我呀，"我身体前倾，离杨照又近了一些，"我一点儿都不记得了。"

最怕空气突然安静，在这种安静的氛围下，谁都别想走。

马琳有点儿尴尬，笑着说："杨朝夕，吴映真就这样，猪脑子，什么都记不得了。"

杨照说："记不得也很正常，我也记不得太多了，都是回来以后，见了大家，才一点儿一点儿想起来的。"

马琳说："是是是，都是这样的，时隔二十多年的事儿，谁还能记得住，我们还没有老到要靠怀旧来证明自己没有老年痴呆。"

我说："对，我蠢是真的。"

马琳举起酒杯，说："来来来，老同学走一个，为了我们的友谊和童年时光！"

坐在这一圈的同学们都拿起了酒杯，杨照犹豫了一下，也把酒杯端了起来，看着我。

我说："好好好，我这就走。"

然后我就站起来走了。

我听见马琳在我身后大喊："我说走是喝酒不是让你真的走！"

我说："我去趟卫生间！"

卫生间是个好地方，一个不吵不闹的封闭空间，让人心旷神怡，让人冷静思考。

我本来想要洗个脸，想想还是算了，我今天的妆不是自己画的，比我自己画的好看多了，用了不到三个小时，洗掉太可惜。

我看着镜子，一想起杨照我就生气，也不知道气什么，气他没和我坦白他小学同学的身份？其实这事儿也怪不得他，说不说那是他的自由，我有什么可生气的，不说就不说呗，有什么好生气的。而且我没看出来他也是我的问题，毕竟他看出了我是谁，要气也只能气我的记忆力太差……

我突然想起了一件事儿，于是我连忙拨通了我老姨的电话。

我老姨正在家里酱牛肚，听到我的电话还挺惊讶。

我说："老姨，你还记得杨照吗？"

我老姨说："当然记得啊，听你妈说你俩现在处得不错。"

我说："老姨，那你还记不记得，当时你向他介绍我的时候，他有没有问你什么奇怪的问题？"

我老姨说："你放心，杨照那孩子人品很好的，你三围啥的人家一句都没问。"

我说："不是这种问题，呃……你确定他没问过这种问题？"

我老姨说："对呀，杨照可是个好孩子，你跟人家好好相处。"

我恨我自己，为什么这个时候我还在关心这个，我应该迫不及待地问我老姨，他有没有问过我是哪个小学的才是呀！

我老姨说："哦，这个问题，他倒是问了，还问我你是几班的，还让我找了一张你小学三年级拍的照片给他看。"

我说："老姨，你不觉得他的行为很奇怪吗？"

老姨说："我不觉得啊，他说在美国相亲都是要交换小时候的照片的，这样可以对未来孩子的长相有个预判，而且他也给了我一张他小时候的照片。"

我说："那你为什么没给我看？"

我老姨说："他那张照片连门牙都没有，太丑了，根本没有他现在的模样好看，看那个干啥。"

我知道我为什么生气了。

就是那种感觉，那种不在一个起跑线上的感觉，那种说好一起跳河，但我跳了他没跳的感觉；说好一起吞鸦片，但我吞了他没吞的感觉；说好一起脱衣服，但我脱了他没脱的感觉，而且还被看光光。总的来说，就是敌在暗我在明的感觉。

这种感觉真是，太不爽了。

我说："我知道了老姨，你忙你的吧，我先挂了。"

挂断电话，我想我是真该洗个脸了，妆美不美，洗掉可不可惜真的已经不再重要了。

我弯腰洗脸。

身后响起了马琳的声音："你妆是不是太浓了，洗个脸洗了这么长时间！"

我说："马大姐，你别惹我。"

马琳接着说："就你这么个洗法，脑袋能不进水吗？快跟我回去吧，厕所味道大。"

我抬起头，用面巾纸边擦脸边说："味道再大也大不过你身上的香水味儿，我回不去了，我素颜了，没法再面对江东父老了。"

马琳说："没事儿啊，你平时也不怎么化妆啊，走吧走吧！"

我说："我不回去。"

马琳说："你赶紧跟我回去，刚才你的小同桌还问你来着，还不快乖乖叙旧去。"

我说："我没什么旧可叙的，该忘的都忘了。"

马琳说："快点儿回去，怎么这么多废话。"

说着还动手了，企图强行把我拉回去。

我连忙说："你让我回去也行！"

马琳把手松开，看着我。

我接着说："如果你现在也把妆卸了我就跟你回去。"

马琳突然严肃起来，醉态全无，她说："那我就不送你了，你回去注意安全。"

我说："好的，再见。"

马琳说："再见。"

我刚走到门口，有人一把拉住了我，我回头一看，是杨照。

杨照说："你要去哪儿？"

我甩开他，他又拉住我，我又甩开，他又拉住。

我心想，杨照，不，杨朝夕，这可是你自找的。

我想起了刚才一直想对他做的事儿，用手那个，用鞋子那个，还有用牙那个，我怎么选呢？

可是我为什么要费心思考这个问题，他想怎么死，自然要他自己来选。

于是我问他："A、B、C 三个选项，你选吧。"

杨照皱眉："什么 A、B、C 三个选项？"

我说："就 A、B、C 三个选项，你选一个！"

杨照问："都是什么选项？"

我说："就这三个选项！A 还是 B 还是 C？！"

杨照问："我知道是三个，我问你都是什么内容！"

我说："你选不选？"

杨照说："你是不是在和我无理取闹？"

我说："你到底选不选？"

杨照不说话。

我说："你不选你就放开我！"

杨照说："好吧，我选 C。"

他选 C，我瞬间就蔫儿了。

正当我不知所措的时候，我意外地发现，几乎是全班的同学都站在门口围观我们，其中目光最惊悚，嘴巴张得最大的，就要数马琳了。

25. 一吻定情

现在不跑，还等什么呢？

我的念头刚刚生出，杨照就已经拉着我开始跑了。

我听见后面不知道谁喊了一声："给我追！"

我边跑边想，这真的是我的小学同学吗？这不是黑社会吗？我的小学同学进黑社会了吗？

杨照带我七拐八拐地拐到他的车边，转头看了看，确认没有人跟上来，才开了副驾驶位的门，把我塞进去，然后把门锁上，绕过车头到主驾驶位，再按开门钥匙，打开门上车，再把车门锁上。

他为什么要开门，锁门，再开门，再锁门呢？是怕我在他从副驾驶位绕到驾驶位这期间跑掉吗？

他可真是高估了我。

我跑这么两下，就已经喘成夏日里的松狮了。

他就这样听我喘了一会儿，手放在方向盘上打着拍子，不知道是不是我多想了，我总觉得他手指在方向盘上的律动和我的喘息声是同步的。

为了验证这一点，我突然憋住不喘，杨照的手指果然停住了，慢慢地握紧方向盘。

我问杨照："你改名字了？"

"对，杨朝夕是我爷爷给我取的名字，但我妈一直觉得叫朝夕不好，朝能照着太阳，夕就照不着了，不如直接改成照，一直晒着太阳多好。办移民手续的时候，我妈就自作主张，把我名字改了。"

我说："那你怎么不叫杨晒？"

杨照没说话，他的手指又开始轻轻地敲打方向盘，然后他慢慢地说："你把我忘记了，是因为对你来说我已经不重要了，没有任何价值和意义了，在你的世界里彻彻底底地消失了，所以你才根本想不起来我是谁，你都不会往那个正确的方向去想，因为没有正确的方向，那个方向尽头的我的样子，已经不存在了。"

我说："杨朝夕，你知道我叫吴映真，我没有改过名字，你骗我老姨，问过我在哪儿上小学，你还看了我小时候的照片，即使我的样子改变了，这对你来说也不是什么难事，你有一个正确的方向，而我没有，这跟重要不重要有什么关系？就像我们一起参加考试，我没复习你作弊，你能说我俩对待这门考试的态度哪个更端正哪个更恶劣？"

杨照说："你这分明就是在暗示我更恶劣。"

我点点头说："嗯，事实就是这样。"

杨照又不说话了，他的手指又开始轻轻地敲打方向盘，我想他可能是已经默认了自己在这件事情上的不厚道，既然他默认了，那我是不是也没必要再装出一副有情绪的样子。毕竟现在和刚才在厕所时的情况不同了，现在我有点儿累，脚有点儿疼，肚子有点儿饿………然后我的脑子里就被肚子有点儿饿这句话单曲循环了，我的注意力也就从杨照那边分散了开来。

杨照突然转过身，看着我说："吴映真，现在的情况你可能还不是很清楚。"

我问："现在什么情况？"

他说："不管之前是什么样子，我们再次相遇时打开的方式不对，所以……"

"嗯？"

"所以，我们没法只做小学同学了。你到底明白不明白，吴映真，到底明不明白？"

他看我的眼神里仿佛分布着一条银河系，在这黑暗的夜色中，让我从中找到世界另一个我，一个他轻轻地一眨眼，就能让我的脸好像能烧起来的我。

我想我是真的明白了，我连忙转过身去，不看他。

我知道他也转过身去，我还知道他微微地笑了，我不看他我都知道，他现在笑得异常迷人。

车厢狭小的空间里弥漫着一种无法言说的气氛，这种气氛让我们和整个世界越来越疏远，远到我开始觉得陌生，开始觉得危险。

为了打破沉寂，我开口问杨照："你……你是小时候就喜欢我了吗？"

杨照的反映挺激烈，他说："当然不是，我又不是变态大叔！"

然后他又温柔起来，笑着说："咱们不是相亲认识的嘛，既然我去相亲，那当然是要往那个方面考虑的。"

我说："你就骗我吧，你相亲的时候根本就不是抱着相亲的态度来的，我都想起来了，你第一句话就说我胖。"

杨照说："你是抱着相亲的态度来和我见面就行，我现在很感谢你成了我的相亲对象。"

我明白，如果我们是在这次小学同学聚会上相遇的，那我们可能就只是小学同学了。相遇的方式不同，真的会决定人与人之间的未来走向。

然后我们就又都不说话了，之前我和杨照之间从来都没有过这样的冷场。我发现，不管两个人之前多么熟悉，由一种关系转变成另一种关系的时候，都是需要有一段适应过程的。

杨照问："对了，刚才那个 ABC 是什么意思？"

我说："哦，我刚才是想报复你来着，ABC 是三个选项，让你选择的。"

杨照好奇地问："都是什么选项？"

我说："A 就是打你耳光，B 是用高跟鞋跟爆你的头。"

杨照笑了，说："够狠的你，可是我选了 C，C 是什么？"

"C 就是……"

我看着他，我想既然他已经选了，那我总得做点儿什么。

我做了个准备，凑近他一些，杨照不明所以地看着我，我发现我这个姿势还是够不着，于是用左手的手肘支撑着椅背，让身体向他倾斜得更厉害，然后盯住他的嘴唇，凑过去，轻轻地，咬了一口。

就一小口，就像在吃芝士蛋糕，其实口感也挺像。

我说："其实我原本就是要使点儿劲儿咬的，让你出点儿血……"

我很想把这句话说完，这样他就会知道我的凶狠和于心不忍，可是杨照没给我这个机会，他用右手箍住我的头，然后凑过来亲了我。

亲了我一下又拉开了一小段距离，微笑着看着我，好像是在观察我的表情，我当时完全震惊了，我震惊他是怎么做到不用右手的手肘支撑椅背就可以完全够得到我，他看了两秒终于又吻了过来，这次就不一样了。

这一次，他让我知道什么才是真正的亲吻，看一千部偶像剧、听一万首爱情歌曲都抵不过这短短的几十秒钟。

他放开我的时候，我发现他的嘴唇湿漉漉的，比从前更好看，更让我抑制不住想要咬上一口的春心。

杨照说："你刚才那个，叫甜蜜轻咬，现在这个才是接吻。"

我什么时候让他教我这个了？

这时候，车外面突然有人大喊一声："都快点儿过来！他俩在这儿呢！"

我下意识地藏起来，猛地压低上身，很怕别人看到我。

上方传来杨照的声音，他说："映真，映真，你快起来。"

我小声说："你要么也快藏起来，要么就赶紧开走，想想办法，别让他们找到我啊！"

杨照"嘿嘿"的笑声从上方传了下来，他揉了揉我的后脑勺，说："映真，你还是快起来吧，你这样，让他们看到更不好。"

直到这一刻，我才发现我的脸正紧紧地贴在杨照的两腿之间。

我想我能不能只有身体起来，让烧焦的脸继续留在杨照的大腿上，我真是没脸见人了我。

我起来的时候发现同学们把杨照的车子围成了一个圈，每一个人都长着同一副脸孔，这副脸孔我也熟悉，这就是"八卦脸"。

事到如今，我叹了口气。

转头看看杨照，他不知道在和谁发着微信，样子倒很轻松，男人，到了关键的时刻，果然是靠不住的……

不知发生了什么，有一个同学转头了，然后他走了，紧接着同学们也都陆续朝着同一个方向看起，然后又转过来依依不舍地看了看我俩，也都走了。

大家离开之前都会拍拍车身，表达一下自己对这件事意犹未尽的情绪。

杨照和他们一一招手，直到最后一名同学离开，我接到了马琳的电话。

　　马琳一开口就说："不用谢我。"

　　"啊？"

　　"这件事情，我怎么能够允许别人比我先知道内幕？"

　　"啊？"

　　"所以你，吴映真，我限你在三天之内当面给我汇报清楚！"

　　然后电话就挂断了。

　　我问杨照："那你还回饭店吗？"

　　杨照说："他们都去泡温泉了，饭店没人了。"

　　我问："你怎么知道？"

　　杨照说："我如果不请大家玩点儿更有趣的，他们怎么会撤退得那么快。"

　　我心想，马琳还是那个马琳，不收点好处是不会办事的。

　　我说："那我们也过去吧。"

　　杨照把眉毛一抬，问："你想过去？"

　　我说："钱都花了为什么不去享受一下。"

　　杨照说："我花钱不是为了让你回去，是为了让你不用再回去。"

　　他向我展示了他的白眼，随之又温柔地问："去我那儿？"

　　我有点儿怯怯的，这个时候，我应该把握好自己，我说："我饿了，还是先吃饭吧。"

　　杨照说："好，那就先吃饭。"

　　他启动车子，打了一把轮，我抓过安全带，然后我听见他说："再去我那儿。"

　　我赶紧打岔："你知道我想吃什么吗你就开车？"

　　杨照说："知道呀，西马串店嘛。"

我很欣慰。

不过一提到西马我就想起许诺来了，我说："许诺那事儿是你安排的吧？"

杨照说："许诺一直很靠谱，只是一遇到亲妈就不灵了。"

我说："许诺说了，富二代也有苦，富二代也有债。"

26. 那只叫 Eve 的狗头又出现了

我们来西马串店的时候正是高峰期，不过没关系，我有吴西。

但是我忘记了吴西给我的电话号码，都怪上次杨照打岔，我没完全背下来。所以我让杨照先去外面领号排队，我对着前台的服务员背了三遍，每一次都是号码错误，服务员向我礼貌地笑了笑，说："不好意思，请你过半个小时以后再试，因为我现在真的很忙。"

我说："那可不可以图腾解锁？"

前台小姑娘问："什么意思？"

"我可以画出你们老板身上的文身，行吗？"我问。

前台小姑娘换成一种古怪的眼神继续看我，说："不好意思，老板说我们店还没有开通这项功能，而且……能画出我们老板文身的女孩儿还真不少……"

我瞬间就明白了前台小姑娘的意思，不知道她是不是属于能画出来的那一个，但我能看出来，她好像挺想成为那个人的。

我说："他今天真的不会过来了吗？"

小姑娘说："这个我真的不知道，不好意思。"

我点了点头，表示理解，一个信缘信命的社会小哥，自然是如风一般来去无踪影的男子。

我出去找杨照，他正乖乖地站着，看见我出来的时候眼睛一亮，好像是在内衣店门口等待主人购物归来的狗。我走过去和他肩并肩站着，面朝着熙熙攘攘的大街，背靠着热热闹闹的串店。

"怎么样？"他问我。

我说："还不都是因为你上次打岔，我号码没背下来，排着吧！"

杨照皱起眉头问我："一定要吃这个？吃别的不行吗？你不是饿了？"

我说："你不懂？今天是我的大日子，我怎么也要来这里纪念一下。"

杨照不说话了，一心一意陪我等。

等了一会儿，杨照把插在裤兜里的双手拿了出来，我斜眼向下看了看他的手，继续将我的手抱在胸前站着。

杨照终于忍不住，用下巴指了指同样在排队的年轻情侣，说："你看他们。"

我说："我看着呢。"

杨照说："你看他们，连排队都在牵着手。"

我说："是啊，一看就是刚开始谈恋爱，连排队都要牵手。"

杨照说："我们，我们难道不是？"

我说："我们哪是啊，我们都认识好几十年了，哪还有什么新鲜感，是不是，小学同学！"

我用我的胳膊肘碰了碰他的。

杨照说："你还在怪我？"

我说："没有啊，不过自从我知道你是杨朝夕以后，好多小时候的回忆就都被放出来，"我指了指自己的脑袋，"它们现在正光着屁股在我脑子里面疯跑呢。"

杨照突然很紧张，说："我小时候可没在你面前光过屁股！"

我说："我知道，这只是个比喻，但是你小时候缺牙那件事我想起来了，你缺牙吃不了饭，我当时为了陪你，也不吃饭了。你看，我从小就这么善良，还曾为你做过这么大的牺牲，你为我做过什么？你那个时候脑袋大得往下坠，成天仰着头看人，从小就不把别人放在眼里，这些我都想起来了。"

在我们前面还有十二个人，长夜漫漫，不和杨照吵架消磨时间，难道还和他接吻吗？

杨照说："是，我小时候是没为你做过什么，但是你也没为我做过什么，你想想清楚，你当时不吃饭不是为了陪着我，而是因为你那时候也缺牙了，你吃饭也费劲儿！"

我说："哎呀！你是在质疑我的记忆？"

杨照说："你本来就没什么记忆，不然你怎么会不记得我。"

我说："这个问题！之前不是说过了嘛！是你作弊！你作弊了！"

我的声音有点儿大，前面的那一对小情侣回过头来。

两个人看到我们然后面面相觑，在确认过眼神后，男生喊了一句："杨老师。"

杨照看过去，男生领着女生走了过来。

杨照微笑了起来，眼中一闪而过的"不认识"被我抓了个正着，我眼中转瞬即逝的嘲笑也被他刚好捉住。

杨照说："你们好，来吃饭？"

男生说："对呀，杨老师也喜欢这家店？"

杨照笑着说："我还好吧，主要是我女朋友喜欢。"

他说完很自然地拉起我的手，那两双眼睛瞬间划过我害羞害臊的皮囊，青春又跃动的目光啊，真是亮晃晃得让人无处躲闪。

女生这时候终于说话了："杨老师，你女朋友真漂亮。"

我心想，这姑娘太会说话了，那我怎么也不能给杨照丢脸啊，我也要赶紧夸回去，于是连忙说：

"不不不！我可没有你漂亮！"

我说完杨照和那个男生一起看向我，我发现我最近夸人频频失误，撑人却一日千里。

女孩儿笑眯眯地对我说："师娘，您这件裙子特别好看。"

我说："谢谢。"

我还是安安静静地接受别人夸我，别再夸回去了。

又叫号了，这次轮到了面前的这对小情侣。

男生说："杨老师，要不你们先进去吧，我们拿你们的号。"

杨照忙说："不用，你们去吃吧，我们也快到了。"

女生说："要不咱们拼一张桌子吃吧。"

男生立马否决了这个提议，他对女生小声说："人家杨老师陪女朋友呢，咱们就别当电灯泡了。"

门口的服务员示意他们赶快进去，男生想了想，突然抬起头说："杨老师，我其实特别喜欢您上的课，真的，可惜这学期结束您就走了。"

女生说："杨老师，我特别喜欢你……的课。"

女孩儿笑眯眯地在他男朋友的捏耳垂警告下续上了毫无生命力的两个字。

告别之后，两个孩子进去吃喝了。

我问杨照："你下学期要去哪儿？"

杨照的眼神变得严肃起来，他说："你不知道吗，我是交流过来的，只能在这儿待三个月，三个月后我就得回去了。"

我想起来了，我老姨在给我介绍杨照的时候曾经说过这件事儿。

我问："那你还剩多长时间？"

杨照说："还有一个月吧。"

我没说话，杨照接着说："所以我想……我想尽快去看看阿姨。"

"我妈？"

"对。"

我点点头，不说话，突然觉得我的头脑还是过热了，很多事情都没有想清楚。某些可能会到来的未知变革让我觉得非常没有安全感，我那可怜的安全感就像是我的机会和运气一样可遇不可求。

杨照手机的屏幕亮了起来，我又一次不故意地看见了这颗叫 Eve 的柯基犬狗头照，杨照接起来的时候下意识地背向了我，然后又往前走了几步，离我更远了。

我之前就对这个 Eve 好奇，我现在可以问他是谁打来的电话吗？

我现在的身份，可以这样理直气壮地问他了吗？

我看着他的背影，我知道我不是怕他不回答，或者会和我生气别扭，而是想到了刚才那种恐惧。我想，如果我现在这样问了，不管杨照是如实回答还是生气别扭，今天的对话会不会成为我们以后相处的既定模式？那么我们的关系是不是会更近一步？因为这是只有男女朋友才会出现的情景对话；那么，我离那个可能会发生的未知变革是不是也更近了一步？然而我很害怕它离我更近，我是一个遇到事情就会下意识选择暂停思考的人。

我没有谈过恋爱，没有遇到过这样的事情，没有人教过我。

杨照回来了，他若无其事地问我："到几号了？"

我想了想，笑着说："已经过去了，我们去吃别的吧。"

他什么都没说，我也什么都没有问。

27. 双丰收这种好事还有我的份儿？（上）

那晚我没去杨照家，我说太晚了，我妈肯定在家等我呢，杨照点点头就送我回家了。在家门口，我说："我反应过来了，这条裙子是你买的。"

杨照点点头，说："你反应真快。"

我也学他的样子点点头，说："是啊，这裙子多少钱我给你吧。"

杨照皱起眉头，说："干吗这样？"

我说："不是的，我不太喜欢亏欠别人的，我家的家教就这样。"

杨照笑眯眯地说："我不是别人。"

我妈告诉我，不能随意收别人的礼物，即使很想收，也不能理所当然地随意收别人的礼物，理所当然这种事情总是有价码的，你又不是个大美女。那我就问我妈，什么才是大美女，我妈想了想，大美女就是为了她的美所有人跨越了一切负面的心理障碍和虚伪的奉承，客观地评价这个人的美，才是真的美，所以大美女的美就是真善美的美，是让世界充满爱的那种美。

当时我听完我妈说的话，我心里明白了两件事，第一，我妈不愧是个老师，什么事儿都能往正能量的方向去引导；第二，我终于知道我说话随谁了。

我看了看我的鞋尖没接他的话茬儿，一想到他一个月以后就要走了，我心里就有点儿乱套。

我说："那我上楼了，真的太晚了。"

杨照点点头说："我送你。"

我一进屋，我妈就从卧室里出来了。

她说："回来了？"

我说："是，还没睡？"

她说："被你吵醒了呀，你喝酒没？"

我说："没。"

她说："你同学聚会不喝酒？"

我边脱鞋子边说："喝了点儿，没喝那么多。"

我妈没再说话，她去厨房端了一杯蜂蜜水给我。

我把裙子脱下来，随手甩在沙发上，我妈把水递给我，然后拿起沙发上的裙子唠叨："你怎么又乱扔东西，告诉过你多少次，回来就要把衣服整理好，你这样邋遢怎么嫁人？到时候你丈夫家不说你会说我，没有教好女儿。"

我喝完水说："妈，我今天太累了。"

其实我不累的时候我也懒得整理，因为每次我妈说完这一番话都会帮我整理好，而且比我整理得还要好，我已经养成习惯了，像今天这条裙子，就一定要她去整理我才放心。

我妈说："再累也要整理好，这是规矩。你这条裙子不错啊，新买的？"

我说："对呀。"

我妈说："好裙子就更得好整理好才行，不然下次还怎么穿？这条不错啊，很漂亮，很贵的吧？"

果然，我妈整理得异常精心，并把它挂在了我家衣柜的 C 位上。

我说："贵是贵了点儿，但是好看嘛。"

我妈说："我也是建议你买两套好衣服，你都快三十岁了，总要有两件拿得出去手的衣服呀。"

我说："哎呀妈妈！你能不能不要总说我快三十岁了！我现在是二打头好吗！请叫我二十多岁的小姑娘好吗！没剩两年了你还不赶紧珍惜！"

我妈给了我一个白眼，说："我看你也是够二的。"

我说："妈，你介不介意我远嫁？"

我妈说："不介意啊。"

我说："如果我真的远嫁了，你怎么办？"

我妈说："那就再也没有人半夜吵我睡觉了。"

我妈说完转身回屋了，我心里有点儿酸酸的，因为我知道，我从来都没有吵醒她睡觉，都是她一直在等我回家。

第二天我早起去上课的时候有点儿没精神，昨晚睡得太晚。课间我本来想趴在桌子上眯一会儿，骆老师叫我出去一下，还把我拉到一个角落里和我说："不介意我抽烟吧？"

我连忙说："不介意不介意，您抽您的！"

骆老师笑着点燃一支烟，吸了一口，问我："小吴，你觉得你这一段时间学得怎么样？"

我赶紧表态："我觉得骆老师您教得特别好！我收获非常大！"

骆黎点点头，说："我也觉得你学得挺好，所以我想推荐你参加这一届的金唐奖设计大赛。"

我说："我？骆老师，这个奖门槛挺高，它还得初审才能确定有没有比赛资格，我就学了这么两天我怕我连初审都过不了……"

我当然要瞒住我曾经参加过两次金唐奖比赛两次都没过初审的尴尬，但我说完我就知道我可能瞒不住了，因为骆黎问："你以前参加过吧？"

我听见自己发出了一声："啊……"

骆黎笑着点点头，说："没事儿，我说了我推荐你。"

这回我基本明白了，我肯定能有比赛资格了。

我怀着无比激动的心情说："谢谢骆老师！"

骆黎扫了一眼教室的方向，说："但是我推荐你这件事儿你就先别和同学们说了，你本来就不是我们班的，让他们知道了，不好。"

我说："我明白！"

骆老师说："还有不到半个月的时间，好好准备图纸，争取拿到名次，如果能拿到名次……那下一步就更方便了，总之，好好准备，有什么问题问我，我会帮你。"

我感动得简直都想给骆黎磕个响头。

骆黎看了看表说："好了，回去上课吧。"

接下来的课上的我简直像充了电一样，但是因为电力太强大了，我基本没听骆黎在讲什么。我做梦也没想到，我可以靠走后门去参加金唐奖。这是一个非常非常好的机会，感觉就像是上帝给我发错了牌，把应该发给别人的大王不小心带我这儿来了，等他发现的时候我已经看见是什么牌了。不好意思，这张牌我就先留手里了。

课后杨照来接我，我把这件事给杨照讲了。

我问杨照："你惊讶不？"

杨照带着一脸的不惊讶给我来了一句："我惊讶啊。"

我说："你怎么好像已经知道了呢，骆黎告诉你了？"

杨照说："他没说啊，他只和我说过你学习很好，上课很认真。"

我说："骆老师真的对我很好，这就是我的贵人啊，我真想给他送点儿礼！"

杨照笑了笑，没说话。

我说："杨照，你不明白，这次机会对我很重要，人这一生能遇到多少次这种重大机会呢？我之前一直走背字的时候，其实我并不是很怨念，因为我觉得人这一辈子的运气是守恒的，就像你吃水果，不可能个保个都是好水果，那有人先吃烂一点的，留下的就都是完美的，有人喜欢先享受那些完美的，然后再吃烂一点的。我就是第一种人，我先用我的坏运气，使劲儿用使劲儿用，然后好运气就回来了。"

杨照说："那你有没有想过，你先吃烂一点儿的，等你吃完了烂水果，好水果就放烂了，所以你一直吃不到好水果，然后，你就习惯吃烂水果了。"

我瞪大了眼睛，觉得他说得又有道理又可气。

我说："那我这样比喻吧，上帝给我发错了牌，本来想发给我一个没用的五，不小心把大王带上了。"

杨照想了想，说："你觉得参加比赛这件事儿对你来说是大王的级别了吗？"

我说："是啊。"

杨照说："可是一副牌里只有一个大王。"

我说："是啊，怎么了？"

他说："那和我好是什么牌？"

我想了想说："这个算……三个二吧。"

杨照有点儿惊讶，说："我不要做二。"

我说："你不是二，你是三个二，是二的三倍，也就是三倍的二。"

杨照看着我，一时半会儿没吭声，脸有点儿微微泛红。

过了一会儿，他问："你打算拿什么参加比赛？"

我说："我想过了，我打算用我家，我准备用我家的室内设计图去参加比赛。这样一来，即使比赛没有拿到名次，那我还可以用来装修房子嘛，反正我一直想装修一下，给我妈换个更好的环境。"

买不起新房子，装修一下是我一直想做的事儿。

杨照却认真起来，他把双手搭在我的肩膀上，说："吴映真，你听我说，这次比赛你一定要认真起来。"

28. 双丰收这种好事还有我的份儿？（下）

我看了一会儿杨照，发现杨照就像一个因为下雨偶遇赶考书生并留他下来喝水、吃饭、暖床的大小姐，第二天早上，书生要去赶考了，大小姐这一夜不能白白付出，是时候让书生承诺点儿什么了。

我看了看我身上的饰品，什么项链、手链、耳环和戒指，一样都没有，就一个手机，我总不能把手机给他作为定情信物。

手机不行，但手机壳可以呀，我就开始抠我的手机壳。

杨照问："你干吗呢？"

我边抠壳边说："你放心，等我高中了状元一定回来娶你。"

杨照刚才还被认真严肃包裹着的脸一下子就乐开了，我把手机壳抠下来给他说："这是我给你的承诺书。"

杨照接过来，看了看，又和自己的手机比了比说："都脏了，而且和我的手机不匹配。"

我说："杨照，定情信物这种东西，不是看你要什么，而是看我现在有什么！"

杨照说："你这就是个普通的橡胶壳子嘛，而且上面这只黑猫看起来一脸不屑的样子，让人看了一点安全感也没有，根本起不到保证的效果，到时候你不认账怎么办？"

我从书包里把笔翻了出来，然后把书包递给杨照，又把手机壳拿了回来，在里面写上：待吴映真高中状元后，一定会娶杨朝夕回家过日子！

又签上了我的名字，递给杨照，拿回书包。

我说："你小心点儿，字要干一会儿，你给弄糊了我可不负责重写。"

杨照"咯咯咯"地笑出声来，他看着我的字说："那这件事就说定了。"

他眼睛里也有笑，说明他的心也是笑着的，我此刻有说不出的感觉，觉得人生巅峰不过如此，爱人在眼前微微笑，事业在前方招招手。

可我当然要故作镇定，边把书包背上边说："嗯，说定了。"

我发现，杨照跟我在一起才多久，智商竟和我一样低了。

既然和人家杨小姐保证了，那我就一定要好好奋斗考取功名才行。

之前所有的毫无头绪都在有了明确目标以后不见了踪影，所有实际或不实际的点子会在夜深人静的时候源源不断地涌进我的脑子里，再也没有人比我更知道要如何使这间老屋变得更好。

我一晚上画了五张草图，然后再用一周的时间把他们一张一张地精细出来，再互相整合，最后剩下两张设计图，拿给骆老师看，骆黎很专业，他说："参赛作品和一般的设计图还是有区别的，我知道你很崇尚实用主义，这很好，也是你的亮点，但是我希望你在实用主义的基础上，可以加两个梦寐以求的不计成本的花样，你明白我的意思吗？"

我点点头。

我说："我小的时候希望我家窗口常年停着一架大飞船，想去哪儿开飞船就行了。"

骆黎看了看我说："你和我儿子挺像。"

我想我不能再这样浪费骆老师的时间了，他私下给我改图纸已经非常不容易了。

所以我赶紧说："我明白您的意思了，回去一定好好想想。"

骆老师点点头。

我想到了我妈，我妈和这个房子相处的时间更久，她一定对这个房子有比我更多的欲望，我突然觉得能够满足我妈妈的想法是一件挺甜的事儿，哪怕只是在图纸上。

到了家，我妈正在包饺子，酸菜馅儿的，我妈最拿手的馅儿，曾经有著名饺子店的大厨向她请教过做酸菜馅儿饺子的秘诀，我妈都告诉他了，做出来的味儿还是差点儿。其实我不是很喜欢吃酸菜，更不怎么喜欢酸菜馅儿的饺子，但我妈做的这个我还是很喜欢吃的，因为实在是好吃。

我赶紧洗了手，托起一片擀好的饺子皮装了馅儿，问我妈："妈，假如不考虑钱的话，你最希望咱们家变成什么样子？"

我妈反问我："变成什么样？"

我说："对呀，不考虑钱，随便说，把你心底最真实的想法说出来！"

我妈捏好了一个饺子，把它甩在笼屉上，说："如果不考虑钱，我倒希望换个房子。"

我说:"好吧,前提有两个,一个是不考虑钱,一个是不换房子。"

我妈说:"那这样的话……最好是多一个房间,给你住,还有就是……有一个能让我在家里种菜种花的地方,以后你不用我养了,我得找点儿别的东西养一养。"

我说:"我给你养个小动物?"

我妈说:"也行,这样它就可以住你的房间。"

我妈说完就笑了,然后继续捏饺子,可是她笑里的期待都被我看到了,我想我妈真是个少女,我想保护她,想给她实现愿望,想像对待女儿那样对待她。

我说:"我记得了。"

吃完饺子,我修改图纸,马琳给我打电话,问我什么时候去给她汇报情况。

我说:"马琳,我要参加一个比赛,特别忙,最近都过不去。"

马琳叹了口气说:"你变了,你不爱我了,我就知道会有这么一天,但我没想到会那么快,你们睡过了吗?"

我说:"行,我过去。"

马琳说:"这么晚了,你不会是在杨照家吧?"

我说:"行行行,我现在就过去。"

到了马琳的店,他们已经快关门了,我看见门口放着一个暗黄色的精致笼子,笼子里有一条毛色和笼子一模一样的柯基犬,马琳和剩下的两名店员都在围着一位顾客服务。

这位顾客我也熟悉,这么漂亮的大长腿我真是想忘都忘不掉。

看着她们在认真地挑鞋子,那我就和这只狗狗一起蹲在门口等一会儿吧，杨照微信问我在干吗。

他这些天也特别忙，也许是因为就要回去了，学校的事情很多，我们最近也没怎么见面，都是我去上课的时候他过来找我，想想我们最近基本上都是在学校见的面，不过这样也挺好，像两个学生，也弥补了我上学没处过对象的遗憾，所以我会在人少的地方和杨照牵手，有时候杨照想要吻，说实话我也想，但是我总觉得我的年纪已经不适合在校园里亲吻了，我太老了。

我回复杨照：和一只小可爱一样，都在等自己的妞儿挑鞋子。

杨照回复我：什么意思？

我把自己放得更低，和那只柯基犬一起合了张照发给杨照。

杨照很久没有回复我。

我伸出一只手指进它的笼子里，它就舔，我看着它的脸，突然想起了一件事儿，于是对着那只柯基犬喊了声："Eve？"

柯基犬没有搭理我，然后，我像着了魔一样，对着那只狗用不同的语音和语调叫了三十多声 Eve，没有一声它搭理我的。

看来狗头长得都差不多，脸盲的领域不仅跨种族，还跨物种。

等那位漂亮姑娘走出来，马琳把她送到电梯口的同时也看到了我，她吩咐一个店员把客人送到地下车库。漂亮姑娘走到门口时拎起了狗笼子，还冲我礼貌地笑了笑。

等马琳回来，她让另外一位店员回去整理一下就可以下班了，然后转过头问我："一会儿还订寿司行吗？"

我说："你还不能走？"

马琳说："晚上还有个客人要过来。"

我说："这个喜欢大半夜来买鞋的漂亮姑娘不是刚走吗？

难道她在十二点钟的时候还会再来一回？她梦游买鞋？"

马琳整理了一下头发，表情有点儿奇怪，说："这回我要等的，不是她。"

我从马琳的表情中看到了一丝丝的暗涌，以前她一说到客人，眼睛里释放的全是钱的光芒，这次的光芒中不止有钱，还有别的东西。

我从来没见过，认识她几十年了，我竟然从来没见过。

我的天，我觉得有点儿可怕。

29. 情感世界中的小小险情

寿司来了只有我吃，马琳连上面的生鱼都不吃了。

我问："你为什么连生鱼都不吃了？"

马琳说："会腥。"

"腥你沾芥末和酱油啊！"我很惊讶，她会嫌鱼腥？

马琳抚了抚自己的裙装，又理了理头发，换了一条腿跷起来，说："别岔开话题，接着汇报你俩的事儿。"

我这才意识到，她说的"会腥"，不是鱼会腥，而是她自己身上会腥，所以她不吃鱼。

我快说完了，走进来一个人，马琳马上站了起来，她没展现出她接待顾客时那种招牌式的笑容，她是真的在笑。

我也站起来，退到角落里不打扰他们。

虽然不打扰，但是我可以观察，这个男人不年轻，但是个如果我在别处与他打照面，会多看上一眼的中年男人，人到中年还能让陌生人情不自禁，难得。男人说话的声音很小，马琳也跟着他变得很小声，不知道是因为说话声小还是因为他们正有此意，两个人挨得很近。

有一双新款，非常漂亮，马琳听令穿上，展示鞋子，更像是展示自己。

最后买了两双，马琳给他送到电梯口，两个人并着肩，我看着他们的背影，觉得最可怕的事情是，这个中年男人手里提着的这两双鞋，肯定不是给他妈的，至于是给谁的，马琳肯定比我更清楚。

杨照给我发微信，问我：你在哪儿，我去接你。

我回复他：不用了，我还在马琳的店里，我们打车回家就行了。

杨照回复：十分钟以后到，等我。

正好马琳回来，我说："杨照说要来接我们，十分钟就到，等一等他吧。"

马琳点点头。

我们俩在约好的路口等他，最近的夏天有点儿余热不足了，晚上会微微发凉，马琳将两只手臂抱在胸前，显得她的胸更大了，我也抱了一下，没有任何变化，我就放下了，不然对比太明显。其实我没想到谈恋爱以后会变得有点儿不自信，不自信自己的长相和身材，这种令我深感厌恶的不自信是不是能够说明我对杨照是真爱了？我突然想到今天在路上听到一个老太太和另一个老太太说的话：越有钱的人，越有钱。

我在心里套用一下：越有料的人，越有料。

我想奶奶不愧活了这么大的岁数，活得挺明白。

马琳突然说："我一般不会这样说，人家说宁拆十座庙，不毁一桩婚，但你是我马琳的吴映真，有些话我必须得提醒你一下。"

我说："什么？"

马琳说："杨朝夕，哦不，现在得叫杨照，我觉得他这人性格上有些……阴郁的东西，人又过于聪明沉稳，只要他不说，你一辈子都别想知道，你和他根本不是一个段位的，以后如果你们相处得好，他免不了要带你去一个陌生的地方，所以你要尽量变得聪明一点儿，当然，只要他爱你，我认为什么都不是问题，但也只是我认为，两个人相处从来都是冷暖自知。"

我没说话，我不用说，马琳也知道我已经听进去了。

我说："今天这个客人……我觉得你对他不一般……"

马琳马上说："你放心，我和程浅分不开，谁都换不走程浅，就跟亲儿子一样。"

我说："换是换不走，但是友好共存还是可以考虑的是吗？"

马琳抬起头看着我，我也抬头看着她，她有件事儿，那还是上大学的时候发生的，只有我知道。

马琳过了一会儿才说："不会了。"

我笑了，说："会不会也只有你知道，不过不排除会的可能是吗，不然你今晚干吗要叫我来？"

马琳还要再说些什么，杨照已经到了。

先送马琳，车里的氛围有些奇怪，我们仨都表现得很有礼貌，连坐姿和细小的动作都不是最真实的样子，车里的每个人好像都在与自己心里装着的故事独处，不知是谁起的头，定下了沉默的基调，然后就这么沉默下去，直到马琳下了车。

杨照这才说："不是让你对比赛要认真一点吗？"

我转过头看他，发现他的眉毛有些发皱。

我说："我很认真啊。"

杨照说："那你这么晚还跑到马琳这里来，你不是后天上午十点之前就要提交作品了？"

我说："你怎么知道是十点之前？"

杨照转过头看了看我，才说："你告诉我的。"

我记得我告诉过他是后天交作品，但是我不记得我有没有告诉他是上午十点之前交了。

我说："好吧，我知道了，我直到后天上午十点之前除了骆黎，谁都不见了。"

杨照一打轮，把车停在路边，然后开了双闪。

"怎么了？"

杨照说："你别生气，我不是这个意思，我只是希望你可以更好。"

我说："我知道，我知道你……你在这方面帮了我不少忙，我反应确实有点儿慢，但不是反应不过来……包括这次比赛……你什么都没说……但是我……我……"

我突然不知道该说什么，我不想对杨照说太多客套话，如果我有话对他说，我希望都是亲密的话。

杨照也许也不愿意听我说客套话，他打断我的思路，说："映真，我是真的希望你可以获奖。"

所以我主动伸手抚上他的手背，我说："你放心，杨姑娘，我会努力的，我给你的定情信物还在你手上呢。"

杨照笑了起来，又重新把车开了起来。

我说："对了，你有没有看见我给你发的合影？"

杨照问："什么合影？"

我说："就是我和那只狗的合影啊！"

我拿起手机翻那张照片，说："干吗不理我？那只狗挺可爱的。"

我把照片放大，发现那只狗的嘴边有一颗黑点，像是美人痣一样，让这只狗头看起来更加可爱。

我说:"你看你看,它还有颗痣。"

杨照说:"我在开车。"

到了家门口,杨照突然说:"给我看看那张照片。"

我说:"真没发过去?"

杨照不说话,他把我的手机拿过去,找到那张照片,然后当着我的面,删掉了。

我说:"你干吗?"

杨照说:"那只狗哪有你可爱。"

他说完开始亲我,亲得又认真又仔细,他这么诱惑我,我能不好好参加比赛嘛。

所以第二天一早我就跑去咖啡馆画图,还点了一杯全店最贵的咖啡。

为什么要去咖啡馆呢?因为买咖啡的钱会给我压力,让我不允许自己在这种付费空间内浪费时间。杨照本来想要过来陪我,我忍了忍心,没让他过来,他也忍了忍心,真的就没有过来。

这样做果然效率高,再加上骆黎经验丰富技巧纯熟的指导,交稿子后的第五天晚上,骆黎打来电话,说刚刚得到了可靠的小道消息,我的作品入围了决赛,也就是肯定会获奖,但至于获得什么奖,就不知道了。

获奖就行,我这人一点儿都不贪心。

我赶紧打电话把好消息告诉了杨照,杨照也挺开心,我说:"我可以娶你了,杨小姐。"

杨照说:"那我要名分。"

我说:"你什么意思?"

杨照说:"我想去见阿姨。"

我想了想,又想了想。

杨照好像沉不住气了,他说:"怎么了,你那个手机壳还在我手里呢。"

我说:"好,我和我妈去说。"

我挂断电话回头看了看正在把我刚洗好的胸罩挂起来的妈妈,还是没说刚刚答应杨照的那件事。

30. 吴映真才没那么好命(1)

我虽然没说,但我没有想到,我妈和杨照的缘分是我拦也拦不住的命中注定。

颁奖典礼那天杨照和我一起去的,虽然我最终只是个优秀奖,但业界比较认可这个比赛出来的设计师,去不了大公司去些小公司应该是没什么问题的。我看着手里的奖杯,觉得它就像是一块沉甸甸的砖头,肯定能把设计师大门砸出一个大洞,我再胖都能轻松钻进去的那种。我看杨照也挺高兴,奖杯还没捂热乎,他竟然拉着我去见了卢本邦的总设计师,这个人也是评委之一,我都不知道他们还互相认识。

在晚宴上,杨照先做中介,让我和总设计师互相认识了一下,然后吩咐我去拿酒。

那我就去拿了,结果回来人不见了,找了一圈还是没有,没有就算了,反正酒都拿了,再放回去怕是不道德,我就一口一杯全喝了,喝完发现这个酒还挺好喝,我就又拿了两杯,喝完又找了一圈,找了一圈还是没发现杨照他俩,我给杨照发微信,不回,打电话,不接。

不搭理我就算了,那我就继续喝酒吧,反正今天挺高兴。

又喝了两杯,我就更高兴了,打电话给马琳,把今天的好消息告诉马琳。

马琳那边倒是很冷静，反问我："你给我打电话干吗？"

我说："跟你分享我的喜悦啊！"

马琳说："这个时候你跟我分享什么喜悦？你自己喝什么喝？你看看别人都干吗呢？你想喝酒姐给你买去，但是姐姐我可提供不了有这么多业界人脉的场合给你！你还不趁现在多认识认识几个知名设计师和设计公司的老板，给你自己的未来铺铺路找找工作，你跟我在这儿臭嘚瑟什么！好资源都让你给浪费了！"

我一下子就醒酒了，马琳最近火气有点儿大，但是她说得可真对啊。

我放下酒杯杨照就回来了，他说："走吧。"

我说："你别逗了杨老师！我还没干正事儿呢！我好不容易来了，我得给自己找找出路。"

杨照笑了，说："你看你脸都红了，谁会跟一个喝多了的设计师谈工作，你可真是没来过这种场合。"

我有点儿急了，说："那咋办，我去洗个脸去！"

杨照拉住我，说："你洗脸就能给你洗白了？"

不能，我无话可说。

杨照说："你觉得卢本邦怎么样？"

我说："喝多了我也知道那是国内最好的设计公司，你问我这个干吗，你当我傻？还是你有毛病？"

杨照说："你可以去那儿工作。"

我把全世界的鄙视都吸收到体内后才说："我去不上！"

杨照说："明天卢本邦的人事经理会给你打电话，具体的事儿还是你们去碰一下。"

我脑袋里在放烟花，心里想，在我对面这个男的是谁啊？

净和我吹牛。

杨照带我回家，我没想到这酒的后劲儿还挺大。

下车的时候不小心高跟鞋和脚分离了，我低头去找鞋，边找边说："我鞋呢？我鞋呢？"

杨照拿了我的鞋子，弯腰要给我穿上，我连忙抢过来说："不用不用，我脚出了点儿汗，鞋子一捂会有点儿臭，我自己穿就行。"

我扶着他的车穿鞋，杨照看着我说："你怕我嫌你脚臭？"

这不废话吗？我现在怕你发现我的一切小瑕疵，更何况是脚臭了。

我一抬头，看到我妈从我身边走过去，一手拎着一大袋手纸一手拿着一瓶酱油。这老太太还想装作和我是路人，就这么走过去。

没想到给我介绍雪猴先生的赵大妈半路杀了出来，跟我妈打招呼："买东西去啦？"

我妈说："啊。"

赵大妈说："哎！这不你家吴映真吗！你瞅瞅，提鞋呢！"

我妈停下了脚步，赵大妈离我越来越近，走到杨照面前也停下来。

她看着杨照笑眯眯地说："呦！这小伙儿不错啊！你俩啥关系啊？不能是对象关系吧？小伙儿你要没有对象大妈给你介绍一个，大姨家有个姑娘特别好……"

我妈沉不住气了，她走过来把那袋手纸往杨照面前一伸，说："帮我拿着，我这手指头打不过来弯儿。"

杨照很自然地接了过去，我忙问："妈，你手怎么了？"

我妈没搭理我，她对赵大妈说："我给他俩酱牛肉呢，老赵你一会儿也过来尝尝呗。"

赵大妈摆摆手说："行啊，你家真真可真行，这姑爷找得不错。"

赵大妈就这么走了，带着一颗不甘的心。我赶紧说："妈，这是杨照，杨照，这是我妈！"

赵大妈果然又回过头看向我们，我妈提高嗓门，热情地说："咱们快回家吧，小杨，这手纸拿着怪累的！"

就在她说话间，她用力剜了我一眼，造成了我今晚的第二次醒酒。

我赶紧压低声音说："妈妈，对不起，我再也不这么大声说话了。"

我妈看了赵大妈真的走远了，才转过头说："还不帮小杨把手纸提过来，让人家拿东西，这么没有眼力见儿！"

我心想，这不你让他帮你拿的吗！

我管杨照要手纸，杨照只是笑。

我妈温柔地说："不好意思啊，小杨，我家真真不懂事，让你笑话了，你要是没什么事儿就上去坐坐吧？"

杨照也温柔地说："阿姨，我正有此意。"

我妈和杨照在前面走，我穿着高跟鞋在后面一瘸一拐，这两个我最亲的人没有一个要过来扶一扶我。

我听我妈说："小杨，家里小，又被真真弄得有点儿乱，不知道你来，没提前收拾好，你将就一下。"

我听杨照说："没关系，阿姨，我这次也很仓促，没带什么见面礼，还请您多包涵。"

回了家，我妈果然在酱牛肉，牛肉的香味已经在满屋子里漫延了，我妈示意杨照坐一坐，她去沏茶。杨照倒是没有坐的意思，小声问我一会儿能不能领他去我房间看一看，我一屁股坐下，说没空，我要喝茶。

杨照仿佛有点儿不甘心，时不时的往房间的方向看，又凑过来说："我就想看看你小时候的照片。"

我说："要门票，先交钱。"

杨照看着我，我觉得他好像要对我动手，或者动口，但是我不怕，我妈在，他还能欺负我？

我妈给我俩上茶，他和我妈聊得挺好，我都没有什么机会插话，我坐在他俩旁边，看着这么和谐的画面，有些昏昏欲睡。

我妈突然站起来说："忘了忘了，我得把酱油倒进去，小杨，你等我一下啊！"

我妈前脚走了，杨照就凑过来咬我的嘴唇。

我说："你干吗！"

杨照说："给我看照片！"

我说："你信不信我叫我妈过来揍你！"

杨照笑得有些无赖，他凑近我说："你现在告我的状，以后我会报复。"

我妈走了进来，杨照赶紧收起他邪恶的嘴脸，摆出一副好宝宝的纯良面孔，道貌岸然。

杨照说："阿姨，不早了，我也该走了。"

我妈点点头说："牛肉还得炖上几个小时，明天我让吴映真给你带点儿尝尝。"

女儿都要让他弄走了，我妈还给他吃酱牛肉？我都不够吃！

杨照没有立马就站起来，他说："对了阿姨，有一件事还想要拜托你。"

他从衣兜里掏出一把钥匙，说："一个月以后我就要回去了，这个房子是我现在住的，密码是 14950，这是备用钥匙。房子就在我学校附近，两室一厅，地点和物业都还可以，家具都是映真选的，我在这边也没什么亲人，回去以后怕是没人管，希望阿姨……可以帮我照看。"

杨照的手悬在空中，我妈没有马上接，她看着杨照，眼里好像都是话，最终还是笑着伸了手。

杨照这才微笑着站起来，他看着我妈的眼神里有一种奇异的喜悦，他郑重其事地说：

"谢谢阿姨！哪天您有空我带您去看看。"

杨照走后，我突然觉得没了力气，之前的快乐和满足好像也都回家睡觉去了，自己获了奖，男朋友见了家长，我今天也算是里程碑了，可就没有想象的那么舒坦，那种脚踏实地的舒坦，总觉得哪里不对劲儿，哪里不安全。

我妈在厨房看着酱牛肉，见我回来，她问我："酒醒了？"

家里的厨房因为不停地冒蒸汽而有些闷热潮湿，厨房的窗口太小，油烟机又老旧，煮上几个小时的牛肉，那个煮牛肉的人也许和牛肉一样煎熬吧。

31. 吴映真才没那么好命（2）

我说："妈……今天真的是太突然了……他之前跟我说过要来的，我最近忙忘了……今天就是碰巧了，要不是赵姨神助攻……"

我妈把火关小，转过头来看着我。

我的声音也变小了："我……反正我觉得今天这事儿不是我想要的样子……"

我妈说："小杨不错，我挺满意。"

我舒了一口气，其实我就等我妈这句话呢。

但是她又说:"你最该担心的不是他来见你的家长,而是你去见他的家长。"

我听完我妈的话把刚才舒出来的那口气又吸回去了,我觉得累,真累,怎么会有这么多事儿摆在我面前,今天的事儿不是我想要的样子,未来的事儿?未来的事儿我今天想都不愿意想。

我说:"妈,我困了,睡觉去了。"

第二天一早去上班,很多人都向我祝贺,祝贺的都是很真诚的,不真诚的都没过来祝贺我,我觉得不管来不来祝贺我,大家以诚相待是最重要的,这个公司的氛围挺好,同事们都是那种想得比较开,做事又踏实的人。上班赚钱最重要,太耗费内力的事儿不划算,不做"猪队友"就已经是在对别人好了,我很感激大家,我也在努力希望大家因此而感激我。

谁知我沉浸在这个美好的集体氛围不到两个小时,卢本邦人事部的电话就打过来了。

让我明天过去报到,如果可以就今天下午,总之越快越好。

我打断了他,用实在是不好意思以及不知好歹的心,问他:"您能告诉我一下,你们为什么要雇用我吗?"

对方停顿了一下,好像他也没想过他们家大业大的卢本邦为什么要来雇用我这个只得了小小的优秀奖、毫无设计经验、能不能称得上是设计师都成问题的小透明。

对方说:"不好意思吴小姐,请您先等一下。"

我说:"没事儿没事儿,我小学三年级捡了五百块钱的巨款都忍痛还给失主了。"

我想他们可能是搞错了。不是我的,我肯定不能要。

等了有一会儿,那个人事部的小伙子又来了:"吴小姐还在吗?"

我说："在在在。"

然后他又有底气和我说话了，像是刚刚请示过领导之后的官方说辞，大体的意思就是我是一个刚刚获奖的新秀，很有潜力，老板很欣赏我的作品，觉得我是一颗冉冉上升的新星，希望我可以和他们合作共创辉煌，他说得更好听，更洋气，反正我就是这么理解的。

有一个无法得知来源的声音在我脑子里问：什么是人生巅峰？

我的意识先于一切的身体器官回答道：这，就是人生巅峰了。

但我回答："我……能不能再考虑一下？"

我说完很惊讶，这可是卢本邦！我也太臭不要脸了。

对方好像没想到我能犹豫，但还是很体面地回答我，好的。

挂断电话，我发现我一直在憋尿，此刻，我已经不是一个普通的憋尿人了，而是一个刚刚被卢本邦邀请的设计师在憋尿，我甩了甩头发，决定要像走去人生巅峰那样走去卫生间。

刚进厕所，包臀裙子还没来得及提到腰，杨照就给我打来电话。

他说："刚才怎么没答应？"

我说："你什么意思？"

他说："卢本邦，怎么还要考虑，你难道不想去吗？"

我说："他们不可能只因为我获个小小的优秀奖就让我去。"

杨照说："是不可能，不过如果你连奖都没获，那就彻底没戏了，所以，你还挺争气的。"

我没说话，我不知道要说什么，尿急限制了我的思想。

杨照又问："难道你不想去见识一下吗？"

我说:"先等会儿吧。"

杨照问:"还要等什么?"

我说:"我现在有一件很急的事儿要去做,如果不做,它的威力对于我来说相当于宇宙大爆炸!"

我挂断电话,舒舒服服地解决了我人生的这次危机,并做了决定。我想我这辈子都不会忘记这间厕所,它将在我的人生占有不可取代的地位。

我说辞职我的老板倒是没怎么惊讶,让我交代好手里的事情就可以走了。我的同事都站起来和我道别了,包括刚才没有过来道喜的,我心里不太好受,毕竟就在不久的刚才,我还一心想在这里发光发热,我的同事们看起来也不好受,我觉得应该不是因为舍不得我,而是因为害怕接下来的那个人还不如我。

送我到大门口的是莹莹,她拉着我的手,欲言又止,终于止不住和我说:"你不会把周书养拉黑吧?"

我说:"你放心,我不会拉黑一个艺术家的,我的良心会痛。"

我没告诉莹莹,虽然没拉黑,但我已经给他屏蔽了。

第二天上午去卢本邦报到,我穿着新衣服、新鞋子,顶着新发型,心里想着,这样的大恩,我是不是要和杨照睡一觉来感谢他。

可我万万没想到,三天过去了,我在卢本邦的工作除了倒咖啡,还是倒咖啡。我真的是他们看中的设计师?他们当初是怎么跟我说的?是我理解有误?明明他们就有倒咖啡的小妹妹啊!比我年轻比我漂亮,难道他们老板慧眼识丁看出了我倒得一手好咖啡的潜力?

不过我的咖啡确实比从前倒得好了,这倒是个该死的进步。

卢本邦的人不是对我爱搭不理，就是对我客客气气，该倒咖啡就去倒咖啡，不倒咖啡的时候就坐在角落里默默地看资料书，几乎没有人和我说话。所有关于设计的大小会议都不让我参加，虽然我可以在会议中途给他们倒咖啡的时候进去听上那么一两句。

这三天让我感到很沮丧，杨照手里的工作也在收尾的阶段，他似乎比我还要忙。对呀，他当然比我忙，倒咖啡是多么清闲的工作啊。

倒咖啡倒了五天，杨照来接我下班，在车上，我一不小心没忍住和杨照抱怨了一下，他笑着伸手过来摸摸我的头，说："委屈你了，再坚持一下。"

我这才发现，他从来没有问过我在卢本邦工作得怎么样，好像这一切他早就已经预料到了，或者说，他并不喜欢我和他抱怨在卢本邦的工作。不过无论是因为什么，我很后悔和他抱怨，因为这是他给我介绍的顶级资源，我不想让他对我失望，真的不想。

那晚我们分手的时候，他抱我，又说了一遍："委屈你了，再坚持一下。"

我说："没事儿啊，杨同学，我这人的性格你也知道，我挺好的，你不要担心。"

我本来想从他怀里挣脱出来看着他的眼睛说这句话，这样我就可以向他传递出我积极乐观的状态，但他抱得有点儿紧，我没挣脱出来，我听见他在我头顶上发声："其实你……可以不用这么地……用心，我是说……你可以放松一些，别想那么多，没有多久就会好的，你明白吗？"

我其实不太明白。

但我还是点点头，向着我所理解的那个方向认定他这句话的含义。

我抬头看他，看到的是他用小鹿一般湿漉漉的眼神看着我，温柔如水，我有点儿感激他送给我这样的眼神，让我明确一件事：他是真的在爱我。

第二天，我想通了一件事，我毕竟还是可以在他们开会的时候进去倒咖啡的，我为什么不好好利用一下？

所以，下午他们在开一个美术馆设计方案讨论会时，我故意给他们每个人都少倒了一点点，留存了一点儿在壶里，然后装作不小心的样子把咖啡洒在了会议桌后面一个比较隐蔽的地方，这个地方是我今天上午物色好的位置，这里离门比较近，离总设计师的位置远，又正好是他视线的盲区，在他全神贯注讨论方案的时候，应该不会注意到我的存在，我又不会打扰到同事们的工作，而且这一块是西南方位，今天是农历七月初十，招白虎，利西南。

作为一个设计师，为自己选一块风水宝地，还是很基本的。

我连忙跪下来用事先准备好的纸巾擦地上的咖啡，我发现总设计师看了我一眼就继续讨论去了，我就在这里一直擦一直擦一直擦，直到会快开完，我才猫着腰退下。

受益匪浅。

第二天，我还在担心他们会嫌我笨手笨脚剥夺我倒咖啡的权利时，我就又被叫去倒咖啡了，这次我胆子大了，身上揣了录音笔进去的，全程都在出汗，出汗出到差点儿把录音笔弄短路了，不过还好一切顺利。

后来我又换了一个地方洒咖啡，总不能可一个地方洒，这样太假。这次总设计师看了我好几眼，看得我心里直发毛，但我还是硬着头皮跪在地上边机械地擦地边听完整个过程，地板快被我擦破皮了，这个美术馆的方案也差不多定下来了。

回到家，我把录音内容连夜整理好，然后赶紧删掉，毁尸灭迹。

我知道总这样洒咖啡肯定是行不通的，我必须要抓住一个机会。

32. 吴映真才没那么好命（3）

我本来想要找到机会后主动去找总设计师，结果他老人家先找到我了，问我："小吴啊，倒咖啡很累吧。"

我心想，他应该是有点儿不满我连续三次在他的会议上洒咖啡，但是这点儿小事儿他也要亲自问吗？

我说："最近我在倒咖啡的能力上遇到了瓶颈期，确实存在难以突破的技术关口，不过请您放心，我目前一直在练习和改进我的技能，我一定会掌控好手腕的力度，配合好咖啡壶与咖啡杯之间的角度，争取早日做到一滴不漏。"

"但是！"我觉得今天正是上天赐给我的一个好机会，不说白不说，"我设计方面的能力正值上升期，应该会比倒咖啡要强一些，我希望您可以考虑考虑。"

总设计师看着我，看着我，又看着我，然后他就不看我了，他先看了看他那只漂亮的手表，然后就看着门，眼里有渴望，好像希望此刻有两个外星人破门而入把我抓走，或是他妈妈进来把他从这里接走，我不知道为什么我会在这个时候开这样的"脑洞"，但是我看着我现在的老板，脑子里就是这些奇奇怪怪的东西。

气氛有点儿奇怪。

终于有人来了，不是外星人，也不是他妈，而是他的小秘书，总设计师露出了笑容相迎，他笑起来有点儿像五十六岁以后的梁家辉，只是五十六岁以后的，五十五岁半的时候都一点儿不像。

他笑着签署了小秘书拿给他的文件，两人又来往了几句，然后小秘书就离开了，多么自然而常规的雇佣关系，为什么我的老板就不能和我发生这样的关系。

见我还不走，总设计师终于转过头和我说："我一会儿还要去开会，你……既然在能力的瓶颈期就先不用去倒咖啡了，在这里你可以轻松一点儿，别想太多。"

这话这么熟悉，像我男朋友昨天说过的那句。

我遇到了一个职场怪象，以前从来都没遇到过，我看的书、电影和电视剧里也没有这样的情况，我知道我经验不足又读书少，但是现在怎么办，我想在卢本邦当设计师这事儿可咋办？他站了起来，要往外走，我心里很急，眼看他就要走出办公室了，我此刻真想把他"壁咚"在墙角，然后用炙热的眼神和冷酷的口吻说："为什么？为什么要这样对我！要么给我答案，要么给我工作，否则我是不会放过你的！"

正在千钧一发的时候，我听见我的身体先于思维叫住了他。

总设计师回过头，看着我的眼神里向我传达着他根本就不想回头看我的情绪，他又看了看表，我觉得再不说他就真的走了。

于是我鼓起勇气说："请您再给我一次机会！

我的老板没有回答，他依旧像刚才那样看着我。

我使出全身的力气接着说："我十分想把咖啡倒好！"

他点了点头，说："我要拿铁，谢谢。"

他走出去的时候，我叹了口气，我可真尿。

我走去茶水间准备咖啡，心想这次倒咖啡我一定要倒出水平，倒出风格。

刚到门口，就听见小秘书和我之前的那位咖啡小妹在一起分享一个火龙果。

小秘书说："哎，你好像又要开始倒咖啡了。"

咖啡小妹问："什么意思？"

小秘书说："我刚才去老板的办公室，听见那个新来的在向老板讨设计师的工作。"

咖啡小妹问："老板同意了吗？"

小秘书说："不知道啊，后来我就出去了。"

咖啡小妹说："我觉得她不可能要得到。"

"为什么？"小秘书问，我也在心里问。

咖啡小妹说："她就是来镀金的，待不了多久就得走了。老板怎么可能把项目交给她，万一她走了把方案泄出去怎么办，老板又不傻。"

小秘书问："什么镀金？"

咖啡小妹说："你知道阳澄湖大闸蟹不？"

小秘书说："我还吃过呢！"

咖啡小妹说："你吃过的阳澄湖大闸蟹都是阳澄湖大闸蟹吗？"

"什么意思？"

咖啡小妹说："就是有很多都不是阳澄湖土生土长的螃蟹，只在湖里过了一遍水，就和土生土长的螃蟹一样贵了。"

"啊……还真没听老板说过……"小秘书说。

咖啡小妹说："老板当然不会说，我也是无意当中听到的，再加上我自己的分析，你想啊，她负责倒咖啡，为什么还要留我在，因为以后还是我来为大家倒咖啡、订外卖的。"

我心想，我们倒咖啡的人都特别聪明。

小秘书问："可我们公司在行业内已经很顶尖了，她镀了这层金要闪给谁看去？"

咖啡小妹："那我就不知道了，我也挺纳闷了，不过这事儿好像和她男朋友有关，上次我听到的时候就是老板和一个男的在聊，那男的还挺帅的，好像是他男朋友。"

哦，杨照。

后面又有人走进来，都不和我打招呼，后来的声音让小秘书和咖啡小妹在一起回头看的时候发现了我，她俩吃的火龙果是红心的，嘴巴上都或多或少地染上了紫红的颜色，像刚刚说过的悄悄话被留在了嘴唇上。

我赶紧装作刚进来的样子去拿咖啡壶。

路过她俩时，为了打破尴尬局面，我笑着说："唇膏挺好看的。"

晚上下班，杨照给我发微信，说他在门口等着我，我看到杨照的车在我公司的门口停着，他最近经常在固定车位上等我，如果他来，那么五点半之前就会在那里了。我躲在角落里看着他的车，才发现那是员工专用车位，有些员工都没地方停车，要停到对面购物广场的地下停车位里去，他怎么会有车位？就在这一刻，我决定向地铁口走去。

我坐上地铁，杨照的电话也进来了，打了两个，我没接，两分钟后我又打回去了。

"你在哪儿呢？"他的声音有点儿急。

我笑了，问他："你怎么知道我下班了，我的同事们可都在加班呢。"

杨照停了两秒，又问我："你到底在哪儿呢？"

我说："我在地铁上呢。"

杨照又停了两秒，问我："你要去哪儿，我去找你。"

　　我也停了两秒，说："我……我回家。"

　　杨照再一次停了两秒，说："我去找你。"

　　挂断电话，我有点儿难过，我和杨照的对话里，什么时候多出了两秒钟的空隙。

　　晚高峰时期果然还是地铁快，我先到家了，在门口帮杨照占了个停车位，谁知有一对夫妻从车上走下来说我占停车位是可耻的，叫嚣着让我靠边一点儿，别耽误他们停车。

　　我想了想，好像确实是有点儿可耻，就让开了，我刚让开，杨照的车就出现在我眼前了。

　　我走过，他摇下车窗对我微笑，说："快上来。"

　　我走到副驾驶位置，杨照为我推开车门，我坐上去，说："对不起，我本来想给你占个车位，可是我连个车位都占不住。"

　　杨照笑了，说："干吗因为这种事和我说对不起。"

　　我说："你为我做了这么多，我却连车位都不能给你占一个，我觉得自己挺没用，配不上你。"

　　杨照伸出双手扳过我的头，看着我的眼睛，问："你今天到底怎么了？"

　　他眼睛里有我的样子，因为映在他的眼中，我比真实的自己更动人，我想我如果离开他，大概是不会再有这么动人的一面了。

　　我说："先把车停好吧。"

　　我们停在一个离家门口比较远的地方。

　　杨照问："现在可以说了吗？"

　　我说："杨照，我没怎么和你讲过我现在工作的事儿，是因为我特别不想让你失望，那你为什么不告诉我呢？"

　　杨照有点儿警惕，他问："什么？"

199

我说："为什么要让我去卢本邦镀金，我镀好了要给谁看？"

杨照马上问："谁告诉你的？"

我说："你和我老板都说过让我放松一点儿，不用想那么多，你俩可真有默契。"

杨照不说话。

我觉得有点儿想笑，就笑了，边笑边说："你说你直接告诉我比赛啊、卢本邦啊都是为了镀金多好，我也就安心倒咖啡了，何必还在会议室里跪在地板上听完整个设计方案，努力原来都是白费，这种感觉你有过吗？"

杨照握住我的手，我看出来他是在心疼我，他一心疼我我就开始心疼他了，虽然是他先惹我的。我今天才学到，原来谁先让谁疼并不重要，重要的是，有一个人疼了，另一个人也会跟着疼，这才是爱呀。

谈恋爱可真长见识。

我说："你不愿意说的事情都不会告诉我是吗？

"我能知道我想知道的事儿吗？

"我配知道镀金的原因吗？"

杨照终于艰难地开了口，说："我是希望……你可以得到我家人最大的认可……我不希望咱们在这件事上有什么阻力。"

"哦，是这样，"我说，"原来这一切都是假的，我只是需要一份漂亮的简历来面试我未来的婆婆，我知道我配不上你……"

"吴映真，你别这样想。"杨照在情急之下叫了我的全名，他稍稍出了点儿汗，我都看在眼里，我竟然在想，他瞒着我其实也没什么吧，至少他没有骗我。

33. 吴映真才没那么好命（4）

我说："没什么，你怎么都是为我好，我怎么都是不够好，所以才会这样，这件事情也不能全怨你，不过还是谢谢你爱我，谢谢你为我操碎了心。"

我说完就去拉车门，发现拉不开，就转过脸去看他，见他眼里闪着的光看起来很像是愧疚的光，虽然我也没怎么从别人眼中看见过愧疚，就算是看见了，我也看不出来那是不是愧疚，我从前读过一本书，说是一个好的演员，眼中会有四五层的意思，一个眼神，有四五层的意思，我的天啊，我一层都看不出来，那我花钱去买电影票是不是太浪费钱了。

我问："我想要回家了，你还有事儿吗，没事儿就请你把门打开一下吧。"

杨照说："我还有事儿你大概也不能让我做了，我送你回去。"

我说："不用，我想要走一走，走回家也不远，你放我出去。"

杨照问："那你还生气吗？"

我说："杨照，你有没有听说过一句话，气来如山倒，气去如抽丝，而且这件事是一场大气，想消气哪有那么容易。"

杨照没说话，他把头靠在后背上，然后转过头看着我，无动于衷，也不知道他不给我开门的原因是因为想看着我，还是因为就想无动于衷。

我说："杨照，快开门，我要下车。"

他把头转过去了，不看我了，但还是无动于衷，好像没听见我在说什么。

我说："杨照。"

他依旧不搭理我。

我放开门把手，坐正身子，问："杨照，这车不错，多少钱？"

杨照看起来很意外我突然这么问他，转过头问我："干吗？"

我说："不干吗，看你这车挺高级，应该不便宜，我从来都没有过自己的车呢。"

杨照马上直起后背说："给你开。"

我摇摇头，说："我不开，我不会，你这车太高级了，按钮太多了，我都不知道怎么开车门。"

我看着杨照在我面前慢慢绽放出一个笑容，他笑得颇有深意，我想我这招大概是被他识破了，但是我不能就这样暴露自己，我依然摆出一副为此很烦恼的状态，等着他戳穿我再说。

没想到杨照指了指方向盘下面的一个按钮说："这个，是开车门的。"

我说"哦……"，然后看准了立刻撑了上去，右手赶紧去拉车门，拉不开。

我很愤怒，说："你看你！又在骗我！"

杨照笑出声来，然后他趴在方向盘上笑，这样没声音了，但是身体是抖动的，抖得可厉害了。

我明明都要被气死了。

我无话可说，无事可做，坐在座位上看不远处的第七中学放学，孩子们穿着校服陆陆续续走出来，看着都还挺高兴，多好的年纪啊，还不知道人世的险恶，也不用经历男朋友在身边嘲笑自己的漫长过程，究竟是谁犯了错，谁被当成了大傻子，我想我明天就不去上班了吧，反正我这种洗澡螃蟹一天不洗也不会臭掉，我得想想我明天去哪儿。

"映真。"

杨照叫我的名字，声音非常温柔，我转过头，发现他白皙的脸上有点儿微微泛红，可能是刚才笑的。

我问："你笑够了？"

杨照说："我想让你稍微消消气再走。"

我看着他，无动于衷。

杨照叹了口气，说："好吧，其实我是想和你多待一会儿，哪怕你在生我的气也好。"

我看着他，有点儿抵不住诱惑地想消消气。

杨照又离我近了一点儿说："我没骗你，那个按钮是开门的，但是要按两次。"

"还按两次？"

"对，你要试试吗？"他问。

我伸出手想去捅一下，想了想，又把伸出去的手指转移到他的鼻尖，说："所以呢，你是想告诉我，就算给我指了条明路，我也跑不了是吗？"

杨照的嘴角又有微微上翘的趋势，他看起来又要嘲笑我了，我必须要阻止他，所以我发了狠说："你信不信，我把你这车窗给砸了，一样出得去！"

这次，他的嘴角彻底扬上去了。

我沮丧地收起手指，说："算了，你送我回去吧。"

第二天，我就真的没上班，本来我想睡到自然醒，但是七点多的时候我妈叫了我一次，这导致我的计划被破坏，我就只能改睡回笼觉了。

我自然醒一般睡到九点半，回笼觉是十一点。

我坐在床上沮丧了一会儿，我想本来是想要在卢本邦大展宏图的，结果一腔热血只能全部洒到卫生巾上然后扔进厕所的垃圾桶里，太浪费了。

我妈给我打电话，问我："你还在家呢？"

我说："啊。"

我妈说："你真不去上班了？"

我说："啊……"

我妈说："那你把酱牛肉给杨照送去吧。"

我着急了，说："我不是说不给他了吗！"

这几天我妈一直想让我把酱牛肉给他送去，或者让他上楼来取，我一直拦着，一边拦着一边吃，我想我吃完就好了，没想到我妈还想着这事儿呢。

我妈说："平时你没有时间就算了，今天你没事儿在家待着还不帮我干点儿活儿？"

我嘿嘿一笑，说："就算我今天没事儿，杨照也不在家啊，他最近可忙了。"

我妈说："家里有他家的钥匙，你给他送家去。"

我无话可说。

我妈都要挂电话了，我这才想起来马琳。

我说："马琳让我赶紧过去一趟，说有要紧事儿找我，拿着酱牛肉不好，她们店里是食物和宠物不得入内的。"

我妈无话可说。

我用自己的机智护住了食。

因为昨天发生的事儿，不如就趁这个机会过去看看她，顺便体验一下工作日去逛奢侈品店的阔太太生活。我走进她店里的时候，马琳非常惊讶，问我："你怎么来了？"

我说："你这是什么态度？我来买鞋！"

马琳用她又细又匀称的眼线对我进行了鄙视，说："你怎么不去上班？卢本邦把你开除了？"

我说："唉，一言难尽。"

马琳说："那你就长话短说。"

我就简短地说了一下，说完马琳突然换了一副嘴脸，那是一副招待 VIP 客人的时候才有的招牌式笑容。

我心想，可不好了，我的闺蜜被"钱妖"附身了。

"吴小姐您好，我们店里的最新款您要试一下吗？"

我说："马琳，我还没吃饭呢。"

她说："没问题，我这就给您拿过来，您穿三十七码半对吧，这样吧，我把三十七码半和三十八码一起给您拿过来，您看看哪个更合脚。"

她转身那一刻就直接没影了，我本想去拽住她的手，可哪里还有手可拽？我扑了个空，转身看了一眼价钱，顿时汗都下来了，我觉得此地不宜久留，其实给杨照送酱牛肉也是个不错的选择。

虽然回家去取酱牛肉有些麻烦，但是我还是回去了，为了某个人心甘情愿地麻烦自己这大概就是爱吧，我想杨照安排我去卢本邦大概也是因为爱吧，虽然他把我蒙在鼓里这件事还是很欠揍，但是我们的爱情，是值得我把酱牛肉拿来与他一起分享的吧。

拿上钥匙去杨照家，我突然发现我已经很久没去杨照家了，他最近也没让我过去，那么我这么突然地去给他当田螺姑娘真的好吗？也不知道他爱不爱吃田螺啊。

我拎着酱牛肉，走到他家小区门口，犹豫着要不要给他打个电话。

犹豫了一下，还是要吧，我后退了几步，退到不挡路的位置拨电话。

我电话还没拨通，杨照就抱着一条柯基犬走了出来，他身边跟着一个拎着狗笼子的漂亮女人，女人脚上的鞋子我认识，就是刚才，我在马琳店里看到的把我吓跑了的新款。

杨照看起来有点儿严肃，他抱着狗往外走，没看到我，反倒是他怀里的那只柯基犬仿佛认识我，冲我"汪"了一声，像是在打招呼。

杨照这才随着狗狗的叫声向我看过来，他愣住了，表情看起来更加严肃。

我彻底傻在那里，心想我是不是也要回人家一句"汪"。

他抱着狗向我走来，就在这两步路的过程中，我觉得对面的杨先生似乎把整个宇宙中的难题都思考了一个遍。

他轻声问我："你怎么在这儿？"

我说："我妈让我来给你送酱牛肉。"

他想了想，又走了回去，把狗小心翼翼地放到那个漂亮女人的怀里，然后轻声对她说："宠物医院一转弯第一家就是，我一会儿就过去。"

我在心里度量杨照和我说话时与和那个女人说话时哪一个声音更轻，后来又想，是轻好还是重好，哪一种才是更亲密？

漂亮女人带了点儿内容地看了看我，又看了看杨照，才点点头离开了。

杨照走过来，我说："怎么不介绍介绍？"

杨照没说话，他好像在组织他自己的答案，与我的问题无关。

我说："不介绍姑娘，介绍狗也行啊，它都和我打招呼了。"

34. 我想我们不太合适（1）

杨照想了想，说："你先回去。"

我问："回去你就会和我说了吗？"

杨照看着我，张了张嘴，没有说话，仿佛有人给他下了一个咒，让他开不了口。

我说："过去看看吧，人家都病了。"

我往前走，回头问杨照："右转第一家对吧？"

杨照看我问他，才开始迈步，迈出的步子也是有心事的模样，我看他迈步，就转过头继续往右转第一家走去。

进了宠物医院，我看见狗狗乖乖地躺在床上，她的主人正在填单子，我走向狗狗，把杨照推向主人。杨照突然握住我那只推他的手，用力捏了一下，我赶忙挣开了，杨照的手心里微微有点儿出汗，蹭到我的手心上，我撸狗的时候，又蹭到狗毛上。

我挨近那只狗，叫了一声："Eve。"

狗还是没什么反应，我突然间想起来我见过这条狗，我为什么会记得它的狗脸？因为我不止一次地见过它，在马琳的店门口，还有杨照的手机上。

这时候我听到兽医问："这是什么妮啊？"

我转过头看见兽医大姐正在拿着那张单子看了又看，女主人突然接到一个电话往外走，她递了一个眼色给杨照，她的腿很漂亮，很适合穿高跟鞋，她拥有我羡慕却一辈子都得不到的资本。

杨照马上说："我再给您写一份清楚的。"

兽医大姐说："不用不用！你告诉我这写的是杨什么妮？"

杨照小声说："敏。"

兽医大姐说："杨敏霓啊？！"

这时候，我身边的这条狗，突然微弱地"汪"了一声，像是在喊"到"。

杨照没回答，而是看向我这边，但我竟然看不出来他是在看我还是在看狗。大姐没有得到回应，又问："杨敏霓对不对？"

狗狗又回答："汪汪。"

我实在是忍不住了，指着狗说："大姐，它不是都说对了嘛！"

兽医大姐看了看我，又看了看狗，用圆珠笔在单子上写着什么。

我觉得不对劲儿了，即使我的心是冰箱的恒温层，也还是有不可逆转的东西在里面慢慢腐坏，原来这只狗不叫 Eve 而是姓杨，那 Eve 就是他妈了，我脑袋里突然响起了《吉祥三宝》的旋律："我们三个就是吉祥如意的一家……"

多么欢快而悠扬的旋律，多么真挚而和谐的情感，我都快被感动哭了。

我说："杨照，狗真是好狗，好好照顾它，它更需要你，我就先走了。"

说完转身出门，出门的时候有水滴落在我脸上，明明是大太阳怎么会下雨？落在我嘴边的时候我还特意舔了一下，咸的，那不应该是酸雨，酸雨都是酸的，咸的应该是碱性的，那就是碱雨，现在环境太差了，下酸雨还不行，都开始下碱雨了。

杨照追上我的时候我才发现我又走到他家的小区门口来了，我有点儿恨自己不争气，难道我的潜意识里还要给他送酱牛肉不成？

我把酱牛肉举起来，说："这是我妈让我送的，给你了。"

我给他酱牛肉的时候，顺便把钥匙也一起给了，钥匙被酱牛肉压在我的手心里，冰冰凉凉，又邦邦硬，它硌得我有点儿难受。

杨照把酱牛肉拿走，他就看见钥匙了，他的脸色看起来和钥匙一样，散发着金属一般的冷光。

他说："映真，不是你想的那样。"

我说："杨照，我想什么了？"

他看着我没说话，眉头紧紧地锁在一起，嘴巴严严实实地抿着，让我生出一种发狠的欲望来，想要把他的唇咬出血，再花光所有的力气用舌头撬开他的嘴，品尝他不愿说出口的秘密。

我忍了又忍，心想应该也不是没有一点儿机会，应该也不是没有一点儿改变，我凑近他问："你说说看呀，我想什么了？"

我紧紧地盯着他的眼睛。

他开口说："反正不是你想的那样，你相信我好吗？"

他的气息并不平稳，说的每一句话都好像是在溺水状态下的挣扎。

我又上前一步，说："我想的是《吉祥三宝》。"

他看着我，谨慎地表露疑惑。

我说："你没听过吧，你也有我知道而你不知道的事儿。"

杨照的头不自觉地歪了歪，若不是因为我们在吵架，我差点儿以为他要来吻我。

我退后一步，问他："所以我不配知道是吗？"

杨照来握我的手，我觉得他马上就要告诉我了，马上就要说了，我想只要他说了我就原谅他，我就抱他，亲吻他，给他切酱牛肉吃，吃饱了再算账。

可是他一开口是这样的话，他说："吴映真，我求你别问了，真的什么事儿也没有，你相信我好不好？"

我笑了，我说："杨照，你不愿意说的东西还是不肯告诉我是吗？你的身份，我的工作，还有这条狗，每一件你都不告诉，你都不说，你太能沉得住气了，我就不行，我太沉不住气，而且，我不仅不行，我还很讨厌你这样的人，我们根本不合适。"

我说："我们还是分开吧。"

我依然微笑，并且斟字酌句，觉得"分手"被用滥了，还是"分开"更好听，直到我声音轻飘飘地说出这句话来我才发现，这两个词都是一样的可耻，一样具有殃及自己的杀伤力。

他是不是说了"不要"？我没注意听，我用从他手中挣脱出来的手招来一辆出租车，坐进后排。

我报了地点，车子掉头，开不到五米便遇到了红灯。

我转头看见杨照站在马路对面，我从来都没见过他那样的状态，仿佛下一刻就会死去，这一刻还在硬硬地撑住这一口气看着我，看着我是不是还安全，是不是哭了，我也看着他，把后背挺直，我平时放松的时候会有点儿驼背，我在他面前驼得越来越厉害，这些我都知道，他从来没有嫌弃，这个我也知道，那我此刻挺直后背的力量，大概是来自以后有可能再也见不到他的巨大悲伤。我想在这个红灯转成绿灯之前打开车门跑过去拥抱他，如果我此刻下车一定会抱住他，我是个挺斯文的人，可是我早就忍不住了想要靠近他，多好的杨朝夕，多漂亮的脸，多诱人的身体，可是这些大概都和我没有关系了，因为我生出的倔强把我自己都吓坏了，直到红灯真的跳成绿灯，直到我的身体完全垮塌下来，直到我哭。

哭是个力气活儿，我发现我此刻竟有使不完的力气。我想我并没有一丝一毫和男朋友吵架的天赋，怎么一吵就吵成了这样。

擦眼泪的时候我才发现他的钥匙还在我手里，我握得太紧，握出了印儿，像文身，也像疤痕。

35. 我想我们不太合适（2）

我看着这个印儿，哭得更厉害了，因为我的血肉早晚会反弹回来，填平印记，它们不会再记得这把钥匙，我突然就理解了那些用文身纪念一些事情的人，他们的血肉不会记得，甚至连心也有忘了的那一天，只能通过往皮肤里注入针剂才暂时留得住那些想要留住的样子。

想到这里我哭得更凶了，我不会通过文身来留住这把钥匙，或者留住我对杨照的记忆，因为，我怕疼。

那么我就什么都留不下了，真的太悲伤了！

悲伤是个很奇妙的东西，它让我越想越多，越想越长远，越想越离谱，越想越科幻，我甚至都想到了如果我老了，再遇到杨照会是怎样的情景，然而这还没完，我还想到了下辈子我遇到他的情景，我知道我想的太多了，但我根本停不下来。

想的多就哭的多，我发现这件事本身并没有给我带来那么多的悲伤，更多的悲伤都来源于我对这件事情后续的想象，所以我在出租车后座上让自己越哭越惨，司机师傅都看不下去了，他忍不住说："妹妹，你这是怎么了？有啥事儿过不去？"

他问我，我一抬头，才发现眼前一件更让我过不去的事儿，车费已经超过四十块钱了，我赶紧带着哭腔说：

"大哥，在前面地铁站给我停一下吧，太贵了，我有点儿打不起了，呜呜呜。"

大哥说："没问题，妹妹，你看你一会儿下车的时候能不能把你用过的面巾纸都给大哥带走？"

我哭着说："行！"

上了地铁我还是哭，我知道这里人多，我哭起来特别不体面，可是眼泪根本止不住，它们不听我的，迫不及待地流出来，面巾纸已经被我用光了，眼泪就糊在我脸上，干了，只剩下盐，蛰得脸颊有微微的刺痛感。

地铁还没来，我坐在候车椅子上等，椅子是三个座位连在一起，全铁制的，坐时间长了还会有些凉屁股，我坐在中间的位置，地铁里的人不少，可我旁边的两个位置都没有人坐，不知道是因为大家怕被淋到泪水还是怕被凉出痔疮，大家不坐我坐，我就这样一边哭一边坐。

这时候有个满身大汗的胖哥哥一屁股坐了过来，他坐过来不要紧，但是椅子塌了，我眼前本来是正在减速进站的地铁，一声巨响过后，突然就变成天花板了！

我的脑袋被重重地摔了一下，可是不知道为什么我并没有感觉到疼，我反而感觉很舒服，好像终于可以躺在家里的床上，地铁站里还有空调，这比家里的床上舒服，我可能是哭累了，眼皮有点儿下垂，我听见有人在叫我，大概是在关心我。

我说："没事儿，让我躺一会儿，求你了。"

我听见人声嘈杂，有人叫嚷着什么快快快的，难道是让我快点儿起来吗？可我真的不想起来啊，我就这样躺一会儿不行吗？这个世界，还能不能让我躺一会儿了。

我快睡着的时候，有人在近距离叫我，她叫我"女士"，我不是很喜欢有人用我不喜欢的称呼来叫我起床，我很不情愿地睁开我依然在不断流泪的双眼，看见一只话筒在我面前，我心想：完了，我要上电视了，这样杨照就会看到我了，凭什么在我没想让他看到我的时候他还是能看到我！

这样的赌气让我拼尽全力挣扎着站起来，我看到人们围成了一个圈，看到摄影机，看到许多个手机，还看到两名医护人员抬着担架向我跑过来。

我对着那个一直顶着我下巴的话筒说："求你……能不能

打个马赛克……"

然后，我就什么都不知道了。

再清醒的时候是第二天中午，我醒了，我妈叫来大夫，大夫看看我，翻了翻我的眼睛，又比了比两根手指问我是几，我说完，大夫和我妈说："没事儿，之前做的各项检查也都正常，她就是太累了，缺觉。"

我妈问我："你恶心吗？"

我说："不恶心，饿。"

我妈说："你想吃啥？"

我说："我想吃串儿。"

我妈对大夫说："她是真没事儿了，咱们能出院了吧。"

我妈起身去给我办出院手续，我从包里把手机拿了出来，5%的电量，全是杨照打来的电话和发来的微信，我还没有来得及一一看清楚，就没电了，很好，一想到杨照，我又有点儿想哭了，但是我这人有一个特点，就是不会为一件事儿哭两次，所以再想哭我也不会哭了，更何况我已经为这件事哭进急救中心和电视节目里去了。

我出院后就直接去了卢本邦，虽然我只是一员咖啡小妹，但是无故旷工是绝对不可以的。

我敲门进总设计师办公室，他一看见我就问："你怎么今天就来了？身体没事儿了吗？"

我很惊讶，问："您怎么知道？"

他说："网上都是你的视频。"

我问："都打马赛克了吗？"

他沉默了，看着我，转移了话题，他说："没关系，你可以再休息两天，等你回来，有一个项目要你参与。"

这转变真是突如其来，发生了什么事儿吗？还是我真的把脑子摔坏了，从医生和我妈说没事儿那一刻起就一直是幻觉？

我缓了缓才说："领导……我可能……真的要休息两天，因为很多事情，我还不确定……"

从总设计师的办公室出来，我想找一找我的视频，想看看我当时躺在地上的姿势有没有美感，可是我输入什么关键词呢？女子坐塌地铁站候车椅吗？

正在琢磨，电话响了，是马琳。

马琳问我："你脑子没事儿吧？"

我说："我视频打马赛克了吗？"

马琳说："打了又怎样，打了老娘照样能认出你来！"

我没说话，我想杨照是不是也能认出来。

马琳说："你怎么能哭那么惨？"

我叹了口气，说："看来还是没给我打马赛克啊……"

马琳说："打了！打了我也能看出来你哭得像个孙子一样！你到底怎么回事？"

我说："马琳，我想吃串儿。"

我俩到西马串店的时候，吴西刚好在，所以没排队。

我说："吴总，我忘了你给我的号码，你能再和我说一遍吗？"

吴西说："没事儿，我已经和我的员工说了，你下次来直接刷脸就行了。"

我说："谢谢吴总，你放心，我以后做完丢脸的事儿一定不过来。"

马琳在一旁说："可是你刚做完丢脸的事儿啊。"

我说："哎，这次不算，从下次开始。"

吴西笑呵呵地出门了，上次那个小服务员看了我好几眼。

我边吃边把这两天发生的事儿原原本本地和马琳讲了一遍，尽量不落下任何细节，马琳的脸看起来有点儿沉重，她说："我早就和你说过，你们其实并不合适。"

我问："你知道那个女的是谁吗？"

马琳说："我不知道，她不是那种喜欢和我们拉家常的客人，其实我们很多的客人都不愿透露自己的个人信息，还有人戴墨镜来试鞋呢，有钱人嘛，他们表面客气，其实并不一定看得起我们，不想和我们扯上一点儿关系，但是我倒是可以试着帮你打听打听，不过我真没想到她能和杨照有关系……"

我问："你说他们是什么关系？"

马琳说："其实是什么关系都没关系，这件事，关键要看杨照怎么处理。"

我说："那我现在要怎么办？"

马琳想了想，说："你有给他回电话或微信吗？"

我说："没有。"

马琳问："他有来医院看过你吗？"

我说："他不知道我在哪家医院。"

马琳说："连你的领导都知道他能不知道？"

我说："我进医院的时候就在睡觉，睡醒了我就出院了，我也不知道他来过没有。"

马琳说："阿姨和你说过吗？"

我说："没有。"

马琳没吱声，她想了想又问我："我们吃了这么久的饭，他有找过你吗？"

我看了看手机确认了一遍，然后回答："没有。"

马琳放下手里的腰子，暗暗说了一声："不好……"

36. 我想我们不太合适（3）

我问："什么不好？"

她垂下头，仿佛在切换看我的眼神模式，就像手机切换铃声一样，这个过程让我产生莫名的心烦，她终于抬眼说："吴映真，你要做个准备。"

我说："什么准备？"

马琳说："亲爱的。"

我的心被猛击了一下，因为她第一次这样称呼我的时候，我赶公交车摔断了腿，第二次"非典"爆发了，第三次考研失败了，这是第四次。

我深呼吸，再呼吸，再呼吸，可我发现无论我怎么呼吸，都有一种窒息的感觉。

马琳说："我想知道，你还……爱杨照吗？"

杨照都没有这么问过我，你爱我吗，我也没有这么问过他，你爱我吗，爱这个字，怎么能脱口而出。

我呼气，我吸气，我呼气，我吸气……像一个就快分娩的产妇，一个字也说不出来，我点点头。

马琳说："如果是这样，不管你现在是怎么想的，不管你是不是还生他的气，只要你还想要继续和他在一起，你就得控制住你的情绪，然后，去找他。"

马琳直直地看着我，仿佛我身后是万丈悬崖。

我问："会怎么样，那女的？"

马琳说："怎么样都有可能，但是你别怕，吴映真，她是谁，会怎么样，你都别害怕。"

我说："马琳，我现在脑子有点儿乱，我从来都没有这么乱过。"

马琳点点头，说："是，我理解，毕竟你和我差距太大了。"

　　我抬头看着她，不知道怎么接。

　　她说："没事儿，我可以陪你去。"

　　我说："马琳，我不想去。"

　　马琳有点儿急，她说："你不去杨照就没了。"

　　我想了想，说："如果那样，那没就没了吧，没了就说明他真的不是我的。"

　　马琳看着我，她以前总是用看弱智的眼神来我看，但今天不同，她今天用了看废物的眼神来看我。

　　我说："马琳，我知道你觉得我不争气，可是我不争气这件事儿你是第一天知道吗？"

　　这回换马琳接不下去了。

　　我接着说："总之，都不一样。"

　　马琳和程浅是在高中认识的，同级不同班，但还是不耽误他俩早恋，后来上大学，异地，程浅出轨一次，马琳边哭边连夜跑到程浅学校把程浅从教室里薅了出来，程浅当场就跪下了，吓得只知道说"再也不敢了"。

　　马琳呢，出轨三次，只有第一次被发现了，那是因为她让我帮忙撒谎，我撒得不好，露馅儿了。马琳当时埋怨我，说我太笨了，我说你看看你们，小小年纪根本就不能长久，我以为他们分手了，结果又好了，结果马琳又出了两次轨，这两次因为我没有参与，程浅全然不知。

　　大马琳，高手。

　　不过他俩结婚以后消停了许多，踏踏实实过日子到现在，这一点我还是很欣慰的。

　　马琳说："不管一样不一样，吴映真，每段感情都不是那么容易的，这个，你总是赞同的吧。"

这个，我赞同。

"所以，"她接着说，"明天你得去找杨照。"

我说："我不去。"

她说："你得去！"

我急了，说："凭什么！我不去！"

马琳也急了，说："爱去不去！"

然而第二天，我还是去找杨照了。

杨照的办公室锁着门，我在门口站了一会儿，脑袋里全是对那个女人和那条狗的疯狂猜想：前女友？现女友？前妻？现妻？他爸的前妻？他爸的现妻？姐姐？妹妹？表姐？表妹？变了性的表哥或表弟？还是他的第十三的姨？我站累了又蹲了一会儿，发现最让人崩溃的不是你知道她是谁，而是你不知道她是谁，是没人给你正确答案，是你对未来该死的未知，这真让人感到无能为力。腿蹲麻了，坐在地上缓，坐在地上，靠着墙，双腿放松，感觉时间也不动了，我把双腿一盘，就此出家，到时候再与杨照相遇，他就是男施主，我就是女师傅。

我被自己逗笑了，从地上爬起来，拍拍屁股，想了想，这事儿还是得办，该知道的还是要去努力寻找答案，不然，太煎熬。我给他发了条微信。

我问他：你在哪儿？

有电话打过来，是他，我数了十个数以后才接听，结果对方挂断了，是因为我等太长时间了吗？十秒钟的时间，很长吗？

正在犹豫要不要打过去，电话又响了，这次我没有犹豫，接了起来说喂。

那边很乱，声音嘈杂。

他没说话，我也没说。但是很奇怪，我能听到他呼吸，就像在我耳边一样。

杨照终于说："吴映真，我在机场，我要回去了。"

学校下课了，学生们从不同教室先后涌出，我这边的声音也开始变得嘈杂，不知道他听没听到。

我说："哦，你要回去了呀，这件事，谢谢你主动告诉我。"

他说："对不起，映真，我还是不适合你。"

那好吧，这件事就这么定了。

我说："我明白，其他都是表象，这个才是症结。"

杨照没说话，但也没挂断电话，他是在难过吗，是在哭吗，像我一样？如果真是这样，那么还好是在电话里告别，不然，我看着他得多心疼啊。

所有的话，之前想得脑袋快爆炸，可现在手里握着电话，心里只想着，还是不说了吧，说了也没有什么意义。

可我还是忍不住说："杨照，我有个特别想知道的事儿……"

既然分开了，别的事情我可以不追究，但背叛这件事儿，我还是得寻个"实锤"。

我组织了半天语言，在想怎么问出口才能让我的前男友加小学同学听起来更高级，更体面，我突然想到杨照那天跟我说"不是你想的那样"，他的眼神和语气我都想起来了，他说不是我想的那样，那，我就相信他吧。

我说："我相信你，杨照，没什么可问的了，我相信你。"

我不知道这样没头没尾的一句他能不能明白，不明白也没关系，我明白就行了，从现在起，与杨照无关，我拿走我的那一份感情，明白自己想明白的，相信自己想相信的，那我也没白爱了。

我想如果是马琳在身边，她绝对不会允许我这样处理，但这已经是我自己的事儿了，我想用我自己的方式处理。哪怕是尿的、衰的、幼稚的、上不了台面的、被人嘲笑的，那都是我自己的方式。

我说："杨朝夕同学，祝你，一路顺风。"

杨照那边还是没说话。

我突然想到，又改了口，说："对不起，你坐飞机不能一路顺风，那我就祝你……逆风飞翔，越飞越强吧。"

我说完，杨照那边没笑，我还有点儿失落，最后的时候了，我抖了个包袱，没听到响，真可惜啊。

我说："你快赶不上飞机了吧，在飞机上得关机吧，不关机也不能打电话了吧，那我就不耽误你了。"

是我先挂断电话的，第一次处理一场分手，我觉得我一点儿都不尿，不衰，很成人，上得了台面，以及，好吧，被人嘲笑就被人嘲笑吧。

挂断电话，我看见了模模糊糊的骆黎。

我说："骆老师，你怎么这么模糊？"

他说："吴映真，你把眼泪流出来就好了。"

我说："对不起，我得去趟卫生间。"

我在卫生间里哭了一会儿，才洗好脸出去，一出去发现骆黎还在呢。

我说："骆老师，你怎么还在这儿，不去吃饭吗？"

他说："我等你呢，一起去吧。"

吃饭的时候，骆黎和我说："杨照回去了……"

我说："我知道。"

他点点头，说："也不知道他怎么了，他本来还在申请再留一个月的，申请都快下来了，他突然就走了，走之前状态特别不好。"

我说："骆老师，走之前状态特别不好，那就不叫走得很突然，他还是被病魔纠缠了两天才走的。"

骆黎笑了，说："我不是这个意思，我想强调的是，他状态特别不好，他是怎么了？"

我说："有多不好？"

骆黎被我反问得措手不及，说："你没看到吗？"

我说："没有。"

骆黎好像意识到了什么，没再追问下去，低头吃饭。

我把情况简单和马琳说了一下，马琳说："我觉得你这事儿还有抢救一下的机会。"

我说："不救了，拔管子了，器官都捐献完了。"

马琳说："好，吴映真，还是你最狠。"

我说："谢谢你夸我，你好久没夸我了。"

马琳叹了口气，说："这两天程浅出差，你来我家住吧，别吵到阿姨。"

到了她家，马琳带着我一部一部地看爱情电影，还都是悲伤的结局，她在我旁边哭得稀里哗啦，我说："马琳，我太困了，你别哭了，咱们睡觉吧。"

"你怎么不哭？"马琳抽抽搭搭地说，指了指正在因为痛苦而翻着白眼的男主角，"他都那么惨了。"

我说："因为我现在是个不幸的人，所以我看什么都觉得没我惨，我觉得他们都应该同情我才对，所以我哭不出来。但你是个幸福的人，你看什么都会产生他太惨了、幸好我是幸福的想法，所以你才会同情，才会哭。"

马琳听完，翻了一个比男主角好看一百倍的白眼，说："把这个看完就睡觉。"

我说："马琳，你别忙了，你没失过恋，你根本就不知道失恋是什么感觉，你给我安排的这个项目，毫无作用。"

马琳说："那我不应该看着电影哭，我应该看着你哭。"

我给了她一个比电影里的男主角丑一百倍的白眼。

电影里，男女主角要发生第一次了，马琳突然问我：

"你那个什么……还在吗？"

我问："什么？"

马琳指了指电影里已经差不多脱光了的两个人。

我赶紧说："在。"

马琳皱了一下眉头说："啊，还在啊。"

她语气里满是嫌弃。

我说："如果我说不在了，你会让我讲细节吗？"

马琳毫不犹豫地说："那当然，我就是想让你讲才问的。"

我说："那你先给我讲讲你和程浅第一次的细节吧，你还从来没说过呢。"

马琳向外侧挪了挪屁股，她认真盯住屏幕，说："别说话，到关键时刻了。"

等我俩看完关键时刻，我才小声说了句："尿……"

马琳突然哈哈哈大笑，说："你还说我？你更尿好吗！"

37. 东北挽马先生

马琳站起来，仰天大笑出了屋，我喘了两口气，冲着屋外喊："我告诉你，你别刺激我，我现在是很脆弱的我！"

马琳没搭理我，回来的时候自己的脸上糊了一片面膜，又把手里那片没拆封的扔到我身上发声："哼哼哼哼哼……"

我说:"一个字儿都没听懂。"

马琳指了指我身上的面膜,又发出了同样的声音。

我说:"我还是没懂,马琳,我读不懂你的内心。"

马琳气势汹汹地把面膜纸折叠成一半,露出嘴,说:"我的天,你还要读懂内心,你能不能先把表面那一套弄明白,肤浅一点儿好吗?我问你,你晚上难道都不敷面膜的吗?我好像真的没见过你敷面膜呢。"

我说:"我敷啊!"

她问:"什么时候敷?"

我说:"偶尔敷。"

她问:"上一次是什么时候?"

我说:"大约在冬季。"

她说:"下一个冬季都快来了。"

她说完又把面膜纸拉下来,隔了两秒钟,好像突然想到了什么,她把整个面膜纸都拽了下来,甩出去,然后向我扑了过来。

我说:"马琳,你要干什么!"

她没有说话,抿着嘴唇,眼神中充满了无比坚定的欲望,试图把我压在身下。她手上全都是精华液,握不住我手腕的时候就把精华液往我脸上蹭,我说:"你这是要干啥!"

她说:"不能浪费。"

我边挣扎边呼救:"马琳马琳,你别这样!我虽然失恋了,但是我对我自己还是有要求的!"

马琳虽然瘦,但是力气挺大,而且我觉得她对于"压人"这件事儿颇有一套,已婚妇女和我这种未婚妇女果然不一样,掌握的技能都比我丰富,我根本不是她的对手。

两个回合下来,我就被她彻底压在地板上了,这还不算完,她还企图用一只手抓住我的两个手腕,然后拉到我的头顶。

那我能让她得逞吗？

然而才一个回合她就得逞了，力气不是一般的大。

然后她用腾出来的那只手把我的衣服扣子解开了，我的天呀！我没想到会这样啊！她以前从来没有这样过啊！

我大喊道："马琳！你不是这样的人！你忍一忍好不！我去把程浅给你找回来，马上找回来，机票钱我出！"

马琳说："咦？怎么是空的？"

我说："什么是空的？"

我这才发现马琳正目不转睛地盯着我的内衣看，然后她伸出一根手指，伸到我的内衣里，后来又是两根手指，再后来，整个拳头。

她的小拳头还在里面轻轻松松地逛了一逛，像是个巨大的探头，寻找深藏在海绵垫子底下的那个啥。

我说："你要干吗？"

马琳看着我说："吴映真，俗话说，有多大的胸脯就穿多大的罩杯，你穿这么大的号码，不难受吗？"

我说："穿着舒服，不勒。"

她说："还有这款式，这是阿姨的吗？"

我说："我妈有同款，两件，包邮。"

马琳在上面向我近距离地翻了个白眼才放开我，我赶紧整理衣服。

马琳说："我就说嘛，怪不得杨照不碰你。"

我连忙说："他不碰我可不是因为我内衣太大！"

马琳看了看我，然后转身把面膜纸捡起来，说："好吧，我改口，幸亏杨照没碰你。"

这件事儿我还是挺受刺激的，隔天我就给自己买了一套超级贵又超级合身的丝绸内衣，花了我八百多块钱。

当天下午我就穿着这套内衣去卢本邦辞职去了。

总设计师很惊讶，他说："我都已经给你列到新项目组里了，你怎么突然要走？"

我说："谢谢您，但是我是一个钱包里只要有一张假钞那么整个钱包我都会扔掉的人。"

总设计师看了我一会儿，好像没明白我的意思，他的理解能力太差了。

我发现我今天穿的雪纺裙子总是贴在我的内裤上，而且是前后都贴，我拽了两下发现没什么用，静电太强大了，而且动作实在不雅，我索性一屁股坐在他对面的椅子上。

我说："我知道我是怎么来这儿的，我都知道了。"

总设计师还是没有说话，我突然觉得男人沉默寡言一点儿也没什么不好，而我已经打定主意要走了，所以我想说啥说啥。

我接着说："当初杨先生要带我走，你让我倒咖啡我特别理解，现在我走不了了，你让我跟新项目，我就想知道，这是您的主意还是他的主意？"

他看着我，眉头皱了起来，问："这很重要吗？"

当别人不正面回答你的问题的时候，那他说的十有八九都不是你想要的答案。

我说："明白了，是假钞无疑了。"

我站起来准备离开，总设计师又叫住了我，他说："吴映真，这真的是一个很好的机会。"

我说："我知道，谢谢您。"

然后我走出他的办公室，挺着胸，抬起头，向卢本邦辞职，是我目前为止做过的最悲壮的事儿了，这个决定，也许是我的缺点所致，但是我现在必须这样做，必须这样放弃，放弃所有与杨照有关的事情，我的日子才能稍微好过一点儿。

走出大楼的大门，对着之前杨照一直停车的位置看了好久，那里又停了一辆漂亮的车，车里的男生也够英俊清爽，不知道哪个姑娘那么好命，反正我吴映真是没那么好命，才多久的时间，我就从事业爱情双丰收变成失恋又失业，快得连眼睛都来不及眨一下。

想到这儿，我笑了，发现自己在笑的时候我突然就哭了出来，哭了一会儿才发现，我怎么又哭了，我难道不是那种不会为一件事儿哭两次的姑娘吗！难道我现在连这个优点也失去了？那我，就真的得去西马串店来缓解一下我的悲伤了。

我发微信给马琳，马琳说今天晚上程浅要回来，不想过来了，我跟她说，我已经失恋、失业、失去优点了，难道我连好朋友也要失去了吗？

马琳回了我俩字：我去。

我往前走，我发现我的裙子，不仅贴着内裤的区域，还贴着我的大腿，我给它拽开，走两步又贴过来，再拽开，走两步又贴过来，两步一拽，两步一拽，我就这样终于走到了路口招手打车。

我边招手边拽裙子，这样颇像是在秀春楼或是丽春苑揽客的特殊职业者，也不知道是因为这个原因还是因为现在是高峰期，没有出租车停下来。

终于停了一辆车，司机探这身子问我，去哪儿，我说去中山路的西马串店，司机说，上来吧，正好顺路。

我打开后座的车门，发现后面还有一个乘客，我本来想要去开副驾驶的门，结果我听见了一声："姐，你要去我那儿啊？"

我定睛一看，哎呀，这不是西马串店的老板吴西吗？

我上了车，他说："姐，咱俩是真有缘，真的有缘，是真的很有缘啊，可惜……"

我赶紧打断他说："弟，别说了，姐姐我现在失恋加失业，而且还失去了一个很重要的优点，已经很惨了。"

他笑着说："那你比我惨。"

我说："你怎么了？"

他说："我只是把车开进沟里去了。"

我问："为什么往沟里开？"

他说："车速太快了，一眨眼的工夫就掉沟里去了。"

一眨眼，一眨眼，一眨眼很多事情就是现在这个样子了。

我说："那你车呢？"

他说："拿去修了。"

我打量了一下他，没有发现异常，于是我说："还好你没啥事。"

他说："是啊，小伤而已。"

他把左边脸转过来给我看，这一边脸大部分已经青紫了，我说："我的天啊！你有没有去医院？"

他说："刚回来，医生说，我车挺好，身体素质也挺好。"

聊了两句，就到地方了，马琳正等在门口，我拽着裙子连忙走过去。

马琳说："你拽着裙子干吗？要邀请我跳舞啊！"

我说："我也不知道怎么回事儿，总有静电，我一松手裙子就贴屁股贴大腿。"

吴西跟过来说："你穿了真丝的内衣，而且裙子没有里衬，就会这样。"

我十分惊讶，抬头看着他："你咋知道？"

吴西笑着说："我就是知道。"

马琳感叹道："高手啊……"

38. 要不你陪我哭一会儿吧

我说:"马琳,这就是西马的老板,吴西。"

马琳立刻把我拉到一边去,说:"见吴老板,你怎么不事先通知我?"

马琳的声音很小,但是埋怨气大,我想起来她之前让我务必介绍吴西给他认识,还说要提前两天通知她什么的。

我说:"马琳,你也是见过大世面的人,能不能不这样,今天是我和他恰巧碰上了,我打出租车正好拼了他的车。"

马琳看了看我说:"你命怎么这么好?"

我笑出声来说:"是啊,我命可好了,失恋又失业的,我。"

吴西冲我们问:"要进去吗,还是再等会儿?"

我俩又凑回来,我说:"吴西,这是我朋友马琳。"

马琳立刻笑成了一朵花,笑得连眼角的皱纹都出来了,我之前都不知道她有皱纹。

她觍着脸说:"吴老板,您真是太厉害了,我谁都不服就服您。"

吴西说:"别这么客气,你一看就比我大,你叫我小吴就行了。"

吴西说完,我吓了一跳,怕马琳翻脸。

结果我一回头看马琳,发现马琳笑得更浪,说:"小吴老板。"

吴西引着我俩坐了个好位置,安排我们点了菜,说有事要去处理一下,一会儿过来,我说你忙你的,千万不要把我们当回事儿。

吴西走后,马琳笑着说:"似曾相识啊。"

我说:"啥?"

马琳说："还是熟悉的地方，还是熟悉的失去。"

我说："是啊，失恋加失业。"

马琳说："简称'双失'，以后再出现这种状况，就用这个简称。"

我说："不对，我今天还失去了我大的优点，我为杨照已经哭了不止一次了，所以应该称'三失'。"

马琳呵呵一笑，说："三失？我看是三十了姑娘！你说你可咋办？"

我嘿嘿嘿地笑了起来。

马琳说："你笑啥？"

我说："就你能嘲笑我，我就不能嘲笑我自己了？有料大家一起笑嘛，干吗那么自私。"

马琳说："对了，我帮你查了一下那个狗头女，但查到的信息不多，就两点，她以前是美国的，刚嫁到中国不久。"

我说："哦。"

马琳说："你哦啥？"

我说："就是，现在我已经没必要知道关于她的事儿了。"

马琳说："我就觉得吧，你跟正常人不太一样：分手，莫名其妙；辞职，没有必要。"

我起开一瓶啤酒说："都是我的人生，我都接得住。"

马琳说："对，你这些破事儿就跟追踪导弹似的，你跑都跑不了，就算拐个弯儿，回来还炸你。"

然后她又感叹了一句："唉，人生啊……"

我说："喝酒吧。"

我酒没少喝，东西也没少吃，但我今天没吐，不知道为什么，就是没吐。

吴西走过来，问我们要不要加点儿吃的，我说吃的就不要了，喝的再来点儿。

马琳说："小吴老板跟我们一起吃点儿吧。"

吴西就坐下了。

马琳说："小吴老板真是年轻有为啊，能把店开得这么好。"

吴西说："没啥，我属于不学无术型的，就我爸妈有点儿钱，给我开了个店让我折腾，生意好，主要还是靠命，我这人命还不错。"

马琳笑着说："小吴老板可真谦虚，不仅谦虚，还帅，身材还好，文身特别酷，还有脸上的胎记真是帅炸了。"

吴西指着他的脸说："这个？这个不是胎记，是我今天撞的，我把车开沟里去了。"

马琳赶紧笑着道歉，还以为跟《水浒传》里的青面兽杨志一样呢，还说伤疤都这么帅。

我在那里扶着酒瓶子一直没说话，看着他俩。

说到这儿我实在是听不下去了，忍不住插嘴："伤疤有什么帅的！伤疤就是疼而已！"

他俩愣愣地看着我，我看着吴西，突然就控制不住我自己了，我说："但是吴西，姐姐我没有看错，你是真的帅，身材是真的好，你长得特别像我上高中的时候粉的一个男偶像，一个组合里面的，叫什么来着？"

他俩还是愣愣地看着我。

我说："马琳！我高中的时候喜欢哪个明星来着！快帮我想想！"

马琳说："你高中的时候喜欢刘德华。"

我说："不是他！一个'小鲜肉'！年纪很小的！我那时候超级喜欢他，买了好多他的贴纸，我还梦见和他……但是他后来被爆出有女朋友了，我可伤心了，特别伤心……"

我边伤心边想他的名字，可我真的怎么想都想不起来了，那么我有一天会不会也想不起来杨照的名字，甚至连杨朝夕这个名字也想不起来？

我说："但是我现在更伤心，我曾经那么喜欢的一个人，现在销声匿迹了，我想都想不起来了……"

我越说越伤心，还掉了两滴泪，然而，对面那两个人还是愣愣地看着我。

我又抬头看着吴西，笑着说："不过还好……我遇到你了……你是和我最有缘分的男性了……和我有缘分的男性不多……你是最有缘分的那一个了……我要是和你一边大，我就……我就……我就真想和你发生点儿什么我跟你讲……"

吴西看了我一会儿，突然冲着我笑起来，我听见他说："我觉得你不大呀。"

我笑着摆了摆手，说："别闹，咱俩第一次见面的时候你就看出了我比你大了！"

吴西打断我说："但是今天，我觉得咱们一边儿大。"

我看着吴西，但我不知道我用了什么样的眼神，我醉了，但就算是醒着我也不知道，我又看不见我自己，后来马琳告诉我，我当时用了一副非常耍流氓的眼神，双眼射出的光都快要把人家的全身摸遍了。

她扯淡！

马琳看着我，突然转过头对吴西笑着说："小吴老板，你有女朋友吗？"

吴西也笑了，但是他没说话，他俩对视了一下，马琳露出了一个奇怪的表情。

她接着说："既然这样，那能不能麻烦小吴老板一件事儿？"

我心想，既然什么样啊？那么吴西到底有没有女朋友，有没有女朋友啊？我怎么没明白呢？

吴西看了看我，才笑着说："什么事儿？"

马琳说："她这裙子不行，总贴屁股贴大腿，你看，现在还贴呢。"

吴西低头看了看我的腿。

马琳接着说："我去隔壁的服装店给她买条新的，您能不能提供一个地方，让她，换一下？"

马琳说得有点儿慢，仿佛每一个字都包着两三层意思，但我只听懂了字面意思，我挺高兴，心想还得是我闺蜜想着我，我连忙说："行行行，样子什么的无所谓，就带个里衬就行，到时候我去厕所换一下……"

马琳立马打断我："哎呀，那可不行，你喝多了，再滑倒了呢，你让小吴老板给你找个地方。"

吴西也说："我有个自己的休息室，可以用。"

我说："行，那我先去趟厕所。"

等我从厕所出来，发现吴西正在门口等我。

他说："走吧，休息室在那边。"

我说："麻烦你了。"

我跟着他去了他的休息室，发现这就是一个正常的卧室，里面还有个洗澡间，用玻璃门隔着。

我说："你这房间挺干净的嘛，你平时就住这儿吗？"

我打量着他的房间，并没有注意到吴西把门锁上，然后向我走过来。

他说："不住，偶尔会来这儿休息。"

我有点儿疑惑他的声音为什么离我那么近，我一转头，才发现，再转一点儿都要亲上他了，于是我又转过去，往前走了两步，才又转过身看着他。

吴西说："你知道我的车为什么喜欢往沟里掉吗？"

我说："不知道。"

吴西说："因为我的车跟我的人一样，喜欢往下躺。"

吴西看了看自己的床，我顺着他的眼神看了看他的床，突然就明白是怎么回事儿了。

我马上醒酒了，心里"咯噔"一下，"咯噔"完了又平静了，心想我为什么要"咯噔"，都是成年人了，我比他大好几岁，"咯噔"也应该是他"咯噔"才对。

他又凑得近了点儿，小声问我："你想看看我的文身吗？"

我的心开始砰砰跳，我知道他这个问并不是一个简单的问，而是一个大胆的问。

我犹豫了一下，还是点了点头。

我知道我这个点头也并不是一个简单的点头，是我这辈子最胆大的点头。

吴西脱掉了上衣，我终于看到了他文身的全貌，感觉他给自己的身体轮廓镶了个黑边，我其实很紧张，但是注意力全被他的文身给吸引过去了，有点儿好笑，但我没笑出声，估计是咧嘴了，吴西的表情有点儿无奈，他说："你能不能严肃点儿？"

我说："你这文身，疼不疼？"

吴西说："疼有很多种，有高兴的疼，有悲伤的疼，高兴的疼就好像喝烈酒，刺激又过瘾，悲伤的疼就好像喝下水道里的水，要不是迫不得已，没人喝。"

我想起了杨照，杨照就敬了我一杯下水道里的水，还逼着我一饮而尽，还不许吐。我看着吴西，发现我做不了这事儿，我不觉得这是什么坏事儿，我也不是什么贞烈女，但我就是做不了这事儿，到了这一步，我才知道，和我不爱的人，没法做这件事儿。

我说："吴西，我现在就有点儿疼。"

吴西两只手臂支在墙上，眯起眼睛笑着说："我还什么都没干呢。"

我说："我心疼，特别疼，什么都干不了了。"

吴西说："不用你干啥，我来就好。"

我说："听你这样说，我心里还挺温暖的，但是真的不行，算了。"

我想推开吴西的胳膊走掉，吴西的胳膊一动没有动。

他说："要不咱俩接个吻也行，你试试口感。"

我说："口感我就不试了，说到口感，我还是最喜欢你家店里烤羊腰子的口感，特别销魂。"

连杨照的口感都比不过西马串店的烤羊腰子，这是实话。

想起杨照我又疼痛了，于是我哈腰从他胳膊下面钻了过去。

吴西说："这么就走了？"

我说："真的不好意思，折腾你了，是我的不对。"

吴西把胳膊放下，说："那倒没事儿，我收放自如。"

我举起大拇指说："就佩服你这样的，纯爷们儿。"

吴西说："谢谢。"

我说："那我就先走了。"

吴西说："既然这样，那我就不留你了，以后有需要帮忙的，就吱声。"

我有点儿感动，看着他说："吴西，你身材真不错！"

吴西说："那还用说。"

我开了门，想了想又转身回来，把门关上，吴西笑了，我也笑了。

我说："吴西，要不你陪我哭会儿吧。"

吴西说："啊？"

我说："唉，我也没想到我会这么难受，老想哭，咋办？"

吴西说："那就哭呗，我这儿有纸巾，管够。"

我说："你可真周到。"

他说："还有洗面奶和面霜。"

我说："那行了，我可以放心哭了。"

我走过去，坐在床沿上，吴西也坐下了。

他说："要不要我把衣服穿上？"

我说："不用，不影响。"

我想了想，又说："要不你还是穿上吧，我要哭个大的，怕误伤你。"

吴西把衣服穿上，我就开始哭，放声大哭，就是那种歇斯底里，打算用哭这种方式自杀的那种哭。我哭我自己的，吴西就坐在我身边，全程没有说话，没有碰我，但一直在陪着我。

大概四十分钟以后，我哭到了收尾的阶段，吴西才递给我一杯白水，我喝了，看了看一地的面巾纸团，开始往垃圾桶里捡。

吴西说："别捡，一会儿我让人进来收拾。"

我说："别了，再让人误会了。"

吴西笑着帮我一起捡。

我问："吓着你没？"

吴西说："没有，至少你没想死，哭很好，雨得下透了，天儿才能彻底晴，不然老阴着。"

我说："谢谢你啊。"

吴西说："不用谢，咱们是有缘分的人。"

我说："其实我一直想大哭一场，一直想，我也知道我早晚得大哭一场，可是这场大哭怎么也没来，就好像一场该来却迟迟不来的大姨妈，我憋得难受，但没办法，吃药也不行，运动也不行，没想到在你这儿来了，我说这个你能懂不？"

吴西说："太懂了。"

我说："你咋这么懂女人？"

吴西说："我有三个亲姐姐，还处过挺多女朋友。"

我说："所以真的谢谢你。"

吴西说："所以又是一件有缘分的事儿，客气啥。"

我在吴西这里洗了个澡才回去，马琳真的给我买了条裙子，放在了前台，我清清爽爽地出了休息室的门，亲自把用过的纸巾倒掉，吴西送我回了家。

在家楼下，我赶紧给马琳打了个电话。

马琳问我："怎么样，吃得还不错吧，西马串店的肉是不是又鲜又美！"

我说："马琳，你就不怕他是坏人？"

马琳说："他可是你介绍给我的，你有这种暗示，我还不帮你一把，你说，那我还是人吗我！"

我吼道："我暗示了吗？！"

马琳也吼："你就差跟人家说我想和你睡了！"

我说："我没有啊！我冤枉啊我！我确实是在说那个'小鲜肉'啊！"

马琳说："你高中的时候根本就没追过什么'小鲜肉'男偶像好吗！你一直在追刘德华来着！你说刘德华要是你爸就好了！"

我说："谁说的，明明就是有！我还买过他的贴纸呢！"

马琳说："那你告诉我他叫什么名字，把贴纸拿给我看。"

我真的忘了他叫什么名字了，贴纸也都不知道扔哪儿去了。

我转移话题，换个说法继续抨击马琳："你怎么能放心？！"

马琳说："放心，我阅人无数，尤其是有钱人，这孩子挺好，除了花点儿，没别的毛病，我不会看错的。"

39. 熊猫先生

我说："花不是毛病？"

马琳说："嗯？你什么意思，你还想跟人家有后续发展？"

我说："我什么发展都没有。"

马琳说："嗯？你什么意思，你们到底睡没睡？"

我说："没有。"

马琳说："嗯？你什么意思，他中途反悔了？！"

我直接把电话给挂断了！真是太生气了！

回到家，我妈正在包酸菜馅儿饺子，我洗了手，帮她捏了两个，然后我说，我和杨照分手了，我妈手里的活儿没停，头没抬，连节奏都没有变化。

我观察了她一会儿，又说，我把卢本邦的工作给辞了。

我妈看了看饺子馅儿，只够一个饺子的量，但皮儿还剩两张，她把馅儿都盛到一张皮儿上，然后用另一张严丝合缝的覆盖住，再把饺子皮儿的边缘捏成螺旋样式的花纹，从小到大，每次馅儿少皮儿多，我妈都会给我包这个，她管这个叫麦穗，我很喜欢这个麦穗，总觉得麦穗是比饺子更好吃的东西，其实都是一样的材料包出来的，只是换了个模样，就像换了个味道似的。今天我才觉悟，一直以来，我是个多么肤浅的人呀，可是我妈从来都没有戳穿我。

我妈把它包完了才抬起头看了看我，她说："你去睡一会儿吧，饺子好了我叫你。"

我还真是特别困，趴在床上倒头就睡。

我梦见了一匹黑马，非常漂亮，我骑着他在大草原上策马奔腾，特别开心，骑了一会儿，那匹马突然转过头来看着我，

237

我一看，这不是吴西吗？我再往下看，马变成了人马，就是上身是人，下身是马的那种半人半马，手上还拿着一把精致的弓箭，看着特别美，闪闪发光。

我说："哎呀，怎么是你？"

吴西说："你骑我可还骑得爽啊？"

我说："再没有比骑你更爽的事儿了，你可真是一匹好马。"

吴西说："行吧，再带你跑两趟。"

他又带着我在大草原上瞎跑，我耳边有风，眼前有景，胸中有快乐。

我说："你拿着箭，是要射谁？"

吴西说："老半天也看不着一个人，要不我就射你吧。"

我说："啥？"

他说："我射你。"

他仍然在奔跑，却扭转身体，拉满弓，对着我，他的箭头亮晶晶的，像颗钻石。

我被吓醒了，一头汗，已经下午四点多了，外面下起了雨，我想这个梦真是……我对谁都不能讲。

马琳这时候给我发了一条微信，吓得我一哆嗦，还以为她看到了我的梦境，转念一想，我真是被自己给吓疯了。

我拿起手机看微信，看见这几个字：程浅离家出走了，我现在找不着他。

我马上给她打电话说："马琳，你干啥了？"

马琳说："我真的啥也没干，我就是和他吃了顿饭。"

我说："我说和谁吃饭了？"

马琳说："就上次那个，你也见过，在店里。"

我想起来了，马琳为了他，连鱼生都不吃了，怕自己会腥。

我说："他有家吧？"

马琳说:"不止一个。"

我说:"你怎么被发现了?"

马琳说:"就刚才,我们吃完饭他送我回家,他开车猛了点儿,一不小心把水溅到了路边的人,其实溅了就溅了吧,偏偏没开出多远就碰见红灯了,那个被溅到的人就走过来敲车窗,一开窗,是程浅。"

我说:"这……怎么了?你在客户的车上刚好碰到了程浅,这……只能说明你俩有缘。"

马琳说:"后座上有一束 roseonly,挺大的,还是红色,特扎眼。"

我说:"那……怎么了?那花儿上又没写你名字。"

马琳很认真地对我说:"吴映真,你是傻吗?"

我说:"那你……这么说,是承认你俩有事儿啦?"

马琳哭了,她之前出轨都没怎么哭过,这次哭得挺伤心。

她说:"映真,不管我有没有事儿,程浅这次好像真生气了。"

我说:"马琳,出来混,早晚是要还的。"

马琳说:"如果我和程浅离婚了,我就去死。"

我说:"如果你们俩真离婚了,我就去报警,防止你死。"

马琳急了,她说:"你干吗要这样说!"

我说:"那你想听啥?"

马琳更急了,她说:"你怎么不和我说一定会阻止我俩离婚这种话呢!"

我说:"好好好,你别哭,你说啥是啥。"

我本来想要去陪马琳的,反正我现在没工作要做,没男友要陪,但是马琳有工作,她和我说,越是情场失意,越要工作努力,这才是一个聪明女人的选择。

刚才我还为她悲伤，现在我终于可以放心地幸灾乐祸了。

挂断电话，我妈叫我去吃饺子，说给我新煮了一锅。我边吃边想自己的工作，觉得自己基本上是告别设计圈了，这个梦想总有杨照的影子，至少现在我是一点儿都不想再碰了，它就像是一条沾了姨妈血的内裤，怎么洗都有印儿，没法儿穿着它进公共澡堂子里去洗澡，再喜欢也只能扔掉。我虽然可以不追梦，但是不能不赚钱，既然只是为了赚钱，那我就干什么都可以了，做保洁也可以，做销售也可以，端盘子也可以，可人家要是不要我怎么办，嫌我没有工作经验什么的，不过说到端盘子，我想到了一个人，我们这么有缘，申请去他那里端个盘子应该没什么问题吧？

吃到一半，我老姨的电话来了，一个字儿都没提杨照，但是提了我的工作，她说："你现在没工作，就更得去相亲了，你总不能啥都不行吧。"

我心里有些感动，这个雪中送炭的老姨，从来都没有放弃过我。

她说："真真，我最近给你物色了一个特别稳定的，叫陈鹏，比你大一岁，父母都是大夫，他在肿瘤医院当机修，哪个大夫的电脑不好用了，都得找他，有编制，也不忙，人也不错，我见过两次。"

我老姨说完，我刚张开嘴，还没发声，她就又补充了一句："这孩子特别踏实，我保证他哪儿也不去。"

她老人家虽然没有提杨照的名字，但还是提了这个人。

我说："行啊，见见呗。"

我老姨挺高兴，他说："那行，我一会儿把他照片发给你，人有点儿胖，但是看着特别健康。"

我问："老姨，这次你是怎么介绍我的？"

她说:"我说你是我们学校的图书管理员。"

我苦笑,这个世界真是太虚伪了。

我说:"老姨,你能不能不要再骗人了,骗婚也是一种犯罪啊。"

我老姨说:"那有什么,等你们成了,你再说辞职好了,之前不也用过这招儿吗。"

我说:"老姨,我不想一直行骗了,我想要金盆洗手。"

我老姨说:"说那些有什么用,你嫁出去才是正经,不说了,我给你发照片。"

我老姨挂断电话不到一秒,我就收到了陈鹏的照片,戴着眼镜,斯斯文文的,确实有点儿胖,不过特别白,白胖白胖的,在我姨那一辈的人看来,这是福相,容易被人当个宝。

我说:"妈,饺子还有吗?"

我妈说:"你没吃饱?"

我说:"不是,想拿去送礼。"

我妈问:"给谁送?"

我说:"找工作用的,具体给谁您就先别管了。"

我妈说:"冰箱里还有不少呢。"

我说:"好。"

第二天,我就去见陈鹏了,我老姨说这种事,事不宜迟。

我说:"老姨,等我结婚那天我一定给你磕个响头。"

我老姨说:"别废话了,等你真能结婚了再说。"

地方是陈鹏选的,选在了相亲圣地星巴克,他说他有会员卡,我怀疑他这个会员卡就是为了相亲办的。

路上,我给马琳打电话,问她程浅有信儿没,她说没有,问我干啥去,我说去相亲,她说:"真没想到。"

我说:"没想到个啥?"

她说:"没想到你恢复得这么快,又去相亲了。"

我说:"马琳,我还得接着活下去啊。"

她说:"是啊,都得接着活下去。"

我问:"下一步你有什么打算?"

她说:"我再等他一天,再不回来,我就去单位找他。"

他先到的,我进去的时候一眼就认出了这个小胖子,他穿着一件黑色的 T 恤衫,上面是一只圆滚滚的卡通熊猫,和他长得还挺像,他又粗又圆的小胖手在平板电脑屏幕上跳舞,跳得还挺疯狂,都没注意到我。

我走过去问:"是陈鹏吗?"

他抬起头看了我一眼:"是我,不、不好意思,请等一下,一、一会儿就结束了。"

我发现他有点儿口吃,伸头看了看他的屏幕,是一款游戏,他好像正在疯狂地生产木材。

我就站在那儿等了两分钟,他终于松了口气,锁了屏,站起来说:

"不好意思,我参加了'市长'、'市长'竞赛在做任务,十分钟生产五、五、五十个木材,刚才停下来的话,任务就失、失败了。"

我说:"没事儿,还是当市长要紧。"

陈鹏笑了,说:"你想喝什么,我、我去点。"

他拿了两杯咖啡回来,递给我一杯,自己也喝了一口,然后看着我说:"吴小姐,可能有些冒犯,但是我必须要问你一些很私人、私人的问题……"

我有点儿紧张,相亲那么多次,我也算是个老资格了,但一见面就问私人问题的,我还是第一次遇见。

我抱着试试看的态度说:"你问?"

陈鹏突然举起他胖乎乎的四根手指,然后在中间分了个大叉。

他问我:"你会这样吗?"

我也学着他举起手,分了个叉。

他眼睛亮了亮,又问:"那你会这样吗?"

他把舌头伸出来,打了个卷,我也把舌头伸出来,对着他打了个卷。

他笑了,好像很满意,说:"这、这、这挺好。"

我说:"咱们这是外星人接头吗?"

陈鹏说:"不,咱、咱们是在确认同类人身份。"

我说:"啥意思?"

陈鹏说:"你和我一样天生都会做这两个动作,这证明咱们的基因是相、相似的,具有情投意合的可、可、可能性。"

我说:"这、这有什么科学依据吗?"

我真不是故意口吃的,我是被他给拐走的。

陈鹏说:"没、没有,但我认为是这样的。"

我说:"所以你每次相亲都让人家给你掰手指头和卷舌头给你看?"

陈鹏说:"不、不好意思,也谢谢你配合、配合我。"

我喝了一口咖啡,笑道:"这都好说。"

桌子上的手机响了,陈鹏拿起来,说:"是、是、是、是闹钟,不好意思,我的饲料好了,我要喂、喂动物了。"

我说:"'市长'还要亲自干农活儿?"

他说:"不、不,这次我不是'市长',这次是我是、农、农场主。"

我说:"你还真是身兼多职啊……"

他说:"我同时在玩儿四十八款游戏,我的生、生活非常充实。"

我虽然也不怎么样,和所谓的成功者和人生赢家隔着八百条大马路,但我仍然很鄙视这样的游戏人生。

我说:"你可真牛,我觉得你来相亲太浪费时间了。"

他放下手里的平板电脑,把两只小胖手放在桌子上,扣在一起,很严肃地看着我说:"我知道你是怎么想的,但是我和你的观点不同,我家里条件挺好,工作也很稳定,所有的物质条件我都很充足,至少过普通人的生活,我绰绰有余,我已经很好了,而且对更好完全没有兴趣,那需要付出相应的代价,对我来说,那样不划算,所以我已经没有什么可奋斗的意义了,我的人生只有一次,我觉得这样没有什么不好。"

他倒是把自己想得挺明白,我发现他在陈述这个问题的时候居然不口吃了。

我说:"那你不空虚吗?"

陈鹏说:"生活本来就是空虚的,即使我不玩儿游戏,生活的本质也是空虚的。"

我说:"时间长了,不会腻吗?"

陈鹏笑了,说:"腻?难道生活不腻吗?你每天上班下班的路线,每天的三餐,每天所做的重复的事情,遇到的熟人,日复一日,年复一年,难道就不腻吗?"

我说:"腻是腻,但是生活还有那些未知的可能呢,它们是新鲜的。"

陈鹏说:"可别提未知的可能了,它们就是新鲜的定时炸弹,是导致你生活失控的罪魁祸首,我父母是大夫,我也在医院工作,我觉得除了生病,剩下的定时炸弹其实都是自找的,你仔细想想,如果你不去探索那些未知的可能性,它们又怎么会在你的生命里节外生枝,扰乱你稳定、可控的生活呢?"

我想了想，如果我不去相亲，就不会遇见杨照，那我也不会这么受伤了，如果那天我待在家里，哪儿也不去，那么我的生活就不会有接下来的这么多破事儿了，只是那样的生活会不会无聊？可是按照陈鹏说的，它并不会无聊，因为有游戏啊。

　　我说："但是……游戏里也是有未知的情况发生啊，我看别人在游戏里也是会死掉的。"

　　陈鹏说："即使游戏里有未知的情况发生，但你知道这些都是假的，就像梦境，你可以对梦里的人说我不玩儿了，你可以重新玩儿，你可以直接醒过来，那么你的生活就还是你的生活，那些不可控的只是游戏，和你的生活没有关系，你并没有脱轨，这种喜悦就像是什么呢？"他眯着眼睛想了想，接着说："就像是你失而复得的钱包，多么万无一失的美好。"

　　我情不自禁地点了点头说："嗯……是……"

　　陈鹏说："所以游戏发明出来，就是为了在稳定生活的基础上对抗这个令人腻味的世界，游戏是未来，我只不过是率先过着未来的生活。"

　　我看着他闪闪发亮的眼睛，心想，他说得、得还真、真、真是挺有道、道、道、道理。

　　他说话的时候，手指会时不时地摸过他身边的电子产品，好像充电一样，不摸一下就会电量不足。我默默地拿出自己的手机，放在桌子上，又缓缓地推到他的面前，在推过去的过程中，我的背也跟着慢慢往下驼，我抬起眼睛，有点儿仰视他。

　　我说："陈哥，你看看我适合玩儿什么游戏？"

　　陈鹏就像主，他拿起了我的手机，我把手收回去，却还是驼着背、低着头，竟然有点儿不敢看他。

　　他说："你放心，我给你下载几、几、几个，绝对治愈，绝对好、好玩儿。"

40.吴映真接受了求婚

下午，我拿着饺子去找吴西，我说："上次那个事儿我真的挺感谢你的，我知道你什么都不缺，我直接花钱，或者花钱买什么送给你都没什么意义，我……我给你带了点儿我妈包的酸菜馅儿饺子，是花钱买不到的东西，我妈包的酸菜馅儿饺子可好吃了，真的，之前有专门开饺子店的人向我妈请教呢，要不你……尝尝……"

吴西看着我一直笑，一直笑，笑得我都发毛了，我是真没看出来他是什么意思。

他打开我的饭盒吃了一个，然后说："你这样我真容易爱上你。"

我一愣，说："这是我妈包的，我不会。"

吴西笑得更深了，他看了看我，又低头吃饺子。

我坐在他对面，看他吃得挺香，心里生出一阵慈母看儿子吃饭的满足感，我想起马琳曾经说程浅像她儿子，也不知道他们"母子俩"现在怎么样了。我想我要不要在这个时候和吴西说说当服务员的事儿，后来又觉得还是别说了，哪有当妈的让儿子给找工作的，我这样对吴西，自己心里过不去。

我想我还是干回老本行吧，去找个策划的工作，然后就这样凑合过一辈子，也没啥不好。

吴西还没吃完，马琳就给我打电话了。

马琳去程浅的公司找他了，才知道他前几天根本就不是出差，而是请了年假。

我说："啥？！"

吴西抬头看我。

马琳说："毫无征兆，但是我有预感。不过他这样，我心里反倒舒服了一些。"

我说:"我没结过婚,我不知道你现在这种心态正常吗?"

马琳说:"我之前也没和别人过过日子,我也不知道正常不正常,但是不管怎么样,我得和他见一面。"

我问:"你们联系上了吗?"

马琳说:"对。"

我说:"你们在哪儿见?我去找你。"

马琳说:"还没定呢,程浅让我定。"

我说:"马琳,你们不会要现在就见吧?"

马琳说:"不是,半个小时以后。"

我说:"那不就是现在见吗!"

马琳说:"所以就问问你,在哪儿见好?"

我说:"回家吧,在你俩家里,说话也方便,砸东西也方便,干啥都方便。"

马琳笑了,说:"程浅说了,除了在家,哪儿都行。"

我突然有点儿紧张,因为我的预感也不好。

我说:"我在西马呢,要不来这儿吧。"

马琳又笑了,她说:"好,不用费二遍事儿了。"

我已经三天没见过马琳了,我已经很久没见过程浅了,但他们俩都瘦了,一进门我就看出来了。

吴西说可以去他的休息室谈,我说这个主意好,我领着他们俩进去。吴西亲自送过来两杯果汁,用塑料杯盛的,又把房间里的玻璃制品都撤走。

我说:"谢谢你啊,吴西。"

吴西说:"客气什么,都是我的客人。"

我说:"我想要瓶矿泉水。"

吴西没说话，然后他握住我的手腕往外拽。

我说："你干啥？"

他说："你过来一下。"

我说："啥事儿？"

他又不说话，直接搂住我的肩膀，把我捞走了。

我说："你到底要干啥？"

吴西关了门，一直把我带到收银台附近才放开我说："人家两口子谈判，你跟着掺和啥？"

我说："吴西，你不知道，我跟他俩都特别好，这次的事儿挺严重的，我必须得管。"

吴西说："你是跟那女的睡过还是跟那男的睡过？"

我想了想说："你如果说的是那个意义上的睡，那我都没有。"

吴西说："他们俩肯定睡过，所以他们俩更好，插不进你。"

我说："我真不放心。"

吴西说："你有什么不放心，你在里面，万一他们俩聊着聊着就滚床单了，你还在那看？"

我目瞪口呆，缓了缓才说："那怎么可能，他俩这次很严重的，有可能真的要离婚了。"

吴西说："那有什么不可能的，用说的交流不明白了，换一种交流方式也许就明白了，这很正常啊。"

我无言以对，走过去把耳朵贴门上。

吴西又笑了起来，他说："我看你要是在里头，还真能站床边瞅着。"

我赶紧又小跑过来，说："你小声点儿！我就想知道他俩到底是咋回事儿，不然我能疯。"

说完我又小跑过去听。

吴西把双手放进裤兜里，歪着头看我，他说："吴映真，你知道我这门花了多少钱吗？"

我现在特别烦他和我说话，因为他一说我就得小跑过去回答他，不仅容易被门里的人发现我偷听，还耽误我偷听门里的人说话。

我白了他一眼，懒得回复他。

吴西说："这门我花了两万多。"

我忍不住又小跑过来，指着他说："你脑袋大啊。"

说完又要跑回去，吴西再次拉住我说："所以你就别偷听了，真的啥也听不着，这是我的休息室，我偶尔也要用的。"

我说："吴西，你可真行。"

我俩坐在离休息室的门最近的那一桌喝果汁，客人渐渐多了起来，没过多久外面就开始排队了。

我说："吴西，你去忙吧，我看着他俩。"

吴西说："你怎么跟条狗似的。"

我发现他今天心情好像特别好，总笑。

我说："那我不坐这儿了，我去门口站着，把座位让给客人吧，你看外面都开始排队了。"

吴西说："没事儿，不差这一桌，想吃的人多久都会等。"

我说："那倒是。"

吴西问："你想吃不？"

我想了想，又摇了摇头，我说："我不能在好朋友水深火热的时候享受美食，我心里过不去。"

吴西憋着笑说："可是你已经在享受美男了。"

我说："那你快去忙。"

吴西没动，他用手肘撑了撑我说："吴映真，我现在是真没女朋友。"

我说："吴西，我现在是真没心情跟你开玩笑。"

吴西笑着说："我觉得我挺认真的呀。"

我白了他一眼，上次的那个前台服务员过来和他说了两句什么，吴西站了起来跟着走了。

我也站了起来，和服务员说把这一桌让给客人，我去休息室的门口站着。

我站在那里玩儿游戏，这两天熊猫先生一直在指导我，告诉我这个游戏怎么玩儿，那个游戏怎么玩儿，怎么做任务才能获得最大收益。

我觉得我已经渐渐被他变成了同类人。

过了一个多小时，门终于开了，马琳和程浅都面无表情，但看起来都非常累。

吴西走过来和程浅打招呼，马琳看见我，感叹了一句："唉，人生啊……"

我赶紧凑过去叫她："马琳……你……"

她突然打断我，很认真地对我说："吴映真，你真的别忙着结婚，尤其不要恨嫁，你一定要先想明白，如果婚后遇到了更适合自己的人要怎么办，这一点很重要，一定要想清楚，否则真有那么一天，后悔都来不及。"

我眼泪都要下来了，我说："马琳，你别吓唬我，你们真的没可能了吗……"

马琳微笑着摸了摸我的头，她说："别傻了，没事儿的，我们挺好的。"

我眼泪真的下来了，因为马琳从来没有这样摸过我的头。

马琳走的时候头也没回，程浅也没回头，但他们是一起走的。

我想追上去，又被吴西拽住，他今天就像拽他的宠物狗一样拽了我三次。

我回头看吴西，吴西皱了皱眉："我刚才怎么跟你说的，别过去。"

我问吴西："程浅跟你说什么了？"

吴西说："啥也没说啊，就谢谢我。"

我说："完了完了完了。"

吴西没搭理我，他往休息室走去，我也跟着他走进去。

吴西一进去就乐了，我问你乐啥。

吴西说："他俩八成是又好了。"

我仔细看了看这个房间，我没看出来和之前我们进来的时候有什么区别。

我说："你咋知道呢？"

吴西说："这房间里发没发生那种事儿，我一进来就知道。"

我说："真的吗？"

吴西说："真的。"

我说："吴西，你在我心目中的形象又高大了。"

吴西说："放心了吧。"

我说："那他俩为啥还那样，马琳还跟我说了那样的话。"

吴西说："你不是说他俩这次是认真的吗？这么认真，最后还是用身体交流好了，肯定挺不好意思的，在你面前总是要端着点儿的。"

我说："你要是这么说，我就真的放心了。"

吴西说："这事儿别和他俩说，你就当什么都不知道。"

我说："我知道了。"

吴西说："这回吃点儿不？"

我说："不了，我也挺不好意思，得端着点儿。"

吴西又笑，笑着笑着菜就上来了，我吃得挺饱，又饱又踏实。

临走的时候，吴西说："饺子不错，很好吃，下次等咱妈再包了，别忘了给我带点儿。"

我说："你放心，有我一口就有你一口。"

吴西又笑，又问我要不要送，我说真的不用，这个时间段，你千万别往外跑，他看着我打车走的。

我手机里已经有十款游戏了，电脑里更多，陈鹏已经彻底成为了我生活中的一部分，每天和我一起玩儿游戏，但从来不见面，我们都觉得没有必要见面，见面也是坐在一起玩儿游戏。

陈鹏说："你看，我那个相似基因的理论是不是还是挺有道理的，咱们现在相处得多好。"我虽然觉得有哪里不对劲儿，但也觉得这样没什么不好，不用动脑，不用动感情，每天都开开心心，快快乐乐，简简单单，这样生活有什么不好呢？

我放弃了洗脸，洗头，叠被子，也基本放弃了找工作，反正我妈这次什么都没说，一切举止都很平常，连一道菜都没有做咸过，我虽然觉得我妈也有哪里不对劲儿，但是游戏教导我放弃思考。

有一天晚上，我和陈鹏一起在游戏中经历了一场酣畅淋漓的大战，我俩都挺满足，那种满足感还没有退却的时候，陈鹏在耳机里说："要、要不咱们结婚吧。"

我吓了一跳，说："是在游戏里结婚还是真的结婚？"

他说："是真、真的结婚。"

我说："我们才认识十天啊！"

陈鹏说："但是我们玩、玩儿得很好啊，我觉得这个是最重要的了，而、而且我们也到年纪了，不、不结婚家里也要、要催的，有、有可能又要相亲，你不、不觉得太、太、太、太麻烦了吗？"

相亲那么多次，今天终于有人和我求婚了，这算不算是突破性成果？

只是我万万没想到，要和我结婚的人竟然是我的队友，我的心情挺复杂，这其中主要是悲，也说不清在悲什么，反正就是挺悲的。

我说："陈鹏，我现在没有工作，我老姨骗你的。"

陈鹏沉默了一下，说："没事儿，我们结完婚你、你就备孕吧，你、你生孩子，没工作我父母也、也不会说什么。"

我说："你想要孩子？"

陈鹏说："要孩子这事儿不是和结婚一样无法避免吗，但都是可控的，而且你不用担心，以后我妈和你妈都能带孩子，咱们还是玩、玩、玩儿咱们的。"

陈鹏为我打开了一扇家庭主妇的大门，这道门里有婚姻，有育儿，有啃老，有衣食无忧，有不必奋斗，有游戏，肯定还有别的，糟心的，隐忍的，庸俗的，家长里短的，鸡毛蒜皮的，没完没了的，永无止境的……可是和别人在一起就不会涉及这些琐碎了吗？和杨照就不会了吗？如果不会，那么杨照什么要送我去卢本邦镀金呢？不还是一样的，这有解决的方法吗？爱可以解决这些问题吗？我费力地想了想，觉得爱不可以，甚至这些问题还会毁掉爱，但爱是盟友，会七十二变，只要它不死掉，就会始终站在你这一边，帮助拥有它的人走下去，没了它，大概不止举步维艰吧。

我问："陈鹏，你爱我吗？"

我听见陈鹏笑了，他说："我们玩儿得不是挺好的嘛，干吗要这、这样问？"

我也笑了，我想起了杨照，我们大概是爱过对方的，可惜他后来不要我了。他不要我了以后，我就好像被别人拔去了脊椎骨，整个灵魂堆成一堆，随波逐流，能去哪儿就去哪儿，爱去哪儿就去哪儿吧，随便。

我说："我知道了，行。"

这个"行"字从我的嘴里说出来就背着包离家出走了，陈鹏只听到了一个空洞的影子。

陈鹏说："我知道了，我让我爸我妈去安排。"

直到陈鹏挂了线，我都觉得这件事儿特别不真实，像游戏一样。

这件事儿我老姨是最高兴的，我妈虽然什么也没说，什么也没做，但我觉得她也挺高兴的，又开始做酱牛肉了。

我和马琳说我要结婚了。

马琳说："啥？！"

然后马琳说她可能要离婚了。

我说："啥？！"

41. 一只命运的玻璃杯

马琳说："那天我和程浅其实没谈拢，但我们确认了还是在相爱的。"

我说："相爱还要离婚？"

马琳说："对呀，我们用了两种方式交流，一种共识了，一种没共识。"

我说："我的天……婚姻太复杂了……"

马琳说："是啊，连我这么聪明的女人都搞不定了，我看你更够呛。"

我说："你都这样了还不忘损我，你比我狠，但是你能先告诉我程浅怎么了吗？"

马琳说："程浅出轨了，是他之前一个客户的女儿，那女孩儿跟他说自己得了大病，想在住院前和程浅出去玩儿一次，程浅就答应了，请了年假，还和我撒谎说出差。"

我问："那女孩儿快死了？"

马琳说："没有，她骗程浅的，她就是想追他。"

我说："这还了得！"

马琳说："其实也没什么，那女孩儿挺好的，各方面都比我更适合程浅，照片我也看过，我和程浅早恋到现在，我太知道什么样的女人最适合他了。"

我说："可她撒谎啊。"

马琳冷笑了一声说："我还撒谎呢。"

我说："你怎么还向着人家说话。"

马琳说："你还记不记得我说程浅就像我儿子一样，如果他有更好的选择，我可以考虑放开他，当妈的都这样。"

我说："马琳，你是圣女吗？"

马琳笑着说："吴映真，你才是'剩女'，不对，你要结婚了，不过你说结婚的时候怎么用了一种上刑场的语气呢？我之前跟你说什么来着，让你别恨嫁。"

我说："马琳，我不知道了，我以前知道自己想要什么，现在我不知道了，也不是不知道，就是……无所谓了。"

马琳说："挺多姑娘都是这样，和别人谈恋爱，付出很多，受了伤，结果很草率地就把自己给嫁出去了，到头来只能受到二次伤害，我告诉你吴映真，人家说宁拆十座庙，不毁一桩婚，拆散别人会影响我的财运，这我都知道，但是你要是也给我这么草草地结婚，我到时候一定会找着高中时的那几个追过我的混混，带着他们去闹你的婚礼，打残你的新郎，把你的公公推下水，把你的婆婆甩上天，谁也别想好。"

我说："我知道你心里不好受，但你不能这样对我。"

马琳说："我是为你好。"

我鼻子里一酸，又一酸，我说："我都知道，可是你们都确认相爱了，还有那姑娘什么事儿？"

马琳说："我们卡在了一个问题上过不去了。"

我说："什么问题？"

马琳说："我问程浅，你和那女孩儿睡了吗，程浅说，我说没有你信吗，我没吱声，程浅又问我，你和那老头子睡了吗，我说，我说没有你信吗，程浅也没吱声。这就卡住了，不知道怎么继续了，得好好想想了。"

两天后，我得了腱鞘炎，很疼。

我告诉了陈鹏，陈鹏说："根本没有必要去医院，我都犯过好几次了，用点儿药就好了。"

我说："我毕竟是初犯，还是想去看看。"

陈鹏说："那你去吧，我这儿有场比赛，下午还有一场，过不去了，你看完了，可以来我家观战，对你晋级也有好处。"

我什么都没说，举着两根大拇指去了医院，大夫说千万不要再碰游戏了。从医院出来，我看到了黄博宇和刘美娜，刘美娜小腹隆起，黄博宇挽着她，两人周身萦绕着两个大字：恩爱。我看着他俩的样子，只觉得挺好，就是挺好。不过我再往前走，他俩就能看到我了，我赶紧换了一个方向走，这个方向对面刚好是一条商业街。很久没出来逛逛了，我走进一家卖玻璃制品的小店，本来我也喜欢这些充满设计感的小东西，这家店的东西还挺特别的，有的物品上会标注是老板亲自设计，数量有限。

我就举着两个大拇指逛，好像我的前面有一个方向盘似的，有些感兴趣的东西，想拿起来自己看看，有点儿费劲，就只能用眼睛看了，结果比平时看得更细。

我在角落发现了一个造型很特别的玻璃杯，杯子是由好几个平面组成的，看起来就像是个奇怪的钻石，我试着把指头伸进杯把，结果我的五个指头非常完美地贴合着杯壁，竟然一个弯儿也不用打，杯子挺轻，中间有隔热层，这家伙简直就是为了腱鞘炎患者而生的。

我挺开心，买下了这个杯子，结果出门的时候因为突然来了电话，手又不好用，杯子掉在地上打碎了。我心里一阵懊悔，不顾电话，赶紧回去问还有没有同款的，店员说没有了，那个是老板自己做的，就只剩一个了。

我说，刚才一不小心把杯子打碎了，就在门口，要不我去扫一下吧，别让客人踩到。

店员说没关系，他来扫。

他说着拿了工具去扫，我就站在他旁边看着，看着看着，我心里就想，刚才买杯子的那种喜悦哪里来的？现在看杯子碎片被人收走的这种悲伤哪里来的？

这个为我而生的玻璃杯，它碎得连它妈都看不出来了，但它没有白白牺牲，它让我看清了自己，它救下了我。

我跟店员说："这玻璃碴子，能给我打包吗？"

店员愣住了，他说："这都碎成这样了……"

我说："碎成这样也是我的，给我包起来，谢谢！"

店员说："如果您特别喜欢，我可以和和老板说一声，看看能不能定做一个，不过价钱可能会更高一些。"

我举着大拇指说："太好了，价钱不是问题，但还是请你帮我把玻璃碴子包起来！"

店员拿着一个口袋进去包玻璃碴子去了，我一看电话，是陈鹏，我心想，正巧我还要找你呢。

我费力地给他回电话，他问我："怎、怎么样了？下午那场比赛快开始了。"

我说："陈鹏，对不起，我觉得你这样的生活没有什么不好，但是我不适合，我刚才在一个杯子上所得到的喜悦，在游戏里根本得不到，所以我也心甘情愿付出相应的代价，心甘情愿为它失控，为它节外生枝，不好意思了，我得去冒险了。"

陈鹏沉默了一会儿说："你、你不是去看腱鞘炎了吗？怎、怎么精神、神、神……"

我说："对！你要说这是神给我的启示也行，咱们以后还可以继续当队友，但结婚就算了吧。"

陈鹏又沉默了一会儿，说："你、你、你想好了吗？"

我说："虽然想的时间短了一点儿，但是想的质量是很高的，趁现在叔叔阿姨还没有把聘礼钱给我，还是趁早和他俩说一声吧。"

陈鹏说："好、好吧，那、那我去比赛了，又、又得去相亲了。"

挂了电话，我一身轻松，轻松得都快起飞了，幸好玻璃碴子包好了，店员往我手腕子上一挂，又给我坠了下来。

我拎着玻璃碴子去找马琳，蹦蹦跶跶地进了她的店，我说："马琳，我有一样东西想跟你分享一下。"

马琳看了看我说："啥？"

我把袋子打开给她看，一袋儿的玻璃碴子。

我说："马琳，我今天做了一个重大的决定，我退婚了，我不结了。"

马琳看了看我，又看了看玻璃碴子。

她说："这都是什么呀？你是不是疯了？"

我说："我没疯！这都是我重拾的梦想！"

她说："你的梦想稀碎。"

我说："它的状态虽然是稀碎的，但是它的精神是完整而又坚定的。"

马琳说："你怎么说话语无伦次的呢，你老实告诉我，那个长得像熊猫一样的小胖子是不是欺负你了，你等着，我这就叫那帮小混混去，看老娘怎么弄死他！"

马琳说着就拿起手机，我赶紧按住，愉快地告诉了她刚才发生的一切。

马琳说："嗯，你这事儿做得挺好，让我省了不少心。"

我说："你那事儿怎么样了，有什么进展？"

马琳回头和她的同事说我去趟洗手间，然后把我领到一个偏僻的角落，又向四周张望了一下，才说："我那事儿，已经和程浅说好了，随他便，让他选。"

我说："马琳，你是不是傻，你怎么还把自己的老公往别人怀里推？"

马琳说："我没有啊，他要是真的爱我，我怎么可能推得动他。"

我说："你们上次卡住的那个问题还没解决吗？"

马琳说："那个问题解决了，但是又有了新问题。"

我说："什么新问题？"

马琳说："吴映真，我给你梳理一遍，现在的问题是，我不信程浅没和那女的睡，但是我因为爱他，可以原谅他睡了那女的，程浅也一样不信我没和那个客户睡，但是他因为爱我也可以原谅我睡了那个客户，那么问题来了，我不能原谅他不信任我呢，他也不能原谅我不信任他。你看，又卡住了？"

我说："我不明白，我就觉得这都是你俩之前做的孽，但凡之前少折腾一点儿，现在也不会落下个谁也不信谁的下场，而且你这样晾着他们，小心这期间人家两个人真的睡了。"

马琳说："睡就睡，反正我也不信他俩没睡过，反正我这次肯定是清白的！"

我说："马琳，你挺聪明的人，你说你们这么多年感情多不容易，怎么就不知道珍惜？你就作吧，早晚后悔。"

马琳说："我不后悔啊，我让程浅慢慢想，是我还是她，选她也没有关系，我说过了，他有更好的选择，我不拦着。"

我看着我的好朋友，想一眼望到她的童年，然后再在她成长的时间线上一点点往后捋，看看到底是哪里出现了问题，才能让她变成今天这副找打的样子。

我说："马琳，你可真是……"

我可真是不知道怎么形容她了。

马琳突然凑近我说："吴映真你看，我的爱多伟大，可以和母爱相提并论了吧。"

她的脸在我眼前，我的鼻腔里都是她脸上掉下来的粉，混合着她的香水味儿，刺激着我的大脑。

我说："我明白了马琳，我明白了。"

马琳斜着眼睛问我："你明白什么了？"

我说："你呀，你就是想让程浅承认这世界上谁好都不如你好，你想让他跪下来求你，说他离开你能死，像以前那样，求原谅的程序、程度一分都不能减，甚至还必须更多。可是你就比人家强了？你就有理了？我跟你讲马琳，你别摆着一副臭架子，人家程浅至少假出差以后又回来了，你，我告诉你，你自己几次了？心里就没点数吗！"

马琳有点儿急了，就好像在公共厕所里，裤子都脱了，有个人不敲门，突然就把门给拽开了。她急了一会儿又渐渐平静下来，又渐渐高冷起来。

我说："你把我这兜玻璃碴子吃了吧，真的，它把我都给拯救了，它肯定也能救你。"

马琳说："你怎么办呢，你亲手掐断了所有的路，然后你现在又想做设计师了，你还说我傻，我看就你最傻。"

我说："行行行，都傻都傻！"

从马琳那儿回来，我拎着一兜玻璃碴子回家，我妈正在洗手，看见我问我："你买什么了？"

我说："买了个自己特别喜欢的杯子。"

我妈说："给我看看。"

我说："碎了，我把碎片都拿回来了。"

我妈看了看我，说："就这么喜欢？"

我说："嗯，很久没有这么喜欢过了。"

我妈把水停了，擦手，说："刚才你老姨给我打电话了……"

我说："对不起了……妈……我又给你丢人了……"

我妈低头叹了口气，然后又抬头看着我，说："没事儿，以后，你喜欢就好，你喜欢，我就喜欢；你不喜欢，我也不喜欢。"

我抱着我妈就哭了。

我妈说："你都多大了？还这样。"

我边哭边说："妈，你知不知道，不能随便问女孩儿年龄的！不礼貌！"

晚上陪我妈看电视，吃西瓜，电视上播放一条新闻，旅居海外的雄性熊猫宝宝鹏鹏已经一岁了，今日首次亮相在游人面前，非常受欢迎。

我咬了一口西瓜，说："妈，你看熊猫生活多好，每天除了吃和睡就是玩儿，有那么多专人照顾它，还住豪宅，又漂亮，又大，又高科技，有这个条件，谁还愿意出去野生啊。"

我妈说："这都是命。"

我乐了，我说："妈，你这话和我最近认识的一个人说话挺像。"

我妈问："谁啊？"

我说："就我上次说拿你包的饺子送礼的那个，他说特别好吃。"

我妈想了想说："就你上次说和找工作有关系的那个？"

一提工作，我突然想起一个人来，也许他就是我的未来之路。

第二天，我洗干净了自己去许诺的公司找他，他没在，我等了老半天才回来，见着我他还挺惊讶，问："吴映真，你怎么来了？"

我嘿嘿嘿地满脸堆笑说："我是来找许总求工作的。"

许诺说："工作？我们现在不缺人啊。"

他示意我坐在他对面，然后又吩咐秘书给我倒饮料。

他问我："要橙汁还是葡萄汁？"

我说："我想掺在一起喝，这样营养会更均衡。"

许诺点头，秘书去照办，我看着小秘书的背影，觉得这小姑娘人真好。

我转过头说："我记得上次来的时候许总还身兼数职呢，现在连专门端茶倒水的小秘书都有了，怎么能不缺人才呢？"

许诺笑了，露出了他的小酒窝，他说："你来我们这儿做策划可以。"

我说："我想直接做设计师。"

许诺看了看我坚定的眼神说:"卢本邦都留不下你,你跑我这里来?"

我说:"许总,我就是带着卢本邦的先进理念来投奔您的。"

许诺哈哈大笑,他说:"所以我就一定得要你?"

我说:"许总,请给个机会。"

许诺说:"那你得展示一下你的本事,咱们一码是一码,我这儿庙太小,不留闲人。这样吧,我这有个新项目,你说说你的想法。"

等许诺讲完,我想了想,然后结合了一下我在卢本邦用酒咖啡换来的设计理念再加上我的想法给许诺当场出了一套设计草案,我看出来许诺的眼睛亮了,一闪一闪的,我挺开心,原来所有的努力都不会白费,不一定在什么时候就会派上用场。

等我都讲完,许诺说:"你再说详细点儿。"

我说:"不说了,除非你留我。"

许诺说:"留下可以,没工资。"

我忍了忍说:"没工资可以,但必须有提成。"

许诺说:"有提成可以,但必须三个月以后。"

我又忍了忍说:"三个月以后可以,但必须管饭。"

许诺说:"管饭可以,只管午饭,加班不管。"

我忍了忍,又忍了忍,心想,这个机会,我怎么也得弄到手。

我说:"加班不管饭可以,你得说话算数。"

许诺又露出两个小酒窝,说:"说话算数没问题啊,做生意嘛,诚信经营。"

我说:"行,谢谢许总给我机会。"

许诺说:"走吧,我请你吃午饭。"

我说:"今天就开始管了?"

许诺说:"以朋友的身份请你。"

我说:"您还拿我当朋友呢?"

许诺说:"一码是一码,活儿还得好好干。"

虽然说好前三个月连提成钱都不给,但是许诺对我还是不错的,大客户让我跟着,小客户让我直接上,我们员工加班的时候他也在加班,所以即使他说晚上不管饭,但他从来都没有饿过我一顿,而且从头到尾都没有和我提过一句杨照,挺够意思,不过更够意思的是,一个半月以后,他找我去他办公室,和我说,不用等三个月那么久,下一单生意就可以开始给我提成,我挺激动,也挺感激,这一个半月以来,虽然每天都很辛苦,但我又渐渐活过来了,渐渐又是吴映真了。

而且有可能,会成为更好的吴映真,那么未来又是可以期待的未来了。

许诺说:"还有个事儿。"

我说:"啥事儿?"

许诺说:"我要结婚了。"

我说:"恭喜啊许总!"

我嘴上说恭喜,心里想的却是:还一分钱提成都没给我,就想管我要礼金,果然是奸商,激动和感激什么的还得先放一放。

许诺说:"婚礼团队是我老婆找的,你得帮我和婚礼策划对接一下。"

我说:"这都没问题,领导的婚礼就是我的婚礼,我一定全力以赴,只要别让我在婚礼当天看仓库就行,之前失误过一次,现在有阴影。"

许诺说:"你……你这个话听着虽然有点儿奇怪,但是态度是好的。"

我说:"我想表达的就是这个态度。"

42. 杨照回来了(上)

距离婚礼还有三天,在核对客人名单的时候,我发现了一个熟悉的名字。

我定睛一看,呦,这不是我前男友吗?

他的名字下面画了一条线,我看还有几个人的名字下面也画了线,我就问那个婚礼策划,这个画线的是什么意思?

婚礼策划说:"就是这几个人要最终核实一下,因为他们不一定能来,如果不来就画掉,如果到现在还是不一定能来,就给他们安排到靠后的位置去。"

我说:"这个谁来核对?"

婚礼策划说:"是谁的客人谁来核对。"

我问:"那我怎么知道这都是谁的客人?"

婚礼策划给了我其中的三页,说:"第一页是新郎的,第二页是新郎妈妈的,第三页是新郎爸爸的。"

我拿着这三页纸去找许诺,许诺正跪在地上拆一个大包裹,看都没看我,边拆边说:"这事儿你就办了吧,我还忙呢。"

许诺一直是个挺有正事儿的进步青年,可惜最近因为生意特别好,不缺钱,再加上要结婚了,所以有些松懈了。

他终于把包装拆开,里面是辆巨大的电动遥控车,非常漂亮,非常精致,我看着都想玩儿,许诺却一脸失望,拿起电话开始拨号,开口就说:"不是这个!这个是四驱车吗?这个是遥控车！我想要四驱车，就是那种带跑道的！"

他还真挺忙的他。

我说："许总，爸爸妈妈的客人我可以负责去核对，您自己的客人还是您自己来吧。"

许诺没说话，他拿起遥控器开始摆弄这辆遥控车，车子发动起来，看起来更迷人了。

许诺这才看上我一眼，脸色由阴转晴，说："这车还行是不。"

我叹了口气，用手里的笔把杨照的名字圈了起来，说："许总，别人我都负责，就这个人麻烦您亲自去核对。"

车停了下来，许诺伸脖子看了看我画的圆圈，说："你就帮我问了吧，反正他也不知道你在我这儿工作，你不说名字，他也听不出来你是谁，他有时候也挺傻的。"

我没忍住，脱口而出："是，你有时候也挺傻的。"

许诺抬头看我，满脸惊讶。

我趁他没反应过来赶紧发作，我说："许总，你现在给我提成我很开心，可是提成有了，活儿没了，我最近一直在帮你忙婚礼呢！一直在不遗余力、事无巨细、小心翼翼地忙你的婚礼呢许总！你就不能也为我考虑考虑！"

许诺眨了眨眼说："你说这话什么意思啊？我以为，这算是朋友帮忙啊。"

我说："是朋友就别让我给杨照打电话好吗！"

许诺说："吴映真，我其实一直挺好奇的，你俩到底为什么分手啊？"

我说："他没和你说过？"

许诺说："没有啊，他这次回去就跟逃跑似的。"

我说："那我也不知道，他也没和我细说。"

许诺看了看我，突然换了个话题说："你刚才说我傻来着？"

我心想完了，他反应过来了。

我赶紧说："我错了老板。"

许诺此时已经站起来了，他理了理衣服，开始摆起老板的架子来，我想起小时候听过的一句话，"困难像弹簧，你弱它就强"，此刻许诺就是我的困难。

许诺说："晚了，哪有那么和老板说话的。"

我说："老板我错了，我这就打电话去，您千万别和我一般见识。"

许诺走到他的办公桌后面，坐下，全程都是一副严肃的表情，眼睛盯着我看，就像在盯着他的敌人。

办公室里弥漫着一种紧张的气氛，我迅速回想着我和许诺接触时的全过程，虽然时间不长，但我也没发现他是个易怒又小心眼儿的人啊，平时和他开玩笑他都挺随和的，和别的同事也是，和我也是。

许诺在座位上看了我半天，才说："你……你真有点儿过分了啊。"

我说："我真的知道错了许总！要不提成这儿事儿还是改成三个月以后吧。"

反正第一个月相当于白干，第二个月一直在给人家准备婚礼，没有工作，赠送第三个月也没什么。

许诺说："这倒不用，你把你俩为什么分手告诉我就行。"

我叹了口气，说："许总，您怎么这么八卦！"

许诺马上指着我的鼻子说："你又骂我！你骂我八卦你！你还想不想干了！"

我说："我要是知道您这么关心这事儿，我当初就不来找您求工作了。"

许诺说："我是杨照的朋友，你来找我，就该有思想准备。"

我说："可是您一直都表现得很专业、很高级啊。"

许诺说："那当然了，我留下你首先是要让你给我创造效益的，现在你的本职工作做得还不错，我当然要在这个基础上争取利益最大化了。"

我说："我本职工作表现好还不行？"

许诺说："我还希望你更多元化，比如给我讲讲八卦什么的。"

我说："您可真是个令人佩服的生意人。"

许诺说："谢谢，我随我妈。"

我浑身上下都是委屈，小声嘀咕："那我可以不干了。"

许诺冷笑了一声，连酒窝都看起来阴险十足，他说："你现在走可不明智。"

我想了一想，卢本邦的错误我不能再犯第二次了。

我终于向我的困难彻底低头，说："行，我说……"

我刚说完"我说"，马琳就给我打电话，说她要离婚了，现在正往民政局去呢，问我能不能过去一下。

我脑子嗡的一声。

挂断电话，我说："许总，我想请假，我朋友离婚去了，我得过去一趟。"

许诺说："他离婚你过去干吗？跟他结婚去？"

我眼圈都红了，开了开口，又不知道要怎么和他表达，干脆丢给他一句"先不和你说了"，直接走掉。

打车去民政局的路上，我就觉得很生气，那么生气，气马琳怎么就那么硬，怎么就不肯服个软，终于把自己送上了这条不归路。

到了民政局，我先看到了马琳，我红着眼圈指着她骂："你行！你是硬汉！你比纯爷们儿还纯！"

马琳看着我倒是挺平静，她说："你哭什么，进去吧。"

我一进去，傻眼了，我看到程浅身边站着个女孩儿。不得不说，这姑娘，还真和程浅挺配的。我本来还想劝劝程浅，看这架势，也没什么劝的必要了，只能直接骂了。

我说："程浅，你到底想干什么？离个婚你还把小三儿带来了，你前脚离后脚就想登记是怎么着！"

程浅对那女孩儿说："要不你先回去吧，你在这儿真的不好。"

女孩儿说："我在后面等你。"

女孩儿走到最后一排的座位上，我和马琳、程浅坐在第一排等着叫号。

我一边哭一边等，一边哭一边等，他俩没话也没哭，也没劝我别哭，我看马琳今天特别冷静，程浅的表情倒是像个要离婚的样子，特别难看。

倒是旁边一个大妈劝我说："姑娘，你别哭了，你还年轻，离了就离了呗，还能再找个更好的。"

我哭着对大妈说："阿姨，不是我离婚，我还没结婚呢！"

大妈说："哟，还没结婚就哭着这样，你是不是有人强迫的，不行阿姨带你找妇联去，那边阿姨熟。"

我说："谢谢阿姨！但我还没男朋友呢！呜呜呜……"

大妈说："哟，那你来干什么来了？"

我还没接话，这边已经叫号了。

我哭得更严重，和大妈告别的时候，大妈的表情非常复杂，好像这么大年纪本来觉得自己活明白了，但今天遇见了我，她才发现她并没有。

办业务的是个中年大叔，看大叔的样子才是真正的活明白了，他看到我们仨的状态，脸上一点儿波澜都没有。

269

大叔问："你们俩想好没有啊？"

程浅说："马琳，你可想好。"

马琳说："没事儿程浅，我们俩这么多年，一直在打打闹闹，从来没消停过，这其实就是不合适的表现，你有更合适的，我祝福你。"

程浅听了马琳的话，仿佛一直在忍着，很努力忍地着，是忍着哭还是忍着打她我也没看明白，终于，他说："行，反正你肯定能找到比我更合适的。"

听见他俩这么说，大叔开始办手续，签字之前，大叔又多了一句嘴，说："你们俩可想好了。"

程浅看着挺沉重，握着笔的手指都在发白。

马琳倒还轻松，握着笔，想了想，转过头笑着问程浅："以后咱们还能联系吗？"

程浅还没说话，后面那姑娘倒开口了："不能。"

哎？她什么时候跑前面来的？

马琳看了看她，笑了笑，又点了点头，转过头想接着签字，她落了笔，却没写出一画来，仿佛她的灵魂已经驾鹤西去了，就剩个空壳子在这儿，下一秒就会倒。

结果她没倒，笔先倒了。

马琳说："不对。"

包括民政局的大叔在内，我们都愣住了。

马琳说："不对，人家的儿子娶媳妇儿了，妈妈都可以经常联系的，为什么我不能联系？"

我心想，完了，可别是疯了。

我轻声说："马琳，你说什么呢？"

马琳没回答我，站了起来，她的眼泪跟下雨似的，她说："不行程浅，离婚可以，但我不能见不着你。"

那姑娘突然冲过来说："你什么意思啊？"

马琳没搭理那姑娘，嘴巴一咧，哭着说："真的不行，真的不行……"

马琳号啕大哭，哭得站都站不住，从小一起长这么大，我就没见过这女的哭成这样，我赶紧贴过去搂住她的腰，怕她摔地上，那姑娘不知道为什么也走过来拽着她的领子往上提，不知道是不是也怕她摔倒，一边提还一边问："你什么意思啊！都到这儿了你什么意思！"

我看马琳不是很舒服，就腾出一只手去扯那姑娘，姑娘也不放手，马琳的身体却越来越沉，我也撒不了手。

全民政局的人都默默地掏出了手机。

我听见有人说："这男的看着挺一般的啊，怎么有三个女的为他打成这样。"

我听见有人答："不知道，大概是天赋异禀吧。"

我大喊："程浅，你干吗呢！还不快过来帮忙！"

程浅好像才反应过来，他扔了笔就扑了过来，就在这千钧一发的时刻，我机智地撒开抓着马琳的手，双手抱住那个姑娘的腰，马琳重重地摔在地上，扑通一声，我听着都疼，但我这么做无疑是正确的，我看到程浅连忙跪在地上，紧紧地抱住马琳，我也紧紧地抱住了那姑娘的腰，防止她过去搞破坏。

那姑娘的劲儿可真大，我拼尽了全力，心里想：马琳，摔这一下很值吧。

我听见马琳边哭边说："对不起，对不起，我以后再也不这样了，我不能看不着你。"

程浅也哭了，他说："不离了不离了，咱们回家。"

我心想，人啊，有时候就是贱，到了最后一步，才知道自己几斤几两。

他俩就这么互相搀扶着走了，那姑娘也哭了，她哭我就心软了，可再心软我也没放开她，直到马琳和程浅的出租车开远。

我直喘，说："姑娘，刚才对不住啊，但你也不能怨我，毕竟他俩刚才签字的时候我也没拦着，是他俩自己不签的。"

那姑娘还是哭。

我说："你别哭了，我请你去对面的粥铺喝口粥缓缓，你现在全是情绪，也想不明白什么，你得冷静冷静。"

我想我就尽量拖延时间吧，对谁都好。

那姑娘被我拉去港式晚茶店，刚开始她还跟我拗着，后来估计也是太累了，就服从了。我点了特别丰盛的一桌，中午没吃饭，体力消耗又大，我也得补补。

姑娘先是不吃，后来也吃了，因为这家店太好吃了。

我说："姑娘，看你挺漂亮的，又年轻，听说家里条件也很好，干吗非得和程浅呢，他看着多傻啊！"

姑娘没说话。

我说："其实我觉得你这人还是不错的，毕竟你不是为了钱喜欢程浅的，他也没啥大本事，长得也就那样，还有老婆，你就是爱错了人，年轻人嘛，谁没有犯错的时候，改了就好了。"

姑娘还是没说话。

我看了看她的样子，想起一个人来。

我说："姑娘，你喜欢吃烤串不？"

姑娘仍然没说话。

我说："我知道有一家串店特别好吃，叫西马串店，每天都排很长的队。不过你要去，可以和他们老板提我，不用排队，他们老板特别帅，还没有女朋友，哦对了，我叫吴映真。"

姑娘还是不说话。

她不说话我也没法了，帮人只能帮到这儿了。

43. 杨照回来了（下）

因为我下午跑得很擅自，所以我这边一结束就主动去找许诺道歉，结果他下午三点多就离开公司了，我给他打电话，他说他在酒店招待朋友呢，都是来参加婚礼的，让我去酒店找他。

我说："许总，这样不好吧，您有朋友在。"

许诺说："你工作还没做完呢，我不看着你，你更不干活儿了。"

我去酒店找他，才知道他订了一间特别大的套房，他的朋友们都在里面穿着睡衣开派对呢，许诺也穿了一件睡衣，上面有个大大的粉红顽皮豹。

他给我开门，我说："许总，您这一件可真……够……美的！"

我本来想说骚浪，怕他又说我骂他，快结婚的男人可真玻璃心。

许诺说："进来吧，吃饭了吗？"

他喝了酒，脸上泛着红。

我说："吃了，这儿有点儿吵，要不我还是回去打电话吧。"

许诺说："那边有个小房间，没人，去那儿打。"

许诺指了指那扇门，然后把手机给了我，说："你先给别人打，八点多的时候再打给杨照，他那时候应该已经起床了。"

许诺走了，我就开始打电话，都还挺顺利，来不了的和确定不能来的我都标注上了，就剩杨照一个。

我看了看时间，七点五十分，他那儿也是七点五十分，只不过我是晚上，他是早上。

许诺走进来，给我带了点儿零食，问我怎么样了，我把情况和他一一说明，他说行，明天让婚礼策划照这个安排一下，我说嗯。

许诺说:"吃点儿不?"

我说:"不吃了。"

许诺两只手指夹了薯片放进嘴里说:"快八点了,他应该醒了。"

我说:"要不许总还是你打吧。"

许诺一仰头,用鼻孔看我,他说:"咱们白天发生什么事儿来着?"

我说:"知道了,我打。"

许诺说:"你可以用酒店的电话。"

他指了指床头柜上的电话。

我在给他打电话之前用了好几个声调,试了几次,最后挑出来一个最不像我的,可是最不像我的那个声调太卡通了,有点儿开不了口,一开口就想笑,所以我用了第二不像我的。

电话通了,我说:"喂,您好,请问是杨先生吗?"

杨照在那边沉默了三秒,然后他说:"吴映真。"

我赶紧挂断,手里全是汗。

许诺靠在床边的沙发上,一副懒洋洋的样子,说:"真的假的,他竟然听出来了?"又说,"你等着,我去试试。"

说着走了出去,没一分钟又回来,手里拿着另一部手机,然后重新坐在沙发上,打电话。

他用自己的声音说:"喂,您好,请问是杨先生吗?"

杨照说:"我是,请问你是哪位?"

虽然声音很小,但是我听到了。

许诺也立刻挂断了电话,他把电话往床上一抛,说:"爱来不来,生气。"

看来许总今天很明显是喝多了。

他呆坐在那里，不知道在想什么。

我站了起来，小声说："许总……那……我就先走了……"

许诺说："你走什么？你还没给我讲呢，现在我更想听了。"

我说："我有空再和您细说吧，现在您的朋友们都在呢，您还是陪他们吧。"

许诺说："他们玩儿的挺好，我朋友都很随意的，你讲吧。"

他又开始吃薯片，我叹了口气，盘腿坐在床上，说："有一个女的，她叫 Eve，她养了一条柯基犬。"

我看着许诺，许诺看着我说："然后呢？"

我说："你认识那个女人和狗吗？"

许诺说："你是说 Eve 和杨敏霓？"

我当时就惊呆了，忍不住问："我的天，你竟然认识？"

许诺也惊呆了，他说："你不知道？所以，你们就因为这个分手？！"

他低头想了想，接下来又点头笑，好像这时候有个声音把他说通了一样，自言自语道："也对，这是他的风格……"

一个美女走了进来，手里握着多半瓶洋酒，穿着神奇女侠图案的睡衣，她说："许诺你在这儿干什么呢，还不把手机还给我。"

许诺说："手机给你可以，你把酒留下。"

许诺接过酒，指了指刚才扔在床上的手机，我赶紧双手奉上。

"神奇女侠"走了以后，许诺隔空灌了自己一口酒，然后递给我，我想了想，接过来，也隔空灌了一口。

我说："有一次碰见他们在一起，杨照什么都没解释，什么都没说，后来他跟我打电话告别的时候已经在机场了，然后就走了，没了。"

许诺接过酒瓶子，说："本来他不喜欢别人说这件事儿，而且这件事儿他都没有告诉你，我就更不应该告诉你了，毕竟这是你们俩的事儿，但是！"

他又灌了一口酒说："他今天得罪我了！他竟然听不出来我的声音，那我就必须得报复他一下！"

我接过酒瓶子说："你要干啥？"

许诺看着我说："杨照有抑郁症，这个他肯定没和你说过吧。"

我酒瓶子都拿不住了，我举起酒瓶子喝酒的时候，才发现手在抖。

许诺说："那时候在美国，他公司开得正好的时候得了抑郁症，挺严重的，后来实在挺不过去了，就把公司给卖了，跑到中国来教书，这也是 Eve 给他出的主意，说让他换个安逸一点儿的环境，兴许会有好处，他妈妈是这个学校毕业的，所以建议他来这儿，而且他小时候也在这儿生活过，这里也有我，各方面都比较适合，他就回来了。"

我听见许诺这么说，心里特别疼，我换了个姿势，抱着腿，让大腿尽量帮我捂住心脏，因为我大腿上的肉最为肥厚，这样多少能缓解一些疼痛。

许诺接着说："Eve 是她的心理医生，杨敏霓是 Eve 的狗。"

我问："Eve 的狗为什么姓杨？"

许诺说："这个我也不知道，Eve 是个犹太人，不过听说她最近嫁到中国来了，那个杨敏霓，听说也是条老狗了。"

许诺突然转过头问我："那条狗姓不姓杨很重要吗？反正也不可能是他俩爱情的结晶。"

许诺说完，我不知为什么，突然觉得自己有那么一丝丝猥琐。

许诺说："不过杨照对那条狗啊，可真是特别特别的喜欢，每次治疗的时候，那条狗都必须在场，有一阵子杨照还把狗借到他们家去养，我有时候过去，他开门都抱着，对我不笑对他笑，我就这么跟你说吧，他喜欢那条狗就跟喜欢你一样。"

我连忙说："不不不，我比不了杨敏霓，我是它的手下败将。"

许诺又喝了一口酒说："真的，杨照是真的很喜欢你，所以你说他直接就走了，我觉得，应该还是有点儿别的原因。"

我说："什么原因？"

许诺说："这我哪儿知道，你问他去。"

我说："其实我特别受不了他什么事儿都不和我说，包括他是我小学同学，包括让我去参加比赛，让我进卢本邦，还有他的抑郁症，他这样让我觉得特别累，你说，我和杨敏霓能一样吗？我们虽然都很招人喜欢，但我们是同一种生物吗！"

许诺嫌弃地看了我一眼，然后又正经起来，说："杨照这人的性格有问题，上学的时候，我们去他家吃饭，他说给我们做几道菜，他做菜，从头到尾把厨房门一关，谁也不让进，谁也不让帮忙，两个小时了，他端出四道菜来，每一道都又好吃又漂亮，但他也不是藏着掖着他的菜谱，我问他，他都告诉我，还把那些很细节的注意事项也告诉我，其实这些菜他之前都没做过，你想想，怎么能这么完美？我猜他不一定在厨房做了多少遍，不好吃就重新做，直到好吃好看为止，他就喜欢把最好的送到你面前，不好的地方，他都自己挺着，就他这种人，不得抑郁症才怪。"

我又心疼了，心疼我的前男友，想想我也是挺贱。

最后许诺有没有给杨照打电话我也不知道，他到底来不来我也不知道，反正我把之前确认好的和婚礼策划交代完以后就不负责这项工作了，许诺交给我一个更棘手的活儿，他的伴郎团准备了一个舞蹈，他也要参与，但是他没什么时间排练，就让我代替他走位。

我说："许总，你要不就别跳了，反正你也没什么时间排练，你最近又忙又累。"

许诺说："那可不行，这个舞我是 C 位。"

我说："你全程都是 C 位好吗！"

许诺耸耸肩说："还有我老婆呢，有她我怎么可能是 C 位，所以这个舞蹈对我很重要。"

行，我无话可说。

婚礼那天，我穿了上次许诺买给我的那条裙子，其实是杨照花的钱，我目前最拿得出手的一条裙子，我出门前照镜子的时候心里不是没有期待。

新郎看见我，竟然嫌弃，说："你怎么又穿这条裙子，这么重要的场合你就不能再买一条新的？"

他真是站着说话不腰疼。

我说："不好意思，许总，我之前忘了向你申请我的服化费了。"

他终于闭嘴了。

整个婚礼我都忙得要死，我本来还想看看杨照到底来没来，可是我发现我根本没有这个时间，我连看婚礼的时间都没有。

等到我终于有时间坐一会儿，宾客都走得差不多了。我抬头张望了一圈，心想，如果杨照真的来了，以他那个性格，应该早就走了吧。

这时候那个婚礼策划走过来，手里拿着一部手机，她说："吴姐，我在那桌儿上发现的。"他指了指左侧的其中一个桌子，"那一桌应该是吴总的客人，你先收着吧。"

她递给我，我一看，手机壳有点儿眼熟，我猛地想起来，赶紧把手机壳扒下来看里面。

里面写着：待吴映真高中状元后，一定会娶杨朝夕回家过日子！

我身体里的所有血液形成了一个大浪，拍打我的皮囊，溅出眼泪来。

44. 穿过大半个城市去睡你

婚礼策划吓了一跳，她问："吴姐你咋啦？"

我趴在桌子上闷声喊："太累了！结婚真是太累了！我再也不参加婚礼了！我自己也不办！到时候让他们给我微信转礼金，我给他们快递礼品得了！"

趴了一会儿我才想起，我不能这样，妆都花了，万一杨照一会儿回来找手机，看到我这样可怎么办，我赶紧忍住巨大的悲伤去厕所补妆。

又过了一阵子，就只剩下我们几个工作人员收尾了，等到大家都准备撤了，杨照也没回来找手机，我不知道他看没看到我，也不知道他知不知道我现在在许诺手下工作，我甚至怀疑他是故意把手机落下来的，就是为了把手机壳还给我，反正这个手机也不值什么钱。

婚礼策划喊我："吴姐，你走不走？"

我说："你们先走吧，我再去上个厕所。"

等我从厕所出来，会场就剩我一个人了，我想那我也走吧，我不走一会儿这里的工作人员也得让我走了。

我走到门口的时候，低头过门槛，一抬头，就看见杨照了。

他看起来有点儿急，瘦了，但还是很好看，我这样看着他，所有复杂的情绪都生了出来，但它们都自觉地靠边站，只剩下心疼。

他的呼吸慢慢平复下来，他看我的脸，看裙子，看腿，看鞋子，他叫我："吴映真。"

我就笑了，我叫他："杨照。"

他也笑，我得承认，我很久没见到他笑了，确实想念得不行。

我说："你来找手机的吧。"

我把手机递给他，他接过来，用食指蹭了蹭手机壳上一处脏了的地方，才抬头说："谢谢啊，还好被你捡到了。"

我说："也不是被我捡到了，是被婚礼策划捡到的，放在我这儿了。"

他看着我，我知道他想说什么。

我说："许诺现在是我老板，我在他手下已经做了两个月了，做设计师。"

杨照点点头，然后好像又想到什么，又点点头，他看起来很平和的一张脸，其实嘴角在微微笑，我不知道他知不知道。

我们挡了别人的去路，往旁边靠了靠，杨照说："我们……去吃个饭吧。"

我笑着说："你不是刚吃过。"

杨照也笑，说："那你去哪儿，我送你吧？"

我说："我回家。"

我又坐上了杨照的车，他没开导航，也没说话。

我问："这次回来你要待多久？"

他说："就这几天吧，还没订机票。"

我又问："那你住哪儿，还住那个房子吗？"

杨照看了我一眼，说："对，还住那里。"

我想起了我还有一把他们家的钥匙呢，我想和他说还给他，又怕他其实早就已经忘了这件事，那我是不是会多此一举，琢磨来琢磨去，最终还是没说。

到了家，我下车，杨照也跟着下来，我说："谢谢你送我回来。"

杨照说："客气什么。"

我们又站了一会儿，但始终不能站太久，因为我家小区门口车太多了。

等杨照的车子真的开走了，我开始回想我们刚才相遇以后的全部，我想我没和前男友偶遇过，人生第一次，我有没有什么瑕疵，有没有表现不好，有没有说错什么话或是做错什么事，我一点儿一点儿地回想，就像电影在我面前一帧一帧地放映，好像一旦发现有一点儿不满意，就会后悔一辈子。

回想了两遍，我才发现我弄错了一个概念，我不是和前男友偶遇，我分明是在和喜欢的人偶遇，那么我刚才是在干什么？装什么装？紧张什么紧张？矜持什么矜持？不行，刚才根本就不是我，那么一切都不算，我要重新见他一次。

我赶紧上楼，找杨照之前给我妈的钥匙，我妈说："你找什么呢？"

我说："妈，你还记得杨照吧。"

我妈没说话，我说："他之前放在这儿一把钥匙，你知道在哪儿吗？我想还给他。"

我妈看我找得这么兴奋，表情却凝重了起来，她坐在沙发上一言不发地看着我，我又在她面前找了一会儿才发现，我停下，说："妈，怎么了？"

我妈说："他回来了？"

我说："是啊，回来参加我老板的婚礼。"

我妈点点头，说："他和你说过吗？"

我问："说过什么？"

我妈说："他有抑郁症。"我愣在那里，想了想，又问："妈，这件事儿你怎么知道？"

我妈也想了想，问我："他刚跟你说的？"

我们俩看着对方，谁也没说话。

后来还是我妈先开口的，她说："上次你在医院，杨照来过，他和我说的。"

应该就是我在地铁里把凳子坐塌的那次，我现在明白杨照上次为什么直接走掉了，不过我有点儿生气，他有病这件事儿不和我说倒和我妈说了。

我妈说："真真，我没别的意思，我上次那么做也是为你好，我希望你不要怨妈妈。"

我妈虽然还是坐在沙发上，但看起来仿佛比刚才更小了一圈，像在幼儿园里等待母亲来接她回家的孩子，用委屈而期盼的眼神看着我。

我赶紧走过去，握住她的手，就像我小时候她握住我的手一样，我妈之前所给过我的温暖和力量，我希望现在她也同样能感受到。

我妈说："我就是想提醒你，抑郁症是治不好的，他不一定什么时候就会发病，我怕他的情绪会拖垮你，或者像你爸一样，跟我说他想吃红烧鱼，我去给他买，回来就看见他吃了安眠药。你还小，我能怎么办，我只能告诉你我们离婚了，你爸当船长出海了。"

这是我妈第一次在我面前主动提到我爸，我从来都不会问我妈关于我爸的事儿，虽然我越长大越觉得我爸当船长这事儿很扯淡，但从我爸消失的那一天我就清楚一件事儿，关于我爸，我妈不多说，我绝不多问。她现在告诉我，我很感激她，她之前瞒着我，我也很感激她，我知道，无论是现在说出来，还是之前瞒起来，对我妈来说，都是特别不容易的事儿。

　　我妈还是哭了，这么多年，她在我面前哭的次数不超过五次，还得算上这次。

　　她说："我只是不想让你像我这样。"

　　我心里非常疼，可我还是想到，在瞒着不说这件事情上，我妈和杨照应该还是挺有共同语言的。

　　我抱住我妈，她在我怀里哭了一会儿，后来睡着了，晚上七点多她醒了，然后她就又是那个勤劳、勇敢、理性、智慧、热爱生活的我妈了。

　　她出现在厨房门口的时候，我正在准备给她熬粥，我说："妈，你是不饿醒了？"

　　我妈说："你咋不放小米？"

　　我说："为啥要放小米，我不喜欢。"

　　我妈说："我喜欢，反正你也不吃。"

　　我说："我怎么不吃，我吃啊我。"

　　我妈拿出杨照家的钥匙，说："你把小米放进去，我跟你吃不到一块儿去。"

　　我又想哭，我问："你真给我？"

　　我妈说："我之前表过态了，你喜欢，我就喜欢，只要你想好。"

　　我把小米放进去，说："放了小米还得再熬一阵子，不着急，你也得容我想一想。"

后来，我还是陪我妈吃完这顿粥才走的，走的时候特意穿了杨照给我买的那条裙子。

我坐在出租车上的时候就想，如何能够高效、快速地认清我和杨照的关系，想来想去，只想到了睡觉这一种办法。其实也不用这么冠冕堂皇地安慰自己，我就是单纯地想睡他，就算我俩到最后还是没有结果，那也得让老娘睡过了才能走，我谈场恋爱不容易，不能这么便宜地放过他。

做完了这个决定，我很激动，就好像刚刚听完了一篇慷慨激昂的演讲，体内膨胀的勇气都可以抵挡火箭炮，看来不做点儿什么是不行了，可是要做点儿什么呢？我下了车，看了看街边的二十四小时便利店，决定进去买盒避孕套，把自己武装起来。

平时我并没有注意过这些东西，今天我才发现，花样真多。

便利店里只有一个小伙子在收银台玩儿手机，避孕套又都摆在收银台附近，而我，是现在店里唯一的顾客，我挑，还不敢明目张胆地挑，只能鬼鬼祟祟地挑，假装买别的东西，然后时不时地看上两三眼，结果引来了小伙子更多的关注。

他终于忍不住问我："姐，你想买什么？"

我说："我想……买点儿……糖……"

糖和避孕套放置的位置相邻，反正都在收银台的附近。

他指了指收银台下面的展位说："糖都在这儿呢。"

我说："好。"

我拿了个购物筐，然后一个一个一个地往里面装糖，并假装没看出来，把手伸向了避孕套，刚抓了一盒，小伙子就好心提醒我："姐，这不是糖。"

我赶紧摆出一副不知情的样子说："嗯？这不是吗？这包装也太像了，花花绿绿的，我还以为是国外产的口香糖呢？"

小伙子只愣了一秒就继续低头玩儿游戏了，想必在二十四小时便利店值夜班的男孩子都是见过世面的男孩子。

我说："结……结账吧！"

45. 一起逛个动物园

到了杨照家门口，我又犹豫了，犹豫是该敲门还是该用钥匙开门，后来想想，还是敲吧，万一人家家里有别的女人，那么我用钥匙开门人家岂不是说不清了？可是这么晚了，我带着一兜子糖来找他，这本身就很说不清了吧。

说不清就说不清吧，最近我也很是想得开，有些事情就是要主动一点的，你不主动，你想要的东西也许就永远都不是你的。

杨照给我开门的时候应该是刚洗过澡，头发湿漉漉的，散发着淡淡的迷人香气，他非常惊讶，一看就没想到我能在这个时候跑来找他。

他说："你怎么来了？"

他皱着眉头，侧过身子让我进去，我说："我来你家做客啊。"

我晃了晃一兜子的糖，说："你看，我都没空手来，讲究吧。"

虽然他的脸上还挂着疑问，却还是笑了，带着一种他想要靠低头遮掩掉的愉悦。

我说："听说吃糖能让人心情好，让人快乐，我在楼下的便利店买了好多种呢，你想吃哪个？"

我把塑料袋里的糖一股脑的全倒在他的餐桌上，这其中当然也有那盒避孕套，都摆在那里。

我说："想吃哪个？"

杨照看了看那一桌子的糖，表情突然紧张起来，我知道他看见了，他紧张的样子还真让我心动。这应该是他没有想到的局面，是由我来掌控，想到这儿，我就更心动了。

他看着我，小声说："吴映真，你什么意思？"

我没搭理他，低着头仔细挑选着，然后拿出一盒巧克力，说："这个应该不错，你想吃巧克力吗？"

我开始拆包装，杨照一把抢过巧克力，把它又扔回桌子上，然后凑近我，盯着我，又问了一遍："你什么意思？"

我能怕他吗？我可是抱着必睡的决心来的。

我抬着头，也盯着他看，我说："杨照，其实我今天是来给你送门钥匙的。"

说着我把钥匙从兜里掏出来，杨照没接，他低着头抿着嘴唇，好像我给他的东西他根本就拿不到，在考虑怎么拿。

我说："拿着吧，这是我妈给我的，她让我给你送过来。"

杨照慢慢抬头看我，他眼睛里的光，好像两块石头激烈碰撞出的火花，他的头发比我进门的时候要干了一些，洗发水的香气更浓了。

我说："是我妈让我送过来的，你还不明白吗？"

我真的怕他不明白，所以我说完又亲了他的嘴唇，然后回到原位看着他，我想我已经够明确了吧。他眼睛里的光一下子明亮了起来，那种亮度，一寸接着一寸，能照到人心里去。

有那么一瞬间，我有一丝退缩，心想要不这事儿还是算了吧，我可以和他一起看会儿电视剧，边看边吃我带来的这些零食，就像真的来做客一样，但是要看什么电视剧呢？

就在我溜号的时候，杨照精准地抓住一堆糖果之中的小盒子，抱起我往卧室走去。

其实我来的时候还想到要不要问问马琳或者吴西，这事儿怎么弄，毕竟是我去睡他，不是他来睡我，后来我觉得，这实在是太羞耻了，根本没法开口。但在被杨照抱进卧室之后我才明白，是根本用不着。

半夜，我挺累，挺困，杨照还在后面紧紧地抱住我，嘴唇在我的肩膀上蹭来蹭去，我真想就这么睡过去，但是不行，我还有更重要的事情要做。

于是我挣开他走下床，穿上他刚才穿在身上的 T 恤，然后"啪"的一声把灯打开，杨照被晃得猝不及防，本能地用被子遮住身体。

他柔声问我："怎么了？"

我淡淡地说："洗澡回家啊。"

杨照懒洋洋地伸手拉住我的胳膊，说："不行，不准走。"

我说："不行啊，我都睡完你了还留在这儿干吗。"

杨照警觉地坐了起来，直起上身，问我："你什么意思？"

我坐在床对面的小沙发上，跷起一条腿说："杨照，我就是想来睡你的，睡完了我就舒坦了，咱们就可以真的再见了。"

杨照看着我，似乎想通过我的话语、表情和跷起的二郎腿来分析我此刻的心理活动，他看起来有点儿生气，但也一直在忍，他从床上爬了起来，用被单裹住自己，走过来站在我面前说："吴映真你干吗？你睡完我想不负责任？"

我说："对呀，你伤了我一次，我上了你一次，公平。"

杨照掐着腰，呼了两口粗气，然后看着我，慢慢跪在我面前，这样他才能平视着我，他说："吴映真，你别这样行吗？我……我错了。"

我面无表情地问："你错哪儿了？"

他说："我不该瞒着你……"

我面无表情地问："你瞒我什么了？"

他说："我有抑郁症的事儿，阿姨……应该都和你说了吧，她既然能让你来找我，就应该和你说了……"

我面无表情地说："可我想听你说。"

杨照说："对，我有抑郁症，但是我现在的程度已经很轻了，除了偶尔睡不着觉，我已经没有别的什么问题了，我是真的……不想让你知道我有这个病，我害怕你……你会不要我……虽然……虽然我现在必须得告诉你，我以后有可能还会发作……这些我一定得告诉你……"

他说得挺艰难，也很诚恳，我又开始心疼了。

但我还是克制住了自己，面无表情地说："还有呢？"

他说："还有……Eve其实是我的心理医生，杨敏霓是她的狗，Eve虽然是犹太人，但她的外公是个华裔，姓杨，所以她的狗也姓杨……"

我面无表情地说："还有呢？"

他说："还有你真的不能对我做了这样的事之后就不认账，就直接走掉，你这样……你这样我可能又会犯病的！"

我有点儿想笑，但还是绷着一张脸说："还有呢？"

他说："还有……我在美国这段时间一直非常难受，每天都在想你……许诺结婚，我本来家里有事走不开的，后来……后来你给我打了那个电话，我听到你的声音，真的受不了，我必须要回来看看你，哪怕……哪怕你不和我说话，看不见我，甚至离我远远的，我只要能看你一眼就好……"

他用那样的眼神看着我，让我忍不住说："杨照，所有的事情，我们都可以一起面对，我希望我可以和你一起面对，你觉得我不配和你一起渡过难关吗？"

杨照连忙说："不，我怕我会让你辛苦，会拖累你，这样我会非常非常心疼。"

我说："你自己一个人面对，我也会非常心疼，真的，你愿意让我心疼？"

他说："不，非常不愿意。"

我说："所以请你以后无论发生什么事都告诉我，给我一个站在你身边的机会，咱们得互相保护对方，身体和心，都要保护。"

杨照看着我，伸出手想要抱住我，我其实也想被他抱住，但是这事儿还没完呢，我又一次克制住了我自己的欲望，伸手阻止了他，我发现这大半夜的我可真争气啊。

我又把脸绷紧，问："还有呢？"

他想了想说："还有……我爱你，真的。"

我有点儿感动，但还是绷着一张脸："真的？"

杨照凑过来温柔地亲了亲我的嘴唇，说："真的，我爱你，吴映真。"

我指了指被扔在地上的裙子说："那你，把它穿上。"

杨照说："什么？！"

我说："你把它穿上，不然就是不爱我。"

杨照从地上站起来，坐回床上去，他几乎是用哀求的口吻说："我穿上会给你撑坏的，映真。"

我站起来说："那我回家好了。"

杨照立刻拉住我的手，轻声说："你坐下，坐下呀。"

我又坐回去，看他表现。

他坐在床边看着我的裙子能有两分钟，才不情不愿地站起来，捡起裙子往身上套。边套边说："我真的要给你撑坏了。"

我说:"没关系啊,再赔给我一件,反正你也赔得起。"

等他差不多穿好,我立刻拿出手机拍了两张照片,不容他有一刻的反应和躲闪。

杨照这回是真的急了,他说:"你干吗拍照片?"

我说:"我告诉你杨照,如果你以后再有事儿瞒着我被我发现,我就把这两张大图、无码、高清的女装大佬照片传播到世界各地去,你自己看着办吧你!"

第二天早上,我一张开眼睛就看见杨照在背对着我摆弄我的手机,我忍不住轻笑了一声,结果他吓得差点把我手机掉在地上。

我说:"你删了也没用,我有备份的。"

杨照趴过来抱住我说:"映真,我以后再也不会瞒着你,你全删了好不好?"

我想了想说:"看你表现。"

但是我瞒了他,我才不会删呢,一辈子我都不删。

杨照决定留下,因为我和他说:"我才不走呢,现在正是我事业的上升期,我才不要走。而且我要给我妈装修房子,这件事不完成我哪儿也不去。"

杨照说:"我可以……"

他没说完我就打断他,我说:"你可以什么可以,这是我的事儿,你休想讨好我妈,撼动我在她心目中的位置,休想!"

但是杨照还是撼动了,因为我有一次在家门口不小心听我妈和杨照说:"你快把这块酱牛肉吃了,趁真真没回来。"

我气得没进门,在小区里暴走了一圈才又回的家。

马琳怀孕了，她辞了职安心在家养胎，我去看她，发现她脚肿得跟酱猪蹄一样，我也没客气，当场嘲笑了她，马琳边给自己喂葡萄边翻白眼，她说："程浅天天给我洗这双酱猪蹄。"我看着她的胖样儿，也不知道他俩这次能消停多久。

后来我带着杨照去西马串店，吴西一直在对我撇嘴，我给他拉到一边去问："你面瘫了？"

吴西说："没有，我就觉得你缺心眼，在一棵树上吊死。"

我说："你别这样，我前几天还给你介绍姑娘来着。"

吴西说："谁啊？在哪儿？我怎么不知道。"

我说："哦……那可能她不爱吃串儿，没来，那我就没办法了。"

吴西的嘴撇得更厉害了。

我靠近他说："我给你带了酸菜馅儿饺子，进门的时候给你放在收银台小妹那儿了，别人都没有。"

我这样说，他才笑了，说："够意思，下次你失恋，还来找我。"

我说："你可千万别诅咒我。"

半年以后，我和杨照去了趟动物园，看动物的时候，杨照见我心情好，就小声和我说："你还是把我穿裙子的照片都删了吧，你看我这半年表现得多乖，我什么事儿都和你说，前几天我屁股上长了个包都和你说了。"

我就在那儿笑。

杨照问："你笑什么？"

我说："那种事情你不说我早晚也会知道。"

杨照抬腿就走，我赶紧跟上他。

过了一会儿，他又问我："你什么时候跟我去趟美国，我总得给我家里人一个交代。"

我说："好说，等忙完这阵子我就跟你去。"

杨照又问我："那你什么时候和同学们公开我们的关系？现在连马琳都不知道。"

我说："这件事儿还是得缓一缓，上次就闹了那么一出，怎么也得稳定稳定，不然要是再闹上一出，你让马琳怎么看？班长怎么看？董冬晴怎么看？张诗慧怎么看？丁丹妮怎么看？还有，狮子怎么看？老虎怎么看？大象怎么看？树袋熊怎么看？大猩猩怎么看？"

杨照说："他们都扒栏杆看呢。"

我打量了一下杨照说："你倒是挺幽默。"

杨照说："你还是不负责任。"

等逛完了一大圈，我突然想到一个问题，我说："你有没有发现，一般动物园从来不养猫。"

杨照说："猫都在家里养着呢。"

我笑了，看了看杨照，突然特别想牵他的手，牵住了以后又想靠着他，靠上了以后，杨照转过头来问我："怎么了？累了吗？累了我们就回家。"

我说："好呀，我们回家。"

（完结，耶！）

开心一点，明天还是会有好事发生的

我二十八岁初恋，和他是相亲认识的，不到半年就结婚。没有怀孕，也不恨嫁，就是纯粹想和他一起生活，很想很想。相亲能遇到这样一个人，我也算幸运了。

除了丈夫，我还收获了故事。

上学时我是很鄙视相亲的，好歹我也是个文艺女青年，在学校里心高气傲，也搞暗恋那一套，也弄暧昧那一招，兜兜转转，磨磨唧唧，大学四年过去了，我竟然连手也没和别人牵过。读研的时候，也不知道是老了，还是学了古代文学变得"禁欲"了，暗恋也抛弃了，暧昧也不要了，连喜欢的男偶像也所剩无几了，从寝室眺望不远处的寺庙屋顶都觉得越来越美了……

工作后，生活发生了翻天覆地的变化，我很迷茫，渐渐有些自闭，后来我发现不能这样，我怎么也得去试试，试试发现不行再自闭也不迟，所以我选择去相亲，去见人，去强迫自己见更多的人，"妖魔鬼怪"我见，"珍禽异兽"我也见，见多了就发现，我们眼中的"妖魔"，在他们的背景音乐里也许是待解救的御弟哥哥，等待着女儿国国王留他一生一世。

所以，我希望可以用更加平和的态度来处理故事中的相亲对象，尽量去挖掘相亲对象的内心世界，因为再古怪的人，也是我们身边的人，和我们一样，都是普通人。让这个普通人和同样普通的女主角去碰撞，碰撞出的东西便是每日与我们肌肤相亲的生活。

在遇见王先生的两天前，我和要好的学姐在晚上十点半的南京南街聊天散步，当时我已经做好了孤独一生的准备，可是没两天王先生就出现了，改变了我的生活，谁能想到呢？所以呀，我想要告诉我的女主角吴映真，好好努力，别想太多，明天还是会有好事发生的，我保证。

酸菜仙儿

本名刘佳宁，沈阳姑娘。
"豆瓣阅读·小雅奖"得主。
想成为一名自由的讲故事人。
微信公众号：酸菜仙儿

豆瓣方舟文库·新女性

[已出版]
《我的相亲路上满是珍禽异兽》酸菜仙儿
《港岛之恋》刘玥

[即将出版]
《金融街没有爱情》刘玥
《空港：云宵路上》叶小辛
《梦冬》易难
《单身在线》王平常

我的相亲路上满是珍禽异兽

产品经理｜王　胥　　　　装帧设计｜欧阳颖

技术编辑｜顾逸飞　　　　责任印制｜路军飞

出品人｜吴　畏

图书在版编目（CIP）数据

我的相亲路上满是珍禽异兽 / 酸菜仙儿著 . -- 天津：
天津人民出版社 , 2018.12
ISBN 978-7-201-14151-0

Ⅰ . ①我… Ⅱ . ①酸… Ⅲ . ①长篇小说－中国－当代
Ⅳ . ① I247.5

中国版本图书馆 CIP 数据核字 (2018) 第 223359 号

我的相亲路上满是珍禽异兽
WODE XIANGQIN LUSHANG MAN SHI ZHENQINYISHOU

出 版 社	天津人民出版社
出 版 人	刘　庆
地　　址	（天津市西康路 35 号　邮政编码：300051）
邮政编码	300051
邮购电话	（022）23332469
网　　址	http://www.tjrmcbs.com
电子信箱	tjrmcbs@126.com
责任编辑	赵子源
装帧设计	欧阳颖
制版印刷	北京盛通印刷股份有限公司
经　　销	新华书店
发　　行	果麦文化传媒股份有限公司
开　　本	787×1092 毫米　1/32
印　　张	9.5
印　　数	1-11,000
字　　数	222 千字
版次印次	2018 年 12 月第 1 版　2018 年 12 月第 1 次印刷
定　　价	45.00 元